Emma Norden

Mila & Adesso

Ausritt am Strand

Loewe

Milas großer Traum

Im Galopp zum Sieg

Milas großer Traum

Pferdeduft und Trostkekse

Mila lehnte sich an Adesso und schnupperte am warmen Hals des Pferdes. „Warum?" Dieses Wort hämmerte ununterbrochen in ihrem Kopf, und zwar so laut, dass sie alle anderen Gedanken nicht mehr hören konnte. Vor einer Stunde – einer einzigen Stunde – war ihr Leben noch völlig in Ordnung gewesen. Und jetzt? Hatten ihre Eltern alles durcheinandergebracht. Wie konnte man nur so egoistisch sein? War ihren Eltern eigentlich gar nicht klar, was sie mit dieser blöden Entscheidung angerichtet hatten?

Den ganzen Weg zu Aurelies Reiterhof hatte Mila gegen die Wut- und Traurigkeits-Tränen gekämpft, doch Adesso hatte sie noch nie etwas vorspielen können. Er spürte immer ganz genau, was mit Mila los war. Sie vergrub ihre Nase noch ein wenig tiefer in sein Fell und ließ die Tränen einfach laufen, ohne sie abzuwischen.

Adesso knabberte vorsichtig am Kragen von Milas blauer Steppjacke. Dabei streiften die Tasthaare an seinem Maul ihre Wange, die mit Sommersprossen übersät war. Mila musste kichern, obwohl ihr eigentlich überhaupt nicht danach war.

Renate, Milas geschecktes Mini-Appaloosa-Pony, kam quer über die Koppel angetrabt, legte den Kopf schief und wieherte.

„Ihr ahnt ja nicht, was passiert ist", flüsterte Mila leise und streichelte Renate über den Rücken. „Die absolute Obersupermega-Katastrophe!"

Adesso und Renate sahen Mila neugierig an und spitzten die Ohren.

Mila musste schon wieder grinsen. Sie hatte einfach die besten Pferde der ganzen Welt. Und vor allem die klügsten!

„Ihr wisst sofort, wenn ich jemanden zum Reden brauche, stimmt's?", sagte sie traurig. Sie setzte sich mitten auf die Koppel und begann zu erzählen: „Eigentlich hätte ich sofort wissen müssen, dass etwas faul ist. Hamburger mit Pommes! Es roch nach Hamburger mit Pommes! Das gibt es bei uns nie. Viel zu ungesund und fettig! Obwohl das mein absolutes Lieblingsessen ist. Und ich freu mich auch noch darüber und fange an zu mampfen, bis ich merke, dass Mama und Papa überhaupt nichts anrühren und sich immer so komisch ansehen. Irgendwann hab ich gefragt, was los ist. Und dann hat Mama rumgedruckst, dass sie mir etwas sagen müssen. Sie haben nämlich beschlossen, zusammen für ein Jahr als Ärzte ohne Grenzen in Afrika zu arbeiten. Ich bin erst total erschrocken, weil ich dachte, ich muss jetzt mit. Aber von wegen!"

Mila stampfte wütend mit dem Fuß auf. Adesso und Renate wichen ein paar Schritte zurück.

„Nein, die beiden haben sich noch was viel Bescheuerteres für mich ausgedacht. Ich soll für ein Jahr auf ein bescheuertes Pferdeinternat auf einer bescheuerten Insel mit oberbescheuerten Pferdetussis, die bestimmt nur ein Thema haben: trainieren, trainieren, trainieren", fuhr sie fort.

Adesso warf den Kopf nach hinten, so als ob er diese Idee auch ziemlich abwegig fände.

„Ich will weder nach Afrika noch auf dieses Internat. Ich will hierbleiben. Basta. Die werden schon sehen, dass sie mich nicht zwingen können. Dann ziehe ich eben zu euch in die Pferdebox."

„Das wird aber dann ziemlich kuschelig", hörte Mila eine fröhliche Stimme hinter sich. Sie drehte sich um.

Es war Aurelie, die Besitzerin des Reitstalls, in dem Adesso und Renate untergebracht waren. Mila kannte sie, seit sie sich erinnern konnte. Sie war eine gute Freundin ihrer Eltern und oft bei ihnen zu Besuch. Früher, als Mila noch kleiner war, hatte sie jeden Mittwoch auf sie aufgepasst, wenn ihre Eltern zusammen ins Kino oder ins Theater gegangen waren. Im Lauf der Zeit war Aurelie wie eine große Schwester für Mila geworden. Eine Schwester, mit der man über alles reden konnte. Auch jetzt war Mila heilfroh, Aurelie zu sehen.

Sie ging auf Aurelie zu. „Hast du das gewusst?"

„Was meinst du?" Aurelie zwinkerte Mila zu. „Dass

du zu Adesso und Renate in die Box ziehen willst? Nö, hab ich nicht gewusst."

Dann bemerkte sie, dass Milas Augen rot und verweint aussahen. Sie streckte ihre Arme aus. „He, du weinst ja! Komm mal zu mir, meine Kleine! Und dann erzählst du mir in aller Ruhe, was los ist. So schlimm wird es doch nicht sein."

Dankbar lehnte sich Mila an Aurelie und sagte mit erstickter Stimme: „Doch, es ist sogar noch viel schlimmer."

Aurelie stellte eine Kanne dampfenden Rotbuschtee auf den Holztisch der Reiterstube. Dann reichte sie Mila, die in einem altmodischen Ohrensessel saß, eine karierte Wolldecke. „So, jetzt kuschel dich da erst mal rein", sagte sie mit weicher Stimme. „Gegen Kummer jeder Art hilft die bewährte Aurelie-Kur. Bestehend aus: Tee, Schokokeksen, warmen Decken und der natürlichen Duftmischung Ledersattel meets Pferdeapfel." Sie wedelte mit den Händen in der Luft herum. „Die ist allerdings immer da. Schließlich ist das hier eine Reiterstube", meinte sie.

Mila musste grinsen. Das klang zwar total verrückt, aber Aurelie hatte recht. Mit der warmen Tasse zwischen den Händen und den Keksen vor der Nase ging es ihr schon etwas besser.

Aurelie setzte sich auf die Eckbank und legte den Kopf in die Hände. Dabei fielen ihr einige braune Haarsträhnen ins Gesicht. Genervt kramte sie in der Tasche nach einem Haargummi und band die wuscheligen Locken zu einem Dutt zusammen. Dann blickte sie Mila auffordernd an. „Also schieß los, Schnecke. Was ist passiert?"

Und Mila begann zu erzählen. Vom vermeintlichen Hamburger-Glück bis zu den Tränen auf der Pferdekoppel.

Aurelie war währenddessen immer blasser geworden. „Nein, das habe ich nicht gewusst", sagte sie, als Mila geendet hatte. „Bella hat mir zwar erzählt, dass sie davon träumt, als Ärztin nach Kenia zu gehen. Aber ich habe das gar nicht so ernst genommen. Ich hätte niemals gedacht, dass sie das umsetzt, wenn du noch so klein bist."

„Lustig, dass du das sagst", schniefte Mila. „Das war ihr stärkstes Argument: dass ich ja jetzt schon groß genug bin, um das zu verstehen."

Aurelie strich Mila über das lange braune Haar. „Sie hat ja recht. Du bist schon groß. Und selbstständig. Ich sehe eben immer noch die kleine Mila vor mir, die stolz auf Renate geklettert und mit ihr über die Koppel galoppiert ist."

Mila senkte den Blick. „Ach, das hab ich noch vergessen. Renate darf gar nicht mit nach Marum. In dieser blöden Pferdeschule darf jeder Schüler nur ein Pferd mitbringen. So sind die REGELN dort. Scheißregeln sind das! Ein Jahr ohne Renate. Das halte ich nicht aus und Adesso erst recht nicht!"

Aurelie nickte, nippte an ihrem Tee und dachte nach.

Dann stellte sie die Tasse so unsanft auf den Tisch, dass heißer Tee über ihre Finger schwappte. „Au!", schimpfte sie und steckte sich die schmerzenden Finger in den Mund. „Kennscht du dasch Sprichwort mit den Schitronen?"

Mila schüttelte den Kopf.

„Es lautet folgendermaßen: ‚Gibt dir das Leben Zitronen, dann mach Limonade daraus'", erklärte Aurelie, deren Mund mittlerweile wieder fingerfrei war.

„Kapiere ich nicht", sagte Mila. „Was hat das denn mit mir zu tun?"

„Pass auf", meinte Aurelie. „Deine Eltern haben dir ein paar ziemlich große supersaure Zitronen in die Hand gedrückt: Du sollst mitten im Schuljahr auf eine fremde Schule gehen, die weit weg von zu Hause ist. Und das für ein ganzes Jahr! Zusätzlich musst du dich von Mama und Papa und deinem süßen Mini-Appaloosa trennen, das ist richtig hart. Und das Allerhärteste kommt noch." Sie lächelte traurig. „Du wirst auch ein Jahr nicht hier bei mir im Reitstall sein können ..."

„Verstehe. Ja, alles ungenießbare Zitronen", stimmte Mila zu.

„So und jetzt suchen wir nach dem Zucker für die Limonade", schlug Aurelie vor und Mila sah ein zuversichtliches Funkeln in ihren Augen.

„Also: Zuerst mal sehe ich ganz viel Freiheit und Abenteuer für dich. Welches Mädchen in deinem Alter hat denn schon die Chance, für ein Jahr ins Internatsleben hineinschnuppern zu können? Mit Rückfahrkarte sozusagen. Und du wirst viel mehr Zeit mit Adesso verbringen können, denn du musst nicht immer erst zum Stall fahren. Stall, Schule und dein Bett sind an einem Fleck."

Mila musste sich eingestehen, dass sie daran noch gar nicht gedacht hatte. Es stimmte. Im Internat konnte sie jederzeit nach Adesso schauen. Das war ein echter Vorteil.

„Außerdem bist du dort auch nicht ohne Familienanschluss", fuhr Aurelie fort. „Schließlich unterrichtet deine Tante Caro im *Pferdeinternat Inselglück* Mathe. Und deine Cousine Tini wohnt auch dort. Und jetzt kommt der Superknüller: Marum ist eine wunderschöne Insel. Und was haben Inseln so drumherum? Na? Genau. Strand! Ich beneide dich und Adesso jetzt schon um die vielen Strandausritte."

Mila merkte, wie die Wut aus ihrem Bauch floss und ein wenig Neugierde und Zuversicht hereinschwappten. Das fühlte sich zwar immer noch nicht gut an, aber zumindest spürte sie eine deutliche Verbesserung.

Was Aurelie da für sie ausmalte, klang tatsächlich gar nicht so schlecht. Doch plötzlich musste sie an Renate denken. Konnte sie das Pony wirklich hierlassen? Auf der anderen Seite ...

Mila blickte auf und sah Aurelie fest in die Augen. „Aber du musst mir hoch und heilig versprechen, dass du dich gut um Renate kümmerst, ja?"

„Ich gebe dir mein Hufeisenehrenwort", sagte Aurelie ernst und nahm Mila fest in die Arme.

Zusatzgepäck

In den nächsten zwei Wochen passierte so viel auf einmal, dass Mila kaum zum Nachdenken kam. Ihre Eltern wuselten unruhig hin und her und überall in der Wohnung lagen Packlisten oder schon gestapelte Dinge, die auf keinen Fall vergessen werden durften – schließlich war Milas Abreise schon für das nächste Wochenende geplant. Ihre Eltern würden sie nach Marum begleiten; sie selbst würden dann ein paar Tage später nach Kenia fliegen.

Mila wusste nicht so richtig, was sie davon halten sollte. Auf der einen Seite war es gut, etwas zu tun zu haben. Noch dazu etwas so Spannendes. Auf der anderen Seite ging ihr das alles viel zu schnell. Ein Jahr ohne ihre Freunde und ohne Aurelie? Ohne Mama, mit der man sich so wunderbar aufs Sofa kuscheln und zum mindestens 287. Mal *Bibi & Tina – Der Film* ansehen konnte? (Obwohl Mila eigentlich schon viel zu alt dafür war …) Und ohne Papa – den besten Quatschmacher und Englischvokabel-Abfrager der Welt.

Zumindest eines war klar: Sie würde sie schrecklich vermissen.

Aurelie hatte es zwar geschafft, dass Mila sich mit dem Gedanken an das *Pferdeinternat Inselglück* hatte anfreunden können, aber je näher die Abreise rückte, desto größer wurde der dicke Knubbel in ihrer Magengegend.

Mila beobachtete ihre Eltern, die ein Bild aus dem Regal nahmen und es versonnen ansahen. Sie umarmte ihre Mutter von hinten und legte den Kopf in ihre Halsgrube. Bella neigte zärtlich den Kopf, deutete auf das Bild und sagte: „Kannst du glauben, dass aus dieser niedlichen Dreijährigen so ein tolles Mädchen geworden ist? Ich bin so stolz auf dich, weißt du das?"

Mila betrachtete das Bild. Sie selbst war darauf zu sehen in einem schrecklichen rosa-blaugestreiften Schneeanzug und einem roten Reithelm, unter dem ein langer brauner Zopf hervorguckte. Breit grinsend saß sie auf Renate, die Zügel fest in der Hand.

Sie konnte sich noch erinnern, wie froh sie damals gewesen war, endlich reiten lernen zu dürfen.

„Ach, Mama. Das ist so lange her", flüsterte Mila. „Da war ich noch furchtlos."

„Und genau das bist du heute auch. Ein bisschen älter, aber dafür umso mutiger." Ihr Vater lachte und drückte Milas Hand. „Komm her zu mir, meine kleine Große!", sagte er dann und warf sich auf das große bunte Bodenkissen.

Mila und ihre Mutter sprangen hinterher und alle

schmiegten sich eng aneinander. „Aber wir skypen jeden Abend, oder? Und wenn ich es so gar nicht aushalte auf Marum, dann kommt ihr wieder?"

„Was denkst du denn?", meinte Bella entrüstet. „Glaubst du, ich will vor Sehnsucht vergehen? Natürlich skypen wir, sooft wir können. Du beugst dich dann ganz nah zur Kamera und ich gucke, ob du neue Sommersprossen bekommen hast, ja? Und wenn du es wirklich ganz schrecklich finden solltest, dann kommen wir wieder. Ich will auf keinen Fall, dass mein kleines Mädchen unglücklich ist."

„Na, dann ist ja gut", meinte Mila und kuschelte sich noch fester an ihre Eltern. Sie musste schließlich Kuscheleinheiten für ein Jahr im Voraus auftanken!

„Hier sind noch Adessos Unterlagen", sagte Aurelie und reichte Mila einen grünen Ordner. „Impfpass, Untersuchungsergebnisse und alle anderen wichtigen Dokumente."

Mila war ganz schlecht. Kotzschlecht. Denn jetzt wurde es ernst. Der Tag der Abreise war gekommen. Der Kofferraum des schwarzen Kombis war randvoll mit Milas Sachen und ihr Vater koppelte gerade den geräumigen Pferdeanhänger an den Wagen.

Mila warf den Ordner unachtsam auf den Rücksitz. „Ich komme gleich wieder!", rief sie und verschwand hinter dem Pferdestall.

„Tief durchatmen", ermahnte sie sich. „Schön tief durchatmen." Sie war den Abschied in Gedanken schon Hunderte Male durchgegangen. Doch jetzt fühlte sie sich einfach nur mies und traurig. Und sie war so zornig auf ihre Eltern … genau wie an dem Tag, als sie von ihren Plänen erfahren hatte. Mila ballte die Fäuste und trommelte gegen die Bretterwand des Stalls. Erst als sie einen Blick auf ihre Hände warf, sah sie, dass die Knöchel an der rechten Hand aufgeschürft waren und zu bluten begonnen hatten. Verdammt.

Sie starrte auf das rote Rinnsal, das ihren Handrücken entlanglief. Merkwürdigerweise fühlte sie sich nun viel ruhiger.

Sie kramte ein zerknülltes Taschentuch aus ihrer Jackentasche und wickelte es um ihre blutende Hand.

„Mila, kannst du mal bitte kommen?“, rief ihr Vater in diesem Moment.

Danach rumpelte es laut und Adesso wieherte.

„Bin sofort da!“, rief Mila zurück.

Sie kämpfte sich durch die hohen Brennnesseln, die hinter dem Reitstall wuchsen. Eigentlich hatte sie noch einmal schnell nach Renate schauen wollen. Von ihrem kleinen Mini-Pony hatte sie sich zwar schon gestern ausgiebig verabschiedet – aber trotzdem. Ohne Renate wenigstens noch ein paarmal übers Fell zu streicheln, wollte sie nicht fahren.

„Mila, wir brauchen dich. Jetzt!“, hörte sie nun ihre Mutter genervt rufen.

Für Renate würde sie schon noch fünf Minuten Zeit haben. Jetzt musste sie erst einmal nachsehen, was auf dem Hof los war.

Als Mila um die Ecke bog, war Aurelie schon zur Stelle.

„Ich bin mit meinem Latein am Ende", sagte sie, als sie Mila sanft am Ellbogen aus dem Gestrüpp zog. „Adesso will einfach nicht in den Anhänger. Obwohl er sonst nie Angst hatte. Vielleicht hast du ja eine Idee? Schließlich kennst du dein Pferd am besten."

Mila ging zu Adesso, der auf der Rampe des Anhängers stand und sich offensichtlich weder vor- noch zurückbewegte. Dabei wirkte er aber überhaupt nicht ängstlich, sondern schaute Mila mit herausforderndem Blick ruhig an. Mila stieg zu ihm auf die Rampe und strich ihm über den Stern an seiner Stirn.

„Was ist los, mein Großer?", fragte Mila sanft. „Wir hatten doch alles besprochen. Es passiert dir doch nichts. Schau, wir machen es wie immer!" Mila ging ein paar Schritte in den Anhänger hinein und wartete darauf, dass Adesso folgen würde. Doch der blieb einfach stehen und dachte überhaupt nicht daran, sich auch nur einen Huf nach vorne zu bewegen.

Mila klapste ihm freundlich auf den Po. Sie versuchte es mit Leckerli. Sie führte ihn noch einmal ganz von der Rampe hinunter und lief mit ihm eine Runde über den Hof. Es half alles nichts. Adesso weigerte sich, den Pferdeanhänger zu betreten.

„Tja, die Anreise nach Marum dauert wohl länger, als wir angenommen haben", seufzte Bella und setzte sich auf die blaue Holzbank, die vor dem Pferdestall stand. Chris und Aurelie gingen in die Reiterstube, um allen etwas zu trinken zu holen. Mila brauchte auch eine Pause. Erschöpft ließ sie sich neben ihre Mutter plumpsen und zog die dicke Steppjacke aus. Es war ein schöner, sonniger Tag. Fast ein wenig zu warm für März. Am großen Ahornbaum, der neben Aurelies Wohnhaus stand, konnte man schon die ersten grünen Knospen erkennen. Mila blinzelte gegen die Sonne, die genau hinter dem Baum stand und ihn so in ein magisches Licht tauchte. Eigentlich ein perfekter Tag für einen Neuanfang, schoss es Mila durch den Kopf. Wenn es nur nicht so traurig wäre, Renate, Aurelie und ihre Eltern für ein ganzes Jahr nicht wiedersehen zu können. Sie beobachtete Adesso, der an der langen Holzstange im Hof angebunden war. Er schien überhaupt nicht aufgeregt zu sein. Nur irgendwie nicht bereit. So, als würde er auf etwas warten. Auf etwas ganz Selbstverständliches. Aber was konnte das sein? Was war anders als sonst?

Plötzlich war es Mila klar. Sie schlug sich mit der flachen Hand an die Stirn. „Ich hab's", sagte sie. „Jetzt weiß ich, warum Adesso nicht in den Anhänger geht."

„Na, dann schieß mal los", erwiderte Bella neugierig.

„Renate. Er wartet auf Renate. Er war noch nie ohne sie im Anhänger. Deswegen weigert er sich."

„Vielleicht hast du recht", meinte Bella nachdenklich. „Einen Versuch ist es wert. Und was soll's. Dann fahren wir eben mit zwei Pferden nach Marum und nehmen Renate anschließend wieder mit. Geh sie doch mal holen!"

Mila stand auf und lief in den Pferdestall. Renate wirkte ohne Adesso an ihrer Seite ganz klein und verloren. Und die Doppelpferdebox riesig und leer.

Mila entriegelte das Schloss und schob die schwere Tür zur Seite. Sie nahm das Stallhalfter vom Haken, trat in die Box und stülpte es Renate über den Kopf. „Du musst uns helfen. Dein großer Kumpel schafft das nicht allein."

Renate wieherte leise.

„Du hast mich verstanden, nicht wahr?", fragte Mila. „Du bist so ein kluges Pony! Komm."

Mila führte Renate auf den Hof. Sie gab ihr zur Belohnung eine große Möhre. Obwohl Renate so klein war, knabberte sie sie mit zwei Bissen weg.

„Im Futtern warst du schon immer größer, als du aussiehst", lachte Mila.

Renate steuerte auf Adesso zu und Mila ließ sie gewähren. Sie war gespannt, ob ihr Plan aufgehen würde.

Renates Maul reichte Adesso gerade mal an sein Kniegelenk. Doch genau an dieser Stelle stupste sie ihn nun an und wandte den Kopf in Richtung Anhänger. Adesso beugte den langen geschmeidigen Hals zu ihr herunter, beschnupperte sie zärtlich und hatte plötzlich einen höchst zufriedenen Gesichtsausdruck.

„Was habt ihr denn vor?", fragte Aurelie, die in diesem Augenblick mit einem Tablett voller Wassergläser im Türrahmen stand.

„Pst, leise", flüsterte Bella und legte den Zeigefinger

auf die Lippen. „Ich glaube, Mila hat einen Weg gefunden, sodass Adesso freiwillig in den Anhänger steigt."

Aurelie stellte das Tablett ab. Chris war hinter sie getreten und beobachtete nun ebenfalls staunend, was passierte.

Bella ging mit Renate voraus zum Anhänger. Mila band Adesso von der Stange los und der trottete, als ob er nie etwas anderes vorgehabt hätte, hinter Renate her, die Rampe hoch ins Innere des Anhängers.

Aurelie klatschte. „Bravo, Mila!", rief sie begeistert. „Du hast die Situation durch Adessos Augen gesehen und ihm nicht einfach deinen Willen aufgezwungen. Und du hast es wunderbar gelöst. Ich bin so stolz auf dich!" Sie rannte auf Mila zu und umarmte sie stürmisch. „Das ist genau das, was ich dir beibringen wollte. Die Pferde zu verstehen und dich in sie hineinzuversetzen. Das Reiten, das kommt dann ganz von alleine. Wichtig ist, dass du und dein Pferd ein Team seid. Nimm das mit nach Marum und bewahre dir das, Mila!" Aurelie löste die Umarmung und wischte sich eine Rührungsträne aus dem Augenwinkel. „Und jetzt, da alle verpackt und verstaut sind, ab mit euch! Aber schnell. Sonst kann ich euch leider nicht mehr gehen lassen!", schniefte sie und bemühte sich zu lächeln.

Mila schluckte. Sie spürte, dass sie auf Aurelies Reiterhof immer zu Hause sein würde und sie Aurelie und ihre gemütlichen gemeinsamen Nachmittage schrecklich vermissen würde.

Als Chris den schwarzen Kombi mit dem unerwarteten Zusatzgepäck durch das Tor des Reiterhofs lenkte, kurbelte Mila das hintere Fenster nach unten, lehnte sich, so weit es ging, nach draußen und winkte Aurelie zu, bis die nur noch als kleiner Punkt zu sehen war. Ihr Abenteuerjahr auf Marum konnte beginnen!

Gemischte Gefühle

Der Wagen rumpelte und hoppelte langsam über die Insellandstraße.

Mila schloss die Augen. Jetzt erst merkte sie, wie müde sie war. Die Überfahrt mit der Fähre hatte gut geklappt. Sie hatte zweimal nach Adesso und Renate gesehen, aber die beiden waren trotz des Geschaukels ruhig geblieben.

Ganz anders als sie. Sie hatte immer wieder beunruhigt daran denken müssen, dass Adesso und sie sich schon bald von dem kleinen Pony würden verabschieden müssen.

„Wann sind wir da?", fragte sie und gähnte.

„Bald", antwortete ihr Vater. „Vielleicht zehn Minuten. Die Insel ist winzig. Schau, da vorne sind die ersten Häuser von Ritteck."

Mila streckte sich und gähnte noch einmal. „Hoffentlich ist diese Stadt nicht so verschlafen wie ich gerade."

Ihre Mutter lachte. „Na ja, sagen wir mal so: In Berlin ist sicher ein wenig mehr los. Aber immerhin gibt es einen super Reit-Shop. Da kriegst du vom selbst gebackenen Leckerli bis zur Bandage alles, was du dir vorstellen kannst. Den Rest wirst du schnell selbst herausfinden, denke ich."

Sie fuhren weiter. An den Salzwiesen entlang, auf denen die Schafe weideten.

„Sieht aus, als hätte jemand eine Packung Watteböllchen auf der Wiese verteilt", meinte Mila. „Niedlich, wie die da so puschelig herumstehen und fressen." Der Himmel schien irgendwie tiefer zu hängen. Aber das konnte ja gar nicht sein. Vielleicht lag das an der flachen Landschaft? Sie kurbelte das Fenster einen Spaltbreit herunter. Der Geruch von Salzwasser, Algen und Tang schwappte herein. Mila atmete tief ein. Ob Adesso diesen Geruch wohl auch mochte? Bestimmt. Ein kleiner Glücksfunken zischte durch ihren Bauch, als sie sich vorstellte, wie sie mit ihm über den Strand galoppierte.

„Und hier sind wir auch schon", sagte Chris und deutete auf eine Tafel am Wegesrand. „Willkommen im *Pferdeinternat Inselglück*" stand in verschnörkelter Schrift darauf. Chris bog auf den schmalen Weg ein. Der führte sie erst durch ein kleines dichtes Wäldchen. Als die Bäume sich lichteten, sah Mila, dass sie direkt auf ein riesiges Gebäude zufuhren. Sie staunte. So etwas hatte sie noch nie gesehen.

Der mittlere Teil schien schon recht alt zu sein. Er

war aus roten Backsteinen gebaut und erinnerte Mila an ein Landschlösschen. In einem Halbkreis um das Schlösschen herum befanden sich die geräumigen Stallungen. Das Ungewöhnliche an dem Gebäude war jedoch, dass das Hauptgebäude und die Stallungen durch einen modernen Bau aus Holz und viel Glas verbunden waren.

Bella sah Milas verwunderten Blick. „In dem alten Gebäude befinden sich die Schule und die Wohnungen der Lehrer. Die Schüler haben ihre Zimmer im Neubau. Ich glaube, es wird dir gefallen."

Mila nickte. „Im Internet sieht das Internat total unscheinbar aus. Komisch. Dabei könnte es sicher den ersten Preis bei *Schöner Wohnen* gewinnen."

„Das Internat soll nicht protzig wirken", sagte Bella. „Darauf ist Frau Steinbach, die Direktorin, sehr bedacht. Sie möchte, dass die Schüler wegen des Reitens hierherkommen und nicht, weil es gerade chic ist."

„Klingt ja ganz sympathisch", meinte Mila. „Du meinst also, es gibt keine Prinzessinnen, denen andere die Ställe ausmisten müssen und so was?"

„Nein, wirklich nicht", lachte Bella. „Die würde Frau Steinbach schneller von der Schule werfen, als ihr Pferd buckeln kann."

„Seht mal da vorne!", rief Chris. „Ich glaube, wir werden erwartet."

Vor dem Portal des Internats stand eine Traube Menschen und winkte. Mila und ihre Eltern stiegen aus.

Eine etwa fünfzigjährige Frau in Jeans und sportlichem Sakko kam freudestrahlend auf Chris und Bella zu: „Herr und Frau Hofer, wie schön, Sie wiederzusehen." Dann blickte sie Mila an und streckte ihr die Hand entgegen. „Und du bist Mila? Ich freue mich sehr! Ich bin Frau Steinbach, die Direktorin von *Inselglück*."

Mila schüttelte der Direktorin die Hand. Sie wusste nicht so richtig, was sie sagen sollte. „Ähm … ja, hallo!", druckste sie schließlich heraus.

„Mila! Endlich!", quiekte in diesem Moment ein kleines Mädchen im rosa Prinzessinnenkostüm, das von der Seite auf Mila zustürmte. „Schau mal, ich bin Dornröschen. Und der blöde Prinz hat vergessen, mir das hier für die Hochzeit zu geben", sagte sie und fuchtelte mit einer Kette aus roten Stoffrosen vor Milas Nase herum.

„Tini?", fragte Mila kichernd. „Bist du das unter dem Kostüm?"

„Tini, nicht!", rief eine blonde Frau, die Mila sofort als ihre Tante Caro ausmachte. „Lass Mila doch erst mal in Ruhe ankommen."

„Versteh ich nicht, sie ist doch schon da!" Tini stampfte nacheinander mit den Füßen auf, die in viel zu großen gelben Gummistiefeln steckten.

„Tini, klar, komm her. Ist doch logisch, dass du Mila begrüßen willst", meinte Frau Steinbach und strich Tini übers Haar.

Tini rückte ihre Plastikkrone wieder gerade. „Ja, eben. Sie ist nämlich meine Ku… Kusstrine."

„Cousine“, sagte Caro und lachte. „Mila ist deine Cousine.“

„Ja, dann eben Cousine. Halt jemand, mit dem man verwandt ist, aber bei dem es nicht eklig ist, ihn zu küssen!“

Tini zog den Mund zu einer Kussschnute und wackelte auf Mila zu. „Du darfst mich jetzt küssen!“, verkündete sie und kniff die Augen zu.

Mila beugte sich herunter, umarmte ihre Cousine und schmatzte Tini ein Bussi auf die Backe.

„Herzlicher ist hier, soweit ich weiß, noch niemand begrüßt worden“, meinte Frau Steinbach lachend. „Dann stelle ich dir ein paar wichtige Leute des Pferdeinternats vor, einverstanden?“

Mila wurde vor Freude ganz rot im Gesicht und nickte.

„Also, das sind deine Reitlehrer.“ Frau Steinbach zeigte auf eine junge Frau um die zwanzig, die ein wenig angestrengt lächelte, und auf einen Mann mit Bart und Holzfällerhemd, der Mila freundlich zuzwinkerte. „Tamara Reiners ist Springtrainerin und Luke Verhoven ist für die Vielseitigkeit und das Natural Horsemanship zuständig“, erklärte Frau Steinbach. „Steffen Gründgen, der Stallmeister, ist gerade unterwegs. Aber du wirst ihn sicher nachher kennenlernen, wenn du heute Abend Adesso versorgst.“

„Und man kann nur hoffen, dass er nicht auch so einen Aufstand um die Neue macht wie die Steinbach. Kommt mitten im Schuljahr. So etwas hätten wir uns nicht erlauben können. Aber klar, wir haben ja auch keine Tante, die an der Schule arbeitet", hörte Mila jemanden genervt murmeln. Sie blickte auf. Wer konnte so etwas Gemeines gesagt haben? Ein Mädchen mit roten Locken stieß ein anderes, mürrisch dreinblickendes Mädchen in die Seite und zischte: „He, Nele, was soll das? Mila hat dir doch gar nichts getan."

Nele funkelte erst das lockige Mädchen und dann Mila an und stampfte ohne ein weiteres Wort die Treppe hinauf.

Mila schluckte. Sie hatte es doch gewusst! Hier waren nur superhochnäsige Pferdetussis. Und hier sollte sie ein ganzes Jahr verbringen? Verdammt. Sie wollte wieder nach Hause. Und zwar sofort. Sie blickte Hilfe suchend zu ihren Eltern. Die schraubten aber gerade an der Kupplung des Pferdeanhängers herum und hatten die Sache gar nicht mitbekommen.

„Hallo, ich bin Charly!" Das Mädchen mit den roten Locken streckte Mila die Hand hin. „Mach dir bloß keinen Stress wegen Nele. Die ist zurzeit einfach total kotzig drauf. Beachte sie gar nicht, okay?"

„Mm, wenn du meinst." Mila war sich nicht sicher, ob sie den zornigen Gesichtsausdruck ihrer zukünftigen Mitschülerin so leicht aus dem Kopf streichen konnte. „Ich bin übrigens Mila."

Charly kicherte. „Das weiß ich doch. Seit Tagen haben wir hier im Internat kein anderes Thema mehr: wie du wohl aussiehst, was du für ein Pferd mitbringst, wie es heißt und so weiter. Am neugierigsten waren die Jungs. Die haben die ganze Zeit spekuliert, ob du wohl Polo spielen kannst."

„Polo? Das ist doch das Spiel, bei dem die Reiter mit einem Schläger einen Ball treffen und im besten Fall auch noch ins Tor schießen müssen." Mila lachte. „Spielen das nicht nur englische Millionäre?"

„Kann schon sein. Unsere Zwillinge Mark und Jakob sind allerdings auch ganz heiß drauf."

„Nee, damit kann ich nicht dienen", sagte Mila. „Aber jetzt muss ich mal nach meinem Pferd schauen. Kommst du mit? Dann stell ich dir Adesso vor."

„Klar", antwortete Charly. „Adesso? Das ist ein cooler Name."

Mila freute sich über das Kompliment. „Finde ich auch", erwiderte sie. Sie ging mit Charly zum Anhänger, wo ihr Vater Adesso gerade rückwärts die Rampe herunterführte.

Als Adesso Mila sah, hob er den Kopf und wieherte zur Begrüßung.

„Hallo, mein Schöner", sagte Mila und strich dem dunkelbraunen Hengst über den Nasenrücken. „Schau dich mal um. Meinst du, hier können wir es ein ganzes Jahr aushalten?"

„Da, wo du bist, ist auch Adesso zu Hause", meinte Chris. „Er ist sehr auf dich bezogen."

„Und auf Renate", fügte Mila hinzu. „Das wird ganz schön schwierig für ihn werden, wenn ihr sie gleich wieder mitnehmt."

In diesem Augenblick rannte Tini mit wehendem

Prinzessinnenkleid die Rampe hoch und blieb mit glänzenden Augen vor Renate stehen. Die trat einen Schritt nach vorne und schnupperte an der Stoffblume, die Tini an ihr Kleid gesteckt hatte. Offensichtlich roch sie ihr nicht gut genug, denn sie wandte den Kopf sofort wieder ab.

„Da bist du ja endlich", flüsterte Tini und streckte vorsichtig die Hand nach dem Mini-Pony aus. „Mein Elfenpony!"

Elfenpony?! Mila und Charly mussten kichern. Es war einfach zu niedlich, wie Tini in ihrer Prinzessinnenkleidung vor der ganz und gar unelfenhaften Renate stand und sie verzückt ansah.

Renate witterte sofort ihre Chance, an ein paar Extra-Leckerli zu kommen, und ließ sich bereitwillig von Tini eine kleine Plastikkrone in die Mähne binden und aus dem Anhänger führen.

„Toll machst du das", lobte Tini und führte Renate am Stallhalfter über den Innenhof zu den Stallungen. „Du bist ein ganz feines Elfenpony!"

„Auweia", sagte Mila.

„Ach, lass sie doch! Sie wünscht sich schon so lange ein Pony. Aber ihre Mutter war bisher dagegen." Charly winkte Milas Tante zu, die gerade auf die beiden Mädchen zukam.

„Das Blöde daran ist, dass mein Pony nicht bleiben darf", antwortete Mila traurig. „Wir haben sie nur mitgenommen, weil Adesso sonst nicht in den Anhänger gegangen wäre."

„Die arme Tini!" Charly sah Mila mitfühlend an. „Und du? Das fällt dir doch bestimmt auch nicht leicht."

„Überhaupt nicht. Ich kenne Renate schon mein ganzes Leben. Mit meinen Eltern kann ich wenigstens skypen. Aber digital schmusen geht ja leider nicht." Mila lächelte gequält. „Vermissen werde ich sie alle drei. Zum Glück habe ich noch Adesso."

„Na, habt ihr euch schon bekannt gemacht?" Caro legte Mila den Arm um die Schulter. „Ich hab mir gleich gedacht, dass ihr euch gut verstehen werdet."

„Hallo, Frau Hofer", sagte Charly.

„Mila, kann ich mal kurz mit dir unter vier Augen sprechen?", fragte Caro.

„Kein Problem. Ich wollte sowieso gerade mal nach Vanilla schauen", sagte Charly schnell. „Nicht dass sie sich Hals über Kopf in Adesso verliebt und dem guten Jolly Jumper untreu wird." Damit verschwand sie in Richtung Stall.

„Ich verstehe nur Pferdeapfel." Mila guckte Charly verwundert nach. „Wer ist Vanilla? Und wer Jolly Jumper?"

Caro lachte. „Da kann ich dir weiterhelfen. Vanilla ist Charlys Stute und Jolly Jumper ist der Hengst von Reitlehrer Luke. Aber eigentlich wollte ich dich etwas ganz anderes fragen."

„Schieß los!"

„Es geht um Renate", begann Caro. „Was würdest du dazu sagen, wenn sie doch hierbleiben könnte?"

Milas Blick verdüsterte sich. „Keine Chance. Papa hat Frau Steinbach schon gefragt. Jeder Schüler darf nur ein Pferd mitbringen. Das ist eine eiserne Regel hier im Internat. Und so nett Frau Steinbach auch wirkt, da hat sie nicht mit sich reden lassen."

„Mm, ja. Eigentlich stimmt das auch. Aber Chris hat ihr gerade von der Sache mit dem Anhänger erzählt. Und sie befürchtet, dass Adesso zu sehr trauern würde. Als sie erfahren hat, dass die beiden bei Aurelie in einer Box standen, war sie bereit, eine Ausnahme zu machen – für Adesso, für dich und für …" Caro strich sich eine lose Strähne aus der Stirn. „… Tini. Die ist völlig aus dem Häuschen, seit sie Renate gesehen hat." Caro hielt ihren Arm hoch, an dem eine pinkfarbene Digitalkamera hing. „Sie hat sogar ihre heiß geliebte Kamera im Stall liegen lassen. In ihrem Kopf galoppiert nur noch Renate." Sie lächelte. „Ich hatte sowieso mit dem Gedanken gespielt, ihr ein eigenes Pony zu kaufen, aber so … Das wäre doch die beste Lösung für alle!"

Mila strahlte übers ganze Gesicht. „Echt? Renate darf bleiben? Meinst du das ernst?"

Caro nickte.

Mila fiel ihrer Tante um den Hals. „Das wäre ja … also das ist … megagenial! Danke. Das muss ich gleich Adesso erzählen."

„Und ich werde Tini mal ihre Kamera zurückbringen", meinte Caro. „Bestimmt will sie heute noch das ein oder andere Foto von Renate schießen."

Ein ganzes halbes Zimmer

Der erste Tag im Internat hätte auch schlimmer anfangen können, dachte Mila, als sie mit ihrem Koffer den hellen Flur entlangrollte, von dem die Zimmer der Internatsschüler abgingen. Ihre Eltern waren schon gefahren, sie hatte sich keinen langen Abschied gewünscht. Und mit Adesso und Renate an ihrer Seite war es ihr leichter gefallen, als sie gedacht hatte. Mila fand es erstaunlich, was für eine beruhigende Wirkung das Pony auf sie hatte. Und auch auf Adesso. Mila tastete nach dem kleinen Hufeisen, das an einer Kette um ihren Hals hing. Der Talisman ihrer Mutter! Der, den sie immer getragen hatte. Gestern hatte sie ihn Mila gegeben, damit er sie beschützte. Als Mila das goldene Hufeisen berührte, spürte sie beinahe die Nähe ihrer Mutter.

Sie sah auf den Schlüssel, den Frau Steinbach ihr gegeben hatte. „Fernblick“ stand darauf. Puh. Einen kitschigeren Namen hatte sich die Direktorin auch nicht ausdenken können. Wie wohl die anderen Zimmer hießen? „Rot glühender Sonnenuntergang“

und „Sommer-Apfelblütentraum“? Kichernd zog sie den Koffer weiter. Aus einem der Zimmer klang traurigdüstere Musik und jemand sang ziemlich schief aus vollem Hals mit. Zwischen den Türen waren runde Fenster in die Wand eingelassen. Wie Bullaugen auf einem Schiff. Neugierig linste Mila hindurch. Das war ja cool! Durch die Fenster konnte man direkt in den Stall gucken. Man musste also nicht erst hinaus, um zu sehen, ob es den Pferden gut ging.

Mila suchte das Bullauge, durch das sie zu Renate und Adesso sehen konnte. Da waren sie. Sie standen entspannt in der Box und fraßen Heu. Sehr gut. Dann konnte sie ja jetzt in Ruhe auspacken. Ihr Blick fiel auf die nächstgelegene Tür. „Fernblick“ stand darauf – hier war sie richtig. Sie drückte die Klinke nach unten.

„Spinnst du?“, rief jemand wütend. „Kannst du nicht anklopfen?“

„'tschuldigung“, murmelte Mila verwirrt. „Ich dachte, das ist mein Zimmer.“

Mila wollte schon wieder kehrtmachen, um zu Frau Steinbach zu gehen und den Irrtum aufzuklären, da tönte es von innen: „Wessen Zimmer das ist, ist Ansichtssache. Bis gestern war es jedenfalls meins.“

Mila stutzte. Die zornige Stimme hatte sie doch schon mal gehört … war das nicht Nele? Sie öffnete die Tür. Tatsächlich! Nele saß auf ihrem Bett und wickelte rot-weiß gestreiftes Absperrband auf die Rolle zurück. Ihre blonden langen Haare hingen ihr dabei wie ein Vorhang vor dem Gesicht.

„Bleib besser draußen, bis ich fertig bin“, knurrte sie und deutete auf das Bett unter dem Fenster. „Das da drüben wird deine Hälfte.“

Mila wusste überhaupt nicht, was sie sagen sollte. Wieso hatte Nele quer durch das Zimmer eine kniehohe Mauer aus ausrangierten Cavalettis aufgebaut? Und Absperrband wie ein Spinnennetz von der Garderobe zum Badezimmer gespannt. Plötzlich machte es KLICK. Konnte es sein, dass sie hier gar kein Zimmer für sich alleine haben würde? Und noch viel schlimmer: Konnte es etwa auch sein, dass sie sich dieses Zimmer mit der Oberzicke Nele würde teilen müssen?

„Wir wohnen also hier zusammen?“, fragte sie ein wenig forscher als geplant.

„Großes Missverständnis“, antwortete Nele kühl. „Du wohnst hier und ich wohne hier. Aber wir wohnen hier nicht zusammen. Verstanden? Ich hab mir bestimmt nicht ausgesucht, dass jemand bei mir einzieht.“

„Das hab ich schon kapiert.“ Mila drückte das straff gespannte Plastikband neben ihr ein Stück herunter. Als sie es losließ, schnalzte es wieder nach oben.

„Lass das bloß in Ruhe“, sagte Nele und warf Mila einen finsteren Blick zu. „Ich warne dich!“

„Darf ich fragen, warum du so sauer auf mich bist?“, wollte Mila wissen.

„Nee, das darfst du nicht. Das geht dich nämlich überhaupt nichts an. Und hiermit wären wir bei Punkt zwei. Das unnötige Gelaber lässt du bitte bleiben.

Ich habe nicht die geringste Lust, mit dir über ‚coole Jungs', ‚süße Pferde' oder ‚Flechtfrisuren' zu reden. Der ganze Mädelskram interessiert mich null Komma null. Ist das klar?"

Mila spürte, wie die Wut rot und heiß durch ihren ganzen Körper raste. Was bildete sich diese Nele eigentlich ein? Nein, hier wollte sie keine Sekunde länger bleiben.

Ohne etwas zu sagen, knallte sie den Koffer auf das Absperrband. Mit einem PLOPP zerriss das dünne Plastik und die losen Enden fielen auf den Boden.

Nele sprang wütend aus dem Bett. „Bist du bescheuert? Ich hab doch gesagt, du sollst es in Ruhe lassen. Jetzt ist es kaputt!"

Mila krallte ihre Fingernägel so fest in die Handfläche, dass es wehtat. Dann stürmte sie auf die Mauer aus Cavalettis zu und trat wütend dagegen. Der mittlere Teil der Mauer kippte und eines der Cavalettis fiel Nele auf die Füße.

„Du … du … du … bist ja gemeingefährlich", zischte Nele und hielt sich den linken Fuß. „Das wird ein Nachspiel haben!"

Mila erschrak. Das hatte sie nicht gewollt. Nele war zwar superunverschämt zu ihr gewesen, aber sie hatte ihr nicht wehtun wollen. Sie war einfach explodiert. Wie immer, wenn sie wütend wurde. Dann dachte sie einfach überhaupt nicht nach.

Panisch rannte sie auf den Flur. Durch die Glastür und über den Hof. Sie rannte an den Stallungen vorbei in das kleine Wäldchen, das dahinterlag. Sie rannte und rannte, bis sie sich nach Luft japsend an einen Baum fallen ließ. Warum hatte sie ihre Eltern nur so früh schon fahren lassen? Sie wollte weg hier. Diese blöde Nele. Ausgerechnet mit der musste sie sich ein Zimmer teilen. Schöne Scheiße!

„Ahhhhhhh", schrie sie, so laut sie konnte. „Ich will heim! Sofort." Plötzlich stand ein Junge mit einer Schubkarre voller Kleinholz vor ihr.

„Sag mal. Warum schreist du hier denn so rum? Ich hab mich fast zu Tode erschreckt."

Mila sah den Jungen an. Es stimmte, er war wirklich ganz blass.

„'tschuldigung", murmelte sie. „War keine Absicht."

„Entschuldigung angenommen. Kann ich dir irgendwie helfen? Ich bin übrigens Michel. Mein Vater ist der Stallmeister hier im Pferdeinternat." Michel ließ die Schubkarre mit einem Rums auf den Boden krachen. „Bist du Mila? Alle sind ganz schön aufgeregt wegen dir."

„Ja, stimmt. Die Aufregung war allerdings völlig unnötig. So wie es aussieht, bin ich hier nämlich bald wieder weg."

Michel sah Mila erstaunt an. „Warum das denn? Die meisten haben hart gearbeitet, um überhaupt im Internat aufgenommen zu werden. *Inselglück* hat einen super Ruf. Wenn du Karriere als Springreiterin machen und sogar in den Olympiakader möchtest, dann bist du hier genau richtig."

„Genau darum geht es ja. Ich will überhaupt keine Springreiterin werden. Und Karriere will ich schon gar nicht machen. Und ich hab auch nicht hart trainiert oder so was. Der einzige Grund, warum ich hier bin, ist, dass meine Eltern für ein Jahr ins Ausland gehen und meine Tante im Internat Lehrerin ist. Das ist das ganze Geheimnis. Ich reite zwar gern und habe ein Pferd, aber ich schwöre dir, Adesso ist in seinem Leben noch nicht mal den einfachsten Parcours gesprungen. So viel dazu. Und nach Hause will ich, weil mein Zimmer unbewohnbar ist."

„Das kann doch gar nicht sein, die Zimmer sind alle ganz neu. Ich würde was drum geben, wenn ich dort wohnen dürfte, glaub mir. Ich wohne mit meinem Vater im Altbau. Dort ist es kalt und feucht."

„Ich tausche gerne: kalt und feucht gegen einen wütenden Drachen", antwortete Mila.

Michel zog die Augenbrauen nach oben. „Oh. Ich verstehe. Du bist mit Nele in einem Zimmer?"

„Richtig. Und niemand hat mich vorgewarnt. Ich bin direkt in die Drachenhöhle getapst."

„He, so schlimm wird es schon nicht werden." Michel klopfte Mila auf die Schulter. „Wenn Nele Feuer speien will, ist es meistens nur Rauch. Ich kenne sie nun schon eine ganze Weile."

Mila stellte sich Nele als Babydrache vor, aus dessen Mund kleine Rauchwölkchen aufstiegen. Sie musste grinsen. Und Nele schien auf einmal wesentlich weniger bedrohlich.

„Weißt du, was?“, sagte Michel und unterbrach Milas Gedanken. „Ich zeige dir jetzt, wo alles im Stall ist. Und du sagst mir, was ich über dein Pferd wissen muss. Adesso heißt es, richtig?“

„Stimmt. Also hast du ihn schon kennengelernt?“

Michel nickte. „Du hast ein tolles Pferd. Und soweit ich sehen konnte, wäre er perfekt fürs Springen. Gibt es einen Grund, warum du es noch nie versucht hast?“

Sie gingen den schmalen Waldweg entlang zum Stall. Michels Schubkarre holperte über die Wurzeln im Boden.

„Eigentlich weiß ich es gar nicht so recht“, überlegte Mila. „Ich glaube, ich mag die Konkurrenz und den ganzen Druck nicht. Für mich muss Reiten Spaß machen. Statt ständig noch höher und weiter über Hindernisse zu springen, fand ich es schon immer besser, lange Tourenritte zu machen. Mit Zelt und Schlafsack und allem Pipapo.“

„Das mache ich auch gerne“, meinte Michel und schob das Tor zum Pferdestall zur Seite. „Hättest du Lust, bald mal mit mir auszureiten?“

Mila strahlte. „Klar. Gerne.“

„Abgemacht“, erwiderte Michel. „Aber dazu musst du noch wissen, wo hier der Sattel hängt. Bist du bereit? Denn die ultimative Spezial-Michel-Führung durch den Stall des weltberühmten *Pferdeinternats Inselglück* beginnt genau: jetzt!“

„Fast bereit“, antwortete sie. „Vorher muss ich noch ganz dringend zwei süße Pferde knuddeln.“

Springtraining

Während Michel Mila alles gezeigt hatte, waren immer mehr Mädchen und Jungen in den Stall gekommen, um ihre Pferde für das anstehende Springtraining fertig zu machen.

Mila hatte Charly sofort entdeckt und ihr geholfen, Vanilla, eine cremefarbene wunderschöne Hannoveraner-Stute, zu striegeln. Dabei hatte sie ihr alles über ihr merkwürdiges Erlebnis mit Nele erzählt. Allerdings sehr leise, denn Nele hatte ihr Pferd Pferdinand, einen großen, sehr ruhig wirkenden Apfelschimmel, nur wenige Meter vor ihnen in der Stallgasse angebunden, um aufzusatteln.

„Ich habe echt nicht gewusst, dass die Steinbach dich ausgerechnet zu Nele ins Zimmer steckt", flüsterte Charly mitleidig. „Franzi ist auch allein auf dem Zimmer. Sie hört zwar schrecklich düstere Musik, aber sie ist total nett. Da drüben steht sie übrigens." Charly deutete auf ein Mädchen, das ganz in Schwarz gekleidet war. Sie hatte lange schwarze Haare und ihre Augen waren so dick mit schwarzem Kajal umrandet, dass sie Mila an einen Pandabären erinnerte. Neben ihr stand ein schwarzer Araberhengst. „Ihr Pferd heißt Black Velvet", fuhr Charly fort. „Na ja, sie muss sich wenigstens morgens nie fragen, ob ihre Klamotten farblich zusammenpassen – oder zu ihrem Pferd."

„Ich glaube, ich habe sie vorhin singen hören", sagte Mila. „Und wer ist das da?" Sie deutete auf ein Mädchen, das komplett in Rosa gekleidet war. Sogar ihr Reithelm war pinkfarben. „Ist sie das Gegenstück zu Franzi?" Mila kicherte.

„Könnte man so sagen", meinte Charly grinsend. „Das ist Isa, meine Zimmergenossin, mit ihrer Stute Melodie. Isa liebt alles, was rosa, puschelig und glänzend ist. Aber davon abgesehen ist sie ganz in Ordnung."

„Hast du ein Glück", sagte Mila. „Wenn das Neles einzige Schwäche wäre, würde es mir deutlich besser gehen." Sie nahm Vanillas Trense und wollte sie ihr über den Kopf streifen. Sie stutzte: „Was sind denn da für Wappen eingeprägt?", fragte Mila neugierig.

„Ach, das ist nur, weil Vanilla aus einem königlichen Stall stammt. Das hat nichts weiter zu bedeuten", erklärte Charly.

„Wow, das ist ja cool. Woher denn?"

„Keine Ahnung. Hat mich nie interessiert." Charly wandte sich ein wenig ab. „Willst du Adesso nicht auch fertig machen?"

„Nö. Adesso und ich springen nur im Gelände. Nicht über so blöde Holzstangen oder künstliche Wassergräben."

„Schade. Tamara ist die beste Springtrainerin, die man sich wünschen kann. Sie ist zwar auch gnadenlos kritisch, aber nur wenn sie merkt, dass man nicht ganz bei der Sache ist. Außerdem ist Luke dabei. Er reitet sein Pferd ohne Sattel und Trense. Jolly Jumper reagiert einfach auf die Hilfen, die Luke mit seinem Körper gibt. Sie verschmelzen förmlich", schwärmte Charly. „Er hat mir schon so viele gute Tipps gegeben. Ich verstehe Vanilla jetzt viel besser als früher und sie mich auch."

Mila wunderte sich. Das klang ganz nach Aurelie. So einen Trainer gab es hier auf Marum? Und er begleitete das Springtraining? Vielleicht war der Reitunterricht doch nicht so übel, wie sie zunächst befürchtet hatte?

„Klingt richtig cool", gab sie zu. „Ich werde mir das Ganze gleich mal ansehen."

Eine Viertelstunde später stand Mila am Rand des Reitplatzes und beobachtete das Training. Nele ritt gerade mit Pferdinand den Parcours.

Tamara sah sehr zufrieden aus. „Super, Nele", rief sie. „Perfektes Timing für den Absprung. Und jetzt: schön ruhig den Oxer nehmen. Ja, nach dem Sprung mit den Händen nachgeben!"

Nele warf Mila im Vorbeigaloppieren einen hochmütigen Blick zu.

Doch Mila beachtete sie gar nicht weiter, sondern konzentrierte sich auf Charly, die sich nun für die

Runde bereit machte. In diesem Moment flog ein Schwarm Krähen laut kreischend über die Köpfe der Reiter hinweg.

Vanilla wieherte ängstlich und wich nach hinten aus. Charly beruhigte die Stute, indem sie sie am Hals streichelte und ihr etwas ins Ohr flüsterte.

„Sie fürchtet sich vor Vögeln. Immer noch", sagte Charly entschuldigend.

„Komm nach der Stunde zu mir", bot Luke an. „Ich würde gerne etwas mit ihr ausprobieren."

Charly nickte dankbar und ritt los.

Doch schon beim ersten Hindernis riss Vanilla zwei Stangen. Und vor der Mauer verweigerte sie völlig.

Charly versuchte es noch zwei Mal – ohne Erfolg.

„Wir dürfen nichts erzwingen", sagte Tamara. „Reite mit Vanilla ein paar Runden auf dem Abreitplatz, ja? Dann probieren wir es später noch einmal, wenn sie sich wieder konzentrieren kann."

Mit hängendem Kopf trabte Charly an den Rand des Platzes.

Mila lächelte ihr aufmunternd zu.

Nun sprangen zwei Jungs, die Mila zwar vorhin im Stall gesehen hatte, aber deren Namen sie nicht kannte. Sie ritten gut – sehr gut sogar, soweit Mila das beurteilen konnte. Ihre fuchsfarbenen Pferde flogen förmlich über die schwierigsten Hindernisse. In der Sonne sah ihr rotes Fell aus, als würde es glühen. Wie ein Komet, fuhr es Mila durch den Kopf. Bis auf die lange Blesse, die das eine Pferd trug, konnte man sie kaum unterscheiden. Ganz anders die beiden Jungen. Der blonde lachte entspannt, der dunkelhaarige dagegen verzog während des Ritts verbissen das Gesicht. Mila nahm sich vor, Charly nach der Stunde nach ihnen zu fragen. Doch für den Moment hatte sie genug gesehen. Sie beschloss, auf ihr Zimmer zu gehen und erst einmal auszupacken. Nele würde sie nicht stören, die war hier auf dem Reitplatz – die Gelegenheit war also günstig.

Mila legte ihr Handy zur Seite. Es war gut gewesen, mit Mama und Papa zu reden. Aber einen ultimativen Tipp für ihr Nele-Problem hatten sie natürlich auch nicht gehabt. Mama hatte ihr geraten, die Sache bloß nicht zu persönlich zu nehmen, aber das war leichter gesagt als getan. Sie musste schließlich nicht in einem Wust aus schlechter Laune und Absperrband leben …

„Mila? Bist du da?", rief eine hohe Stimme. Es war Tini.

„Klar, die Tür ist offen."

Tini balancierte ein volles Tablett mit zwei dampfenden Tassen und einer Schale mit Keksen durch die Tür. Doch sie kam nicht weit, denn auf dem Boden lag ein Berg aus Reitstiefeln, Chaps und eine kaputte Putzbox.

„Was ist denn hier passiert?", fragte sie und starrte auf das Durcheinander von Kleiderbergen, Cavaletti-Mauer und Plastikband. „Sieht aus, als hätte Renate den Nachmittag hier verbracht." Sie kicherte.

„Nele ist mir passiert“, sagte Mila. „Die hat unser Zimmer in zwei Hälften geteilt.“

„Und deine ganzen Sachen aufs Bett geschmissen?“

„Nein, das war ich selber“, gab Mila zu.

Tini schob mit dem Ellbogen einen Stapel Unterhosen von Milas Schreibtisch, die aufs Bett daneben plumpsten, und stellte das Tablett ab. „Das soll ich dir von Frau Käthe, unserer Köchin, bringen. Kekse und eine Tasse Tee. Und ich soll dir sagen, dass es in einer Stunde Abendessen gibt.“

„Das ist total lieb, danke, Tini.“

„Die andere Tasse ist für Nele.“ Tini sah Mila fragend an. „Aber die ist ja gar nicht da. Und eigentlich hat sie auch gar keinen Tee verdient, wenn sie so was hier macht, oder? Die Blöde.“

„Stimmt. Greif zu!“ Mila hielt Tini die Kekse hin. Tinis Augen leuchteten auf und sie nahm sich gleich drei auf einmal.

„Lecker. Frau Käthe kann einfach alles auf der Welt am allerbesten kochen und backen“, sagte sie und steckte die Kekse gleichzeitig in den Mund.

„He, nicht so gierig. Sonst krieg ich noch Ärger, wenn du gleich nichts mehr zu Abend isst.“

„Quatsch. Ich hab einfach immer Hunger. Wie Renate“, antwortete Tini und stopfte den vierten Keks nach. „Warum hat Nele das denn gemacht, Mila?“, fragte sie dann. „Ist die sauer auf dich?“

„Sauer ist sie auf jeden Fall. Aber ich hab überhaupt keine Ahnung, warum.“ Mila seufzte.

„Also wenn man sauer ist, muss man schon sagen, warum. Sonst ist es gemein. Meinst du, sie ist nicht mehr böse, wenn du deine Sachen ganz gut aufräumst? Ich helfe dir, okay?“

Mila konnte sich zwar beim besten Willen nicht vorstellen, dass es daran lag, aber ihr fiel gerade auch nichts anderes ein.

„Einverstanden“, meinte sie. „Wer als Erste fünf Unterhosen gefaltet hat, hat gewonnen. Achtung, fertig, los …“

Krach beim Abendessen

Eine halbe Stunde später betrat Mila den gläsernen Übergang, der den Wohntrakt der Schüler mit der Schule verband. Sie war froh, noch ein wenig Zeit bis zum Abendessen zu haben und sich alles in Ruhe ansehen zu können. Das Einräumen war erstaunlich schnell gegangen. Mit Tinis Hilfe hatte sie alles ganz fix und fast ordentlich im Schrank verstaut. Tini wollte vor dem Abendessen gerne noch einmal nach Renate schauen, also war Mila alleine losgezogen. Als sie an ihre Cousine und Renate dachte, machte sich ein ganz warmes Gefühl in ihrem Bauch breit.

Zwar hatte sie sich nie eine kleine Schwester gewünscht, aber nun spürte sie genau, dass sie Tini schon nach so kurzer Zeit ziemlich gern mochte. Und dass Renate durch ihre Cousine ein Extra-Wellness-Wohlfühl-Programm bekam, fand sie einfach nur super.

Mila stellte sich an eines der großen Fenster und blickte auf den Hof. An den Festbindestangen standen noch zwei Pferde. Sie erkannte die beiden edlen Füchse von Beastie-Boy und Sunny-Boy. So hatte sie die beiden Jungs mit der gegensätzlichen Laune vorhin heimlich getauft. Offensichtlich hatten sie nach der Springstunde noch eine Extra-Schicht eingelegt.

Daneben schwang sich Charly gerade von Vanilla. Sie sah ziemlich deprimiert aus. Ob Luke der ängstlichen Stute hatte helfen können? Ein gut ausgebildetes Springpferd durfte einfach keine Angst vor Vögeln haben. Aber das konnte sie Charly ja auch später noch fragen.

Mila ging weiter. Als sie in den alten Gebäudeteil mit den dicken Steinmauern kam, stand sie in einer großen Halle mit gewölbter Decke, die von dicken Säulen getragen wurde. Es war kalt hier. Sie schlang die Arme um sich und nahm sich vor, das nächste Mal auf jeden Fall einen Pulli mitzunehmen. Mila sah sich um. Links und rechts hingen Bilder von berühmten Pferden und ihren Reitern. Einige der Bilder schienen richtig alt zu sein, denn die Leinwand sah schon bröckelig aus. An den Wänden entlang reihten sich Vitrinen, in denen Hunderte Pokale und Rosetten von erfolgreichen Turnieren ausgestellt waren. Kein Wunder, dass die Schule einen so guten Ruf hatte. Am anderen Ende der Halle standen Stuhlreihen vor einer Bühne. Das hier muss die Aula sein, dachte Mila. Alles wirkte ein wenig einschüchternd auf sie, zu groß und überhaupt nicht gemütlich.

Plötzlich sah sie einen wehenden schwarzen Stofffetzen hinter einer der Säulen verschwinden. Sie erschrak.

„Hallo?", fragte Mila in die Stille hinein. „Ist da wer?"

Ihre Stimme hallte von den Steinwänden wider.

HAAAATSCHI!

Ein rundes blasses Gesicht guckte hinter der Säule hervor und kicherte. „Mist, jetzt habe ich mich wohl verraten."

„Franzi?", fragte Mila. „Bist du das?"

„Ja, woher weißt du, wie ich heiße?" Franzi sah Mila verblüfft an.

„Charly hat es mir verraten."

„Auch schon egal. Und dass ich die schwarze Reiterin ohne Pferd bin, die hier schon seit Jahrhunderten spukt, glaubst du mir ja jetzt sowieso nicht mehr. Ich habe es voll versemmelt. Die anderen werden total sauer auf mich sein."

„Sauer? Wieso sauer?"

„Es ist so eine Art Aufnahmeritual. Den Neuen an der Schule wird immer die schwarze Reiterin ohne Pferd vorgespukt. Dann kommen noch ein paar Andeutungen, eine unheimliche Geschichte zum rechten Zeitpunkt und fiese Geräusche – natürlich nachts. Und schwupp können die vor Aufregung und Angst nicht mehr schlafen. Ich spreche aus Erfahrung, die Klasse über uns hat die schwarze Reiterin supergruselig gespielt. Wir hatten alle so einen Schiss! Am meisten Nele", erinnerte sich Franzi.

„Mm, und wenn wir den anderen nicht verraten, dass ich es schon weiß?", schlug Mila vor. „Ich tue einfach so, als ob ich mich fürchte. Ich will ja keine Spaßverderberin sein."

„Echt? Würdest du das machen? Cool."

Mila nickte. „Kein Problem. Das wird bestimmt witzig."

Ein lauter Gong ertönte.

„Gehört das auch zum Schwarze-Reiterin-Spuk?", fragte Mila.

„Nee, das ist nur der Gong fürs Abendessen", erklärte Franzi. „Das ist niemals gruselig, sondern immer ziemlich lecker."

Mila folgte Franzi die Treppe hinunter in den Speisesaal. Der Raum war fast so groß wie die Aula, nur dass hier überall helle Holztische mit bunten Stühlen standen. Schüler strömten durch die schweren Flügeltüren herein, holten sich ein Tablett und reihten sich in die Schlange vor der Essensausgabe ein. Die, die ihr Essen schon hatten, steuerten zielstrebig auf einen der Tische zu.

„Komm", sagte Franzi. „Sonst gibt es keine Pasta mehr. Frau Käthe ist berühmt für ihre Nudelgerichte. Die sind immer als Erstes aus." Sie nahm Mila am Arm und zerrte sie in die Reihe.

Sie hatten Glück. Mila ergatterte die letzte Portion Spaghetti bolognese.

Mit dem vollen Tablett in der Hand stand sie da und sah sich um. Alle Tische waren bereits besetzt. Und Charly konnte sie auch nirgends entdecken.

„Da drüben ist noch was frei“, meinte Franzi und deutete auf einen Tisch in der Ecke. Tatsächlich. Zwei freie Stühle!

Sie kämpften sich durch die Menge. Mila versuchte, möglichst wenig ihrer Apfelschorle zu verschütten. Als sie an dem Tisch angekommen waren, schwamm der Teller trotzdem in einem kleinen Schorlensee. Sie stellte das Tablett auf den Tisch und wischte es mit einer Serviette sauber.

„Hier ist schon besetzt.“

Mila blickte auf. Ach du Schreck! Nele. Saß die eben auch schon da?

Franzi ließ sich unbeeindruckt von Neles Spruch auf den Stuhl plumpsen. „Mach dich nicht lächerlich. Im Speisesaal darf man keine Plätze besetzen. Also werden Mila und ich hierbleiben und essen“, sagte sie und begann, in aller Ruhe die Nudeln auf ihre Gabel zu drehen. „Was ist überhaupt mit dir los? Bist du heute von Pferdinand gefallen, oder was?“

„Ihr müsstet doch mitbekommen haben, dass ich heute eine exzellente Springstunde hingelegt habe“, erwiderte Nele schnippisch. „Im Gegensatz zu dir und Charly.“ Sie blies eine blonde lange Strähne aus dem Gesicht. „Ich weigere mich nur einfach, mit gemeingefährlichen Menschen an einem Tisch zu sitzen.“ Sie warf Mila einen bitterbösen Blick zu. „Vor allem“, setzte sie noch einen drauf, „wenn man gezwungen ist, sich mit ihnen ein Zimmer zu teilen!“

„Aha. Daher weht der Wind.“ Franzi verdrehte genervt die Augen. „Du bist sauer, weil du dein Zimmer nicht mehr für dich alleine hast. Deine Probleme möchte ich haben."

Nele wurde erst rot wie die Paprika vor ihr auf dem Teller und dann weiß. Sie rang nach Worten. „Was … was … weißt du schon von meinen Problemen", presste sie hervor. „Gar nichts! Einfach ÜBERHAUPT nichts!" Sie stand so ruckartig auf, dass ihr Stuhl umfiel, und stürzte aus dem Speisesaal.

„Klarer Fall von Doppel-Hysterie", meinte Franzi und schob sich die nächste Gabel Nudeln in den Mund. „Die beruhigt sich schon wieder."

„Also, ich weiß nicht", sagte Mila nachdenklich. „Ich finde es ganz schön heftig, wie sie sich verhält. Findest du nicht?"

„Bei Nele blickt keiner so richtig durch. Sie blockt jeden ab. Die totale Einzelkämpferin, wenn du mich fragst. Sie kann echt gut reiten, aber du wirst es nicht erleben, dass sie dir hilft oder dir einen Tipp gibt. Wir haben uns dran gewöhnt."

„Ist bei euch noch frei?" Charly stand mit einer dampfenden Portion Gemüsereis vor ihnen.

„Zufällig gerade, ja", antwortete Franzi und zwinkerte Mila zu.

Charly setzte sich und schaute neidisch auf die Nudelteller. „Ich war wohl mal wieder zu spät. Wie immer."

„Konnte Luke Vanilla helfen?", fragte Mila.

„Wir machen ganz viel Vertrauensarbeit. Das klappt

schon recht gut, aber es braucht seine Zeit. Vanilla ist eben noch sehr jung. Heute haben wir gemeinsam unter einer Decke gesteckt."

„Das kenne ich", meinte Mila. „Das mache ich mit Adesso auch. Man legt eine Decke über sich und den Pferdekopf. Für das Pferd ist das eine ganz angsterfüllende Situation. Aber es lernt dadurch, dir zu vertrauen."

„Genau. *Blind* zu vertrauen." Charly grinste. „Ich hoffe einfach, dass Vanilla auch die Vögel irgendwann nicht mehr stören. Luke weiß auch nicht genau, warum sie davor so viel Angst hat." Charly nahm die Serviette vom Tablett, faltete sie sorgfältig auf und legte sie auf ihren Schoß. „Ich wünsche einen guten Appetit", sagte sie und nippte mit spitzen Lippen an ihrem Wasserglas.

„Huch, macht man das so?", fragte Mila erstaunt. „Ich meine, das mit der Serviette?"

Franzi zuckte mit den Schultern.

Charly zog für einen kurzen Augenblick ein Gesicht, als hätte Mila sie beim Popeln ertappt, knüllte die Serviette zusammen und warf sie auf den Tisch. „Nein. So macht man das!" Sie kicherte. „Übrigens möchte ich euch zu meiner Nachgeburtstagsfeier einladen. Heute Abend um neun? Im Stall?"

„Ja, super. Ich hab noch 'ne Packung Chips auf dem Zimmer. Die bring ich mit." Franzi war gleich Feuer und Flamme. „Und das neueste Album von Black Night. Das ist megagigantisch."

„Franzi, das wird 'ne Party und keine Totenfeier. Kannst gerne Musik mitbringen, aber bitte etwas Fröhliches."

Mila erinnerte sich an die Klänge aus Franzis Zimmer und war froh um Charlys deutliche Ansage.

„Ich komme auch", sagte Mila. „Aber könnt ihr mich bitte vor meinem Zimmer abholen? Ich trau mich nicht alleine raus. Ich habe heute so was total Unheimliches in der Aula gesehen. Einen wehenden schwarzen Mantel oder so."

Charly blickte Franzi zufrieden an. „Aber klar! Das machen wir doch, nicht wahr?"

Aber als Charly nicht mehr hinsah, zwinkerte Mila Franzi verschwörerisch zu. „Na dann, los!"

Hufeisendrehen

BRUMM. BRUMM. BRUMM.

Mila sah auf ihr Handy, das sie auf Vibrationsalarm gestellt hatte. Fünf vor neun. Sie band ihre langen braunen Haare zu einem Pferdeschwanz und zog sich ihre Jeans und einen knallroten dicken Hoodie an. Das würde für eine Stallparty warm genug sein, trotz der kalten Märznächte. Zum Glück war Nele nicht da. Mila hatte sie nach ihrem großen Abgang im Speisesaal gar nicht mehr zu Gesicht bekommen.

Neles Bett allerdings war zerwühlt und das Kopfkissen lag auf dem Boden. Merkwürdig. Der Rest von Neles Zimmerhälfte war nämlich ordentlich aufgeräumt. Fast schon kahl. Nirgends hing ein Bild von ihrer Familie oder von Pferdinand. Nicht mal ein kleiner Reit-Pokal oder eine Rosette. Nele war wirklich komisch. Vielleicht hatten ihre Mutter und Charly recht und sie durfte das fiese Verhalten ihrer Zimmerpartnerin nicht persönlich nehmen? Trotzdem: Es war einfach superunfair, wie Nele sich ihr gegenüber verhielt. Mila spürte Tränen aufsteigen.

Oh nein. Jetzt bloß nicht weinen. Bald würden Charly und Franzi sie abholen. Sie wischte sich mit dem Ärmel über die Augen, schnappte sich die Tüte Gummibärchen, die ihr Vater ihr noch zugesteckt hatte, und setzte sich aufs Bett. Sie riss sie auf und steckte sich gleich eine ganze Handvoll in den Mund. Lecker. Und tröstlich irgendwie.

Endlich klopfte es. Mila warf einen Blick in den Spiegel. Puh. Keine roten Augen und keine verquollene Nase! Sie hatte die Tränen gestoppt, bevor sie größeren Schaden anrichten konnten.

„Fertig?“ Charly legte den Kopf schief. „Wo ist denn Nele?

„Ich habe keinen blassen Schimmer“, antwortete Mila. „Ich hab sie seit dem Abendessen nicht mehr gesehen.“

„Vielleicht kommt sie noch nach. Und wenn nicht, dann verpasst sie eben die coolste Party ever. Selber schuld.“

Mila erschrak. Nele war auch zu der Party eingeladen? Dann konnte sie nur inständig hoffen, dass ihre Mitbewohnerin nicht auftauchte. Denn sonst, da war sie sich ganz sicher, würde die Party für sie alles andere als schön werden.

Sie gingen den Flur entlang und Mila sah durch eines der Bullaugen Michel, Beastie-Boy und Sunny-Boy auf einem Ballen Stroh sitzen.

„Wie heißen eigentlich die beiden Jungs, die heute in der Springstunde mittrainiert haben?“, wollte Mila wissen, der klar geworden war, dass sie die beiden schlecht mit dem Spitznamen ansprechen konnte, den sie ihnen gegeben hatte.

„Meinst du die Jungs mit den Fuchshengsten?“, fragte Charly. „Das sind Mark und Jakob. Sie sind Zwillinge.“

Das waren Mark und Jakob? Die Polo-Zwillinge, von denen Charly erzählt hatte?

„Die beiden sehen sich überhaupt nicht ähnlich“, sagte Mila erstaunt. „Ich wär im Leben nicht darauf gekommen, dass sie Zwillinge sind.“

„Stimmt schon. Die würde man auf den ersten Blick nicht zusammenstecken“, meinte Franzi. „Sie sind auch so unterschiedlich. Jakob ist meistens gut drauf und eine echte Witzkanone. Mark ist verschlossen und launisch. Und wenn es um seinen eigenen Reiterfolg geht, ist er total ehrgeizig und verbissen. Trotzdem halten die beiden zusammen wie Pech und Schwefel. Vor allem gegen ihre Eltern. Die wollen immer Erfolge sehen und machen richtig viel Druck. Sie träumen davon, dass ihre beiden Söhne in den Olympiakader kommen.“

„Wollen die zwei das denn auch?“

„Ich glaube, die wollen eigentlich am liebsten den ganzen Tag Polo spielen.“ Franzi lachte. „Dazu fehlen ihnen aber die passenden Mitspieler. Komm, lass uns in den Stall gehen. Dann kannst du sie am besten selber fragen.“

Im Stall war es warm. Charly hatte bunte Laternen mit flackernden LED-Kerzen aufgestellt und einer der Strohballen diente als Tisch für die Gläser und Limoflaschen. Über der Tür hing eine bunte Wimpelkette. Im Hintergrund lief leise Gitarrenmusik und eine klare helle Stimme sang dazu. Mila hatte das Lied schon einmal gehört, konnte sich aber nicht an den Namen der Sängerin erinnern. Den Pferden schienen die sanften Klänge zu gefallen. Sie schnaubten zufrieden und guckten neugierig aus ihren Boxen.

Mila begrüßte Adesso und Renate, die sich ganz offensichtlich freuten, ihren Lieblingsmenschen heute so oft zu sehen. Mila nahm eine Karotte aus der Vordertasche ihres Hoodies, brach sie in der Mitte durch und hielt die Hälften Renate und Adesso hin. Renate war schneller. In null Komma nix war die Karotte weg und sie blickte Mila hungrig an. Mila lachte, beugte sich zu ihr und wuschelte Renates Mähnenansatz zu einer Pony-Punk-Frisur.

„Also die ist wirklich zum Anbeißen niedlich", meinte Charly, die zugesehen hatte.

„Renate hat allerdings immer nur Abbeißen im Sinn. Sie ist so hemmungslos verfressen. Zumindest muss ich mir jetzt keine Gedanken mehr machen, dass sie zu dick wird." Mila pflückte einen silbernen Faden aus Renates Schweif und hielt ihn in die Höhe. „Tini trainiert sie für den Karneval der Tiere."

„Tja, ein Elfenpony hat eben so seine Verpflichtungen", sagte Charly.

Mila verriegelte die Box und folgte Charly zu den anderen.

„Wer kennt Mila noch nicht?“, fragte Charly.

Alle verstummten und sahen Mila an. Mark und Jakob und noch ein paar andere Mädchen und Jungen hoben die Hand. Mila wurde rot. Das waren eindeutig zu viele Augenpaare, die sie da musterten. Ahhh! Warum tat Charly ihr so etwas Peinliches an?

„Dann stell dich doch mal vor“, fuhr Charly unbeirrt fort.

Mila warf ihr einen hilflosen Blick zu. „Jaaa, also, ich bin Mila“, begann sie gedehnt. „Ich werde ein Jahr hier auf Marum sein, weil meine Eltern als Ärzte ins Ausland gehen. Und ich bin mit meinen Pferden Adesso und Renate da.“

„Ist Adesso dieses Megapferd da drüben?“, wollte Mark wissen. „Ich meine, der sieht zwar vielversprechend aus, aber ob du innerhalb eines Jahres hier die große Karriere machst, ist unwahrscheinlich.“

„Ich will gar keine Springkarriere machen. Adesso und ich können gar nicht springen.“

Mark sah Mila entgeistert an. „Was meinst du denn damit?“, fragte er fassungslos. „Ist das dein Ernst?“

„Zumindest nicht so wie ihr. Klar springt er mal, wenn wir im Gelände sind, aber so einen richtigen Parcours bin ich mit ihm noch nie geritten.“

„Tja, dann haben wir ja Glück gehabt. Ich dachte schon, mit dir haben wir uns die fette Konkurrenz eingefangen.“

Jakob legte Mark die Hand auf den Arm. „Jetzt lass Mila sich doch erst mal hinsetzen und was trinken. Heute Abend sind wir keine Konkurrenten, sondern wir wollen Charlys Geburtstag feiern. Auf dich!“ Er hob die Limoflasche nach oben und strahlte. Die anderen hoben ebenfalls ihre Flaschen und ließen Charly hochleben:

Zum Geburtstag viel Glück
Und 'nen fehlerfreien Ritt
Zum Geburtstag, liebe Charly,
Zum Geburtstag viel Glück

sangen sie laut.

Michel stellte sich neben Mila und reichte ihr eine Zitronenlimo. Er stieß den Boden seiner Flasche an Milas. KLONK! „Auf deinen ersten Tag auf Marum“, sagte er leise. „Es ist cool, dass du da bist. Und du bist …“, er überlegte kurz und grinste dann verlegen, „… auch ziemlich cool, soweit ich das beurteilen kann.“

Mila wurde schon wieder rot. Ketchuprot diesmal. „Danke“, antwortete sie. „Ich finde dich auch sehr nett.“

In diesem Augenblick legte Jakob ein Hufeisen auf den Boden und rief: „Wer spielt mit beim Hufeisendrehen?“

Alle waren dabei und setzten sich im Kreis um das Hufeisen herum.

„Charly ist als Erste dran“, schlug Franzi vor. „Schließlich hat sie Geburtstag.“ Damit waren alle einverstanden.

Charly zwirbelte das Hufeisen wie einen Kreisel. Als es mit lautem Poltern zum Liegen kam, zeigten die beiden Enden auf Mila und Michel.

„Wahrheit oder Pflicht?“, fragte Charly.

Mila sah Michel an. „Pflicht“, sagte sie und bereute es schon in der nächsten Sekunde. Was, wenn Charly nun wollte, dass sie Michel küsste? Sie kannte ihn doch noch nicht einmal richtig. Doch Michel schien ganz ruhig zu sein.

„Ihr habt die Pflicht …“ Charly hielt kurz inne.

Mila schloss die Augen und rechnete mit dem Schlimmsten.

„… zusammen in den Wald zu gehen. Dort müsst ihr fünf Minuten bleiben und dürft erst dann wieder in den Stall kommen“, fuhr sie fort und stellte die Stoppuhr ihres Handys.

Mila war erleichtert. In den Wald? Meinte Charly den kleinen Wald hinter den Stallungen? Und sie musste nicht einmal allein gehen? Das war ja ein Klacks.

„Kein Problem“, meinte Mila. „Komm, Michel, dann wollen wir mal.“

Michel lachte und nahm Mila an die Hand. „Nur damit ich mich nicht fürchte, wenn uns ein Geist begegnen sollte“, erklärte er ernst.

Ah! Nun begriff Mila. Diese „Pflichtaufgabe“ war

Teil des Schwarze-Reiterin-ohne-Pferd-Aufnahme-rituals. Da musste sie mitspielen – schließlich hatte sie es Franzi versprochen.

Sie ließ sich von Michel nach draußen führen. Die anderen, Jakob voran, drängten sich an die Stalltür, um nichts zu verpassen.

„Was meinst du mit ‚Geist begegnen'?", fragte Mila und gab sich alle Mühe, ihre Stimme ängstlich klingen zu lassen.

„Es ist eine uralte Geschichte", begann Michel zu erzählen. „Vor vielen Hundert Jahren lebte hier eine Prinzessin mit dem Namen Fiorella. Sie und ihre Stute Semiramis waren unzertrennlich. Doch eines Tages war Semiramis spurlos verschwunden. Viele, viele Monate suchte sie nach ihr. Sie hüllte sich in schwarze Mäntel, schlief nicht und aß nichts mehr. Schließlich kam es so, wie es kommen musste. Die Prinzessin starb an gebrochenem Herzen. Doch sie fand keine Ruhe. Als Schwarze-Reiterin-ohne-Pferd wandelt Fiorella noch heute durch das Internat, über die Koppeln und durch die Wälder und sucht ihre geliebte Stute." Die letzten Worte hauchte Michel so unheimlich, dass Mila Gänsehaut bekam.

„Das ist ja schrecklich traurig … und gruselig", antwortete Mila und musste fast gar nicht mehr schauspielern.

Plötzlich hörte Mila ein lang gezogenes Weinen. Ein Klagelaut, der ihr durch Mark und Bein ging. Sie krallte sich an Michel. „Was war das?"

„Die Reiterin ohne Pferd. Sie ruft nach Semiramis. Ich wusste es …", meinte Michel. Er zog Mila hinter eine große Tanne. „Wir müssen uns verstecken!"

Mila grinste. Zum Glück war es so dunkel, dass Michel es nicht sehen konnte. Verstecken? Vor einem Geist? Interessante Taktik.

Direkt vor ihnen raschelte es im Unterholz. Wieder ertönte der hohe Klagelaut, nur diesmal viel lauter als zuvor. Dann tauchte eine schwarz umhüllte Gestalt aus dem Gestrüpp und schwebte mit wehendem Gewand den Waldweg hinunter.

„Ich will wieder rein", japste Mila und wunderte sich selbst, wie echt ihre Angst klang.

Michel sah auf die Uhr. „Erst in zwei Minuten", sagte er. Offensichtlich war die Spukvorstellung noch nicht zu Ende.

In diesem Augenblick hörten sie einen dumpfen Schlag und jemand schrie ganz ungeisterhaft: „Au, verdammte Scheiße tut das weh!"

Nun wurde Michel tatsächlich unruhig. „Lass uns mal nachsehen, was da los ist", meinte er besorgt.

Mila nutzte die Chance, Michel zu ärgern und antwortete: „Ein Gespenst kann sich keine Knochen mehr brechen."

„Geist oder nicht Geist. Da ruft jemand um Hilfe", erwiderte Michel und stapfte los.

„Warte. Ich komm mit." Mila kämpfte sich aus dem Gestrüpp und folgte Michel.

Vor ihnen lag eine dunkle Gestalt auf dem Waldweg und weinte. Michel kniete sich neben sie. „Was ist passiert?“, fragte er.

„Ich bin über eine Wurzel gestolpert. Und jetzt tut mein Bein höllisch weh!“ Die Gestalt zog sich die Kapuze vom Kopf. Wie Mila vermutet hatte, kam Franzi zum Vorschein.

„Ich erklär dir das alles später“, sagte Michel zu Mila. „Kannst du Franzi auf der anderen Seite stützen?“

Mila nickte.

Michel half Franzi auf und sie legte den Arm um seine Schulter. „Mila weiß schon Bescheid“, gab Franzi leise zu. „Ich hab den Aufnahmeprüfungs-Spuk eben schon vergeigt. Sie wollte mir helfen und hat versprochen, den Streich weiter mitzumachen.“

Michel sah Mila bewundernd an. „Alle Achtung. Ich hab dir jedes Wort abgenommen.“

Sie kamen nur langsam voran. Franzi konnte ihr rechtes Bein kaum belasten.

„Das ist so typisch ich!“, zischte Franzi wütend. „Ich krieg mal wieder gar nichts gebacken. Nicht mal einen minikleinen Spaßspuk. Und jetzt ist auch noch mein Bein futsch. Wie soll ich denn jetzt für das Marumer Springen trainieren? Dabei lief es so gut in letzter Zeit. Ich hab echt gedacht, dass ich diesmal platziert werden könnte.“

„Jetzt mach dich nicht so fertig“, versuchte Michel sie zu besänftigen. „Das mit deinem Fuß wird schon nicht so schlimm sein. Und was den Spuk betrifft:

Ehrlich gesagt bin ich ganz froh, dass wir nicht weiter so ein Theater machen müssen."

„Was ist passiert?" Charly kam ihnen mit besorgter Miene entgegen.

„Oh", sagte sie, als sie Franzi sah. „Dann ist der Spuk also vorbei?"

Alle drei nickten.

„Franzi ist gestolpert und hat sich den Knöchel verstaucht", erklärte Michel. „Ich schau mir die Sache im Stall mal an. Dort ist auch der Erste-Hilfe-Kasten."

„Sss", zischte Mila. „Das sieht böse aus."

Michel hatte Franzi den Schuh ausgezogen und alle betrachteten ihren Knöchel, der tiefblau und geschwollen war.

Franzi hatte den Kopf abgewandt und Mila sah, dass ihr Tränen die Wangen hinunterliefen.

Mila strich ihr über den Oberarm. „Tut es so sehr weh?"

„Geht so", antwortete Franzi. „Aber warum hab ich nicht besser aufgepasst? Das Turnier kann ich doch jetzt gleich vergessen!"

„Meinst du das Marumer Springen?", fragte Mila.

„Das ist doch unser Turnier", erwiderte Franzi. „Ich will das nicht verpassen."

Michel wühlte im Arzneischrank. Kurz darauf kam er mit einer kleinen braunen Flasche und einem Verband wieder. „Hier: Das ist das Wundermittel meines Vaters. Hilft gegen alles, bis auf schlimmen

Liebeskummer“, sagte er. Er tränkte das untere Ende des Verbands darin und wickelte den Rest um Franzis Knöchel. „Würde mich doch sehr wundern, wenn du nicht zumindest übermorgen wieder mit Black Velvet über die Stangen hoppeln kannst.“

Der erste Schultag

Das Handy fiepte. Mila öffnete ein Auge und patschte mit der Hand danach. Mit einem lauten Krachen fiel es auf den Boden und klingelte von dort weiter. Sie rappelte sich auf und angelte mit der einen Hand nach dem Telefon, mit der anderen hielt sie sich am Schreibtisch fest. Schreibtisch? Seit wann stand ihr Bett neben dem Schreibtisch? Sie rieb sich verwirrt die Augen. Ach, klar: Marum. Internat. Zimmer mit Nele. Renate. Adesso. Schwarze Reiterin. Charlys Party. Franzis Knöchel. Alles schlug gleichzeitig in ihrem Kopf Purzelbäume. Mit einem tiefen Seufzer ließ sie sich zurück aufs Bett plumpsen und vergrub ihr Gesicht in dem Kissen. Dann schoss ihr ein neuer Gedanke durch den Kopf: Montagmorgen. Der erste Schultag! Oh nein. Hatte sie verschlafen? Plötzlich war Mila hellwach. Sie grapschte sich das Handy. Mist. 7:47 Uhr. Und Nele war auch schon über alle Berge. Zeit zum Frühstücken blieb ihr da nicht mehr. Und duschen konnte sie auch vergessen. Doch was sollte es. Schließlich war sie die Königin der Katzenwäsche!

Drei Minuten später stürzte sie aus dem Zimmer und rannte den Flur entlang, ohne auch nur einen einzigen Blick durch eines der Bullaugen zu werfen. Auch im Glasübergang war niemand mehr unterwegs. Mila lief noch ein wenig schneller. Auch wenn sie gar nicht genau wusste, wohin. Bei all der Aufregung hatte sie gestern total vergessen zu fragen, wo die 7. Klasse Unterricht hatte.

„Mila?"

An einer der Türen erschien Charlys rote Lockenmähne. „Hier rein", sagte Charly und winkte. „Das ist unser Zimmer. Schnell, Frau Hofer, äh, ich meine deine Tante ist noch nicht da."

Mila schlüpfte durch die Tür.

Das Klassenzimmer war viel kleiner als das an ihrer alten Schule. Es wirkte altmodisch, aber auch irgendwie gemütlich. Jeder hatte einen eigenen kleinen Holztisch und einen Stuhl. Über der dunkelgrünen Tafel hing ein altes Karussellpferd, von dem die Farbe an einigen Stellen abgeblättert war. Aber Mila fand es trotzdem wunderschön. Sie liebte Karussellfahrten. Immer wenn sie mit ihren Eltern auf dem Jahrmarkt gewesen war, hatten die ihr eine Fahrt auf dem alten Holzkarussell von Paule Bux spendieren müssen. Wenn sie dann zu Paules uralten Lieblingsschlagern im Kreis gefahren war, war sie beinahe so glücklich wie auf Renates Rücken gewesen.

„Der da drüben ist noch frei", meinte Charly und deutete auf einen Tisch neben dem Fenster.

Mila setzte sich und betrachtete ihre neuen Mitschüler. Das hieß: Nicht alle waren neu. Einige kannte sie ja bereits von gestern. Jakob war direkt vor ihr, und sein Zwillingsbruder Mark saß in der ersten Reihe, Franzi und Charly hatten ihre Tische bei der Tür. In der letzten Reihe saß Nele. Als sich ihre Blicke trafen, verzog Nele den Mund zu einem dünnen Strich und funkelte sie angriffslustig an. Aus irgendeinem Grund hatte Mila gehofft, dass Nele von allein aufhören würde, so eklig zu ihr zu sein. Aber da hatte sie sich offensichtlich getäuscht. Leider war ihr Neles Verhalten auch alles andere als egal. Es machte sie wütend und ein wenig traurig. Stein-im-Herzen-traurig. Neben Nele saß ein Junge mit blonden Wuschelhaaren und vielen Sommersprossen, den Mila noch nicht kannte. Er trug ein verwaschenes Fischerhemd, ausgebeulte Jeans und klobige schwarze Stiefel. Ob er einer der Schüler war, die nicht im Internat wohnten und nur hier zur Schule gingen? Bestimmt. Und wie er wohl hieß? Mila war so fasziniert, dass sie sich immer wieder zu ihm umdrehte. Dabei sah sie, dass Nele ihm ständig etwas ins Ohr flüsterte und ihm Zettel zuschob. Ist ja klar, dachte Mila enttäuscht. Der bestaussehende Junge der Klasse war natürlich der Freund von Zicken-Nele.

„Tja. Jan ist leider beschäftigt, wie du siehst. Dann musst du wohl oder übel mit mir vorliebnehmen." Jakob hatte sich zu Mila umgedreht und grinste so breit, dass seine Mundwinkel fast bis an die Ohrläppchen reichten. „Ich bin echt froh, dass du jetzt live und in Farbe da bist. Seit uns Frau Hofer gesagt hat, dass du kommst, gab es kein anderes Thema mehr. Wie du wohl so drauf bist, wie gut du reitest, wie dein Pferd heißt und lauter so 'n Kram. Diese wilden Spekulationen hätte ich keine Woche länger ertragen." Er runzelte die Stirn und versuchte streng auszusehen, was ihm aber nur ansatzweise gelang. „Also, dann bitte ich um Auskunft, aber ein bisschen zackig. Schließlich hatten wir gestern keine Gelegenheit, uns näher kennenzulernen: Wie bist du denn so drauf? Wie viele Sommersprossen hast du? Wie gut kannst du reiten und wie heißt dein Pferd? Und was hältst du von dem anderen Kram?"

Mila lachte. „Jawollja", sagte sie und schlug unter dem Tisch die Hacken zusammen. „Stets zu Diensten. Meine Antworten sind: Warte ab, 15687, kommt drauf an, Adesso und weiß nicht."

Jakob fasste sich an die Schläfen, wackelte mit dem Kopf hin und her und rollte mit den Augen. „Das rückt mein Bild von dir schon mal ein ganzes Stück gerader", meinte er.

Mila musste wieder kichern und sie merkte, wie der Nele-Stein von ihrem Herzen fiel. Wegen Jakobs lockerer Art. Der war ganz schön verrückt – lieb-verrückt, irgendwie. Und ziemlich cool und lässig. Sie warf einen Blick auf Mark, der stumm mit grimmigem Gesichtsausdruck aus dem Fenster starrte. Wie unfassbar unterschiedlich die Zwillinge doch waren!

Eine weitere wichtige Sache wusste sie nun auch: Der geheimnisvolle Junge neben Nele hieß Jan …

In diesem Augenblick kam Tante Caro zur Tür herein und unterbrach Milas Gedanken. Sie setzte sich auf das Lehrerpult und wandte sich an die Klasse: „Entschuldigt die Verspätung. Ich hatte noch etwas mit Frau Steinbach zu besprechen. Bevor es mit unseren geliebten Dezimalbrüchen weitergeht, möchte ich euch noch meine Nichte Mila vorstellen. Sie wird ein Jahr hier bei uns auf dem Pferdeinternat bleiben. Steh mal kurz auf, damit dich alle sehen können!"

Oh nein! Musste das wirklich sein? Wie peinlich.

Mila stemmte sich vom Stuhl und sagte leise: „Hi." Sofort ließ sie sich zurückgleiten und hoffte, dass bald die versprochenen Dezimalbrüche die Aufmerksamkeit der anderen in Anspruch nehmen würden.

Nach der Stunde war klar, dass Mathe kein Problem werden würde. Zu Hause waren sie schon viel weiter im Stoff. Mila lehnte sich zurück und blickte auf den Stundenplan. Als Nächstes war Englisch dran. Nicht gerade ihr Lieblingsfach. Sie konnte sich einfach die Vokabeln so schlecht merken.

Tante Caro stand auf, klemmte sich den dicken Aktenordner unter den Arm und sagte: „Mila, Nele, kommt ihr mal mit? Frau Steinbach würde gerne mit euch reden."

Mila sah zu Nele. Die hatte ein zufriedenes Grinsen im Gesicht. Das hieß nichts Gutes.

Mit wackeligen Beinen folgte sie Nele und Tante Caro den dunklen fensterlosen Flur des Altbaus entlang.

Das letzte Zimmer war das Büro der Direktorin.

Mila schlich hinter der seltsam beschwingten und gut gelaunten Nele ins Zimmer.

Frau Steinbach kam ihnen mit gerunzelter Stirn entgegen und deutete auf die Besucherstühle.

„Setzt euch“, bat sie die beiden Mädchen. „Mila, Nele hat mir berichtet, dass du nach zehn Uhr abends nicht auf dem Zimmer warst. Das ist streng verboten. Bitte verstehe das, denn ich habe hier für euch die Verantwortung. Ich befürchte, ich muss dir die Regeln von *Inselglück* noch einmal erklären.“

Mila war fassungslos. Und wütend. Das ging eindeutig zu weit! Sie sprang auf, funkelte Nele an, packte Nele an der Kapuze ihrer Strickjacke und schrie: „Was bildest du dir denn eigentlich ein, du Ziege? Du bist nicht nur fies, sondern auch noch eine ganz hinterlistige Oberpetze! Mir hinten rum eins reinzuwürgen, nur weil ich nicht so spaßbefreit bin wie du? Das ist das Allerletzte.“

Mila wusste sofort, dass sie gerade einen Riesenfehler gemacht hatte. So auszurasten. Und das auch noch vor ihrer Tante und der Direktorin! Aber immer wenn sie so wütend war, konnte sie einfach nicht mehr klar denken. Sie ließ Nele los, die wieder auf ihren Stuhl zurückplumpste. Ein paar Augenblicke sagte niemand etwas. Alle starrten Mila an.

Irgendwann zischte Nele: „Das wirst du büßen.“

Frau Steinbach hatte sich als Erste wieder gefangen und sagte: „Wenn sich alle beruhigt haben, würde ich gerne mit dem fortfahren, was ich sagen wollte. Es ist nämlich keineswegs so, dass ich nur mit Mila sprechen wollte. Sonst wäre sie alleine hier.“ Sie warf Nele einen strengen Blick zu.

„Ich habe nichts falsch gemacht“, antwortete sie mürrisch.

„Doch, das finde ich schon“, entgegnete die Direktorin. „Mila war zwar gerade sehr impulsiv, aber in einer Sache muss ich ihr zustimmen. Sehr kameradschaftlich hast du dich ihr gegenüber nicht verhalten. Du hättest zuerst mit ihr reden müssen, bevor du zu mir kommst.“

„Wissen Sie, was?“, zischte Nele. „Ich gehe. Das hat alles keinen Sinn. Hier sind ja doch ALLE gegen mich!“ Sie rannte aus dem Zimmer und ließ die Tür mit einem Knall ins Schloss fallen.

Tante Caro zuckte erschrocken zusammen und Frau Steinbach kratzte sich nachdenklich am Kopf.

„Das ist wohl gründlich schiefgelaufen“, meinte die Direktorin. Ihre Stimme klang aufgebracht, aber auch ein wenig traurig. „Nun gut. Mit Nele werde ich noch einmal unter vier Augen sprechen müssen.“

„Es tut mir leid“, sagte Mila leise und nibbelte am Hufeisenanhänger ihrer Kette. „Ich werde ab heute die Ruhezeiten einhalten.“

„Schon in Ordnung.“ Frau Steinbach legte Mila die

Hand auf die Schulter. „Gestern war dein erster Tag. Da kannst du noch nicht jede Regel kennen. Außerdem war ich selbst einmal Schülerin des Internats. Und natürlich weiß ich, dass es neben Pferde versorgen, trainieren und Hausaufgaben machen noch anderes gibt." Sie zwinkerte Mila zu. „Als *Direktorin* muss ich allerdings darauf bestehen, dass du jede Regel hier", sie zog eine dicke lederne Mappe aus der Schublade und reichte sie Mila, „auswendig lernst, dir zu Herzen nimmst und peinlich genau einhältst."

Oder dich zumindest nicht erwischen lässt, ergänzte Mila im Kopf. Sie strich über den Einband der Mappe. „Darf ich gehen?"

„Das darfst du. Denn nach Nummer 854, Absatz Z des großen Regelwerks ist es Direktorinnen nicht erlaubt, Schüler länger als nötig vom Unterricht fernzuhalten."

Mila stutzte und blätterte hektisch die Mappe durch: „Nummer 854, Absatz Z?"

Frau Steinbach lachte. „Erwischt! Nein, es reicht vollkommen, wenn du die 24 Regeln, die wirklich darin stehen, beachtest."

Fürs Springen geboren

Während der restlichen Schulstunden schweiften Milas Gedanken immer wieder ab. Zu ihren Eltern, ihren alten Freunden zu Hause, zu Aurelie und zu Nele. Dabei hätte sie sich wirklich dringend auf den Englischunterricht konzentrieren müssen! Im Gegensatz zu Mathe war der nämlich eine echte Herausforderung. Mister Green, der Englischlehrer, hatte die ganze Stunde Vokabeln abgefragt. Vokabeln, von denen Mila noch nie gehört hatte. Ihr einziger Trost war: Die meisten anderen waren genauso wenig vorbereitet gewesen. Nur Jan hatte alles richtig beantworten können.

Offensichtlich hatte Jakob ihr erstauntes Gesicht gesehen, denn er sagte: „Jan ist weder Genie noch Megastreber. Seine Mutter ist Engländerin. Deswegen kann er perfekt Englisch. Er ist echt zu beneiden."

Mila hatte kurz überlegt, Jan um Englisch-Nachhilfe zu bitten.

Doch da er nun mal mit Nele befreundet war, fiel diese Möglichkeit leider aus. Schade, das wäre eine gute Gelegenheit gewesen, ihn kennenzulernen. Denn abgesehen von der Englisch-Stunde hatte Jan die ganze Zeit geschwiegen. Genau wie Nele …

Mila zog ihre Lieblings-Reithose an. Die war schon ziemlich abgewetzt, aber das war ihr egal. Hauptsache, bequem. Schließlich wollte sie in ihrer ersten Springstunde keinen Schönheitswettbewerb gewinnen, sondern nur irgendwie überleben. Eigentlich hatte sie null Lust. Warum nur hatte sie sich von Charly überreden lassen? In einer halben Stunde würde sie mit einem Haufen Spring-Halbprofis auf dem Reitplatz stehen und sich bis auf die Knochen blamieren. Und Adesso noch dazu.

Gerade als sie beschlossen hatte, dass sie das Springtraining für heute Springtraining sein lassen würde und lieber Adesso das Meer zeigen wollte, kam Charly herein. Sie sah umwerfend aus in ihrer beigen Reithose und der roten Jacke, die genau den Farbton ihrer Haare hatte. Das Beste aber waren die Lederstiefel. Sie glänzten, als wären sie nagelneu, und vorne am Schaft war das gleiche Wappen eingeprägt, das Mila gestern schon an Vanillas Trense aufgefallen war. Merkwürdig.

Charly schlug die Gerte ein paarmal leicht in die Handfläche und fragte: „Startklar?“

Mila vergaß, dass sie nach dem Wappen fragen wollte, und sagte: „Ich mach lieber doch nicht mit. Sonst bin ich die Lachnummer der ganzen Schule.“

„So ein Quatsch. Ich pass schon auf dich auf. Probier es aus und wenn es dir nicht gefällt, verspreche ich, dass ich dich nie mehr damit nerve. Das ist wie mit

Kaviar. Du musst einmal kosten, damit du weißt, ob du ihn magst oder nicht."

„Kaviar? Gibt es hier etwa Kaviar?"

„Nee, hier doch nicht. War nur ein doofer Vergleich. Vergiss es einfach." Charly klopfte nun sanft mit der Gerte auf Milas Schulter. „Also, was ist jetzt?"

Mila seufzte. „Ich komme ja schon."

Adesso stand allein in der Box. Mila schob den Riegel zur Seite und ging zu ihm. Sie stellte die Putzbox auf den Boden und strich ihm die schwarze Mähne aus den Augen. „Wo hast du denn Renate gelassen? Ist die mit Tini unterwegs?", fragte sie und begann, seinen Hals mit dem Striegel zu massieren. Adesso schnaubte genießerisch und rieb den Kopf an Milas Arm.

„Das heißt also, du magst unsere Zweisamkeit?" Mila lachte und hielt Adesso einen halben Apfel hin. „Ich hab heute etwas ganz Besonderes mit dir vor", sagte sie leise. „Wir probieren heute mal Springtraining aus. Vorhin war ich total aufgeregt deswegen. Aber seit ich bei dir bin, bin ich vollkommen ruhig. Wir beide schaffen das! Wir sind ein Team, mein Süßer. Genau wie Aurelie gesagt hat." Mila strich über die samtweiche Haut von Adessos Maul und wusste ganz tief in ihrem Bauch, dass jedes ihrer Worte stimmte.

Als Mila auf den Reitplatz ritt, stand Tamara am Rand und gab Anweisungen. „Alle mal nebeneinander aufstellen. Ich möchte etwas sagen!"

Alle parierten ihre Pferde zum Schritt durch und kamen zur Mitte.

„Zuerst möchte ich Mila und Adesso begrüßen", sagte Tamara und lächelte Mila an. „Ihr dürft euch gerne ausprobieren und wenn ihr Fragen oder Probleme habt, dann bin ich jederzeit für euch da. Zur Info an alle anderen: Franzi kann heute nicht mittrainieren, sie hat sich gestern den Fuß verstaucht. Es geht ihr zwar schon besser, aber sie soll den Knöchel erst mal nicht belasten. Bitte unterstützt sie, wenn sie in nächster Zeit Hilfe braucht. Es sind nur noch fünf Wochen, bis das Marumer Springen stattfindet. Es ist zwar keines der Turniere, bei dem ihr euch für die Fördergruppe qualifizieren könnt, doch wir sind die Gastgeber, vergesst das nicht. Außerdem werden bestimmt wieder die Bundesjugendtrainer vor Ort sein und ihr habt die Chance, bei ihnen einen guten Eindruck zu hinterlassen."

Charly stöhnte. „Hoffentlich ist der Himmel vogelfrei, wenn ich reite. Sonst sehe ich echt schwarz für mich."

„Keine Panik. Vanilla und du, ihr bekommt das schon in den Griff", flüsterte Mila Charly zu.

„Meine Damen! Ich bitte um Ruhe", fuhr Tamara mit strenger Stimme dazwischen. „Das hier ist keine Plauderstunde mit anschließendem Nachmittagsausritt am Strand, klar? Das Internat hat Ziele und stellt hohe Erwartungen an euch. Die Leistungen, die ihr auf solchen Turnieren zeigt, sind das Aushängeschild des Internats. Und die Erfolge, die ihr erreitet, sind wichtig für eure Karriere. Also bitte ich um höchste Konzentration und Disziplin!"

Mila sah beschämt zu Boden. Sie hatte Charly doch nur trösten wollen. Und jetzt hatte sie schon den zweiten Anpfiff dieses Tages kassiert. Wie ärgerlich.

„Heute werden wir uns noch einmal mit den Feinheiten des Absprungzeitpunktes und mit den Übergängen befassen. Los geht's. Nele, du fängst an."

Nele nickte geschmeichelt und ritt los.

Es war unglaublich. Um Klassen besser als das, was Nele gestern gezeigt hatte. Hatte sie heimlich geübt?

Nele und Pferdinand harmonierten so perfekt miteinander, dass es Mila schwerfiel, die Grenze zwischen Reiter und Pferd zu sehen. Sowohl Pferdinands als auch Neles Bewegungen waren weich und fließend und von so großer Leichtigkeit, dass Mila ihren Blick nicht von ihnen wenden konnte und sie zu ihrem Entsetzen bemerkte, dass sie die beiden mit offenem Mund angestarrt hatte. Es sah sooo schön aus. Und auch Pferdinand schien richtig Spaß am Springen zu haben.

Plötzlich hatte Mila Lust darauf, es auch einmal zu probieren. „Los, mein brauner Liebling. Lass uns miteinander fliegen! Vertrau mir, ich kenn den Weg", flüsterte sie ihm ins Ohr. Sie merkte, wie das Blut in ihrem und in Adessos Körper pulsierte. Als sie an der Reihe waren, wartete Adesso aufmerksam auf ihre Anweisungen und Mila richtete die Augen nach vorne auf das erste Hindernis. Als sie anritt, ging es plötzlich wie von selbst. Das, was sie gerade bei Nele und Pferdinand beobachtet hatte, spürte sie nun am eigenen Leib. Sie und Adesso verschmolzen zu einer Einheit. Mila kam es so vor, als könnte Adesso ihre Gedanken lesen. Oder vielmehr ihren Körper. Es war großartig. Sie sprangen ohne Fehler über den Doppelrick. Eigentlich hatte Mila vorgehabt, die Triplebarre auszulassen, weil sie mit Adesso noch nie über ein so hohes Hindernis gesprungen war. Obwohl … Adesso hatte den Doppelrick genommen, als hätte er in seinem Leben noch nie etwas anderes getan, warum also sollte sie es nicht wagen? Ruhig galoppierte sie an und überließ sich ganz Adessos Bewegungen. In weitem Bogen passierten sie mühelos die Triplebarre. Mila hörte, wie die anderen klatschten, und lobte Adesso.

Würde Adesso auch die Mauer schaffen? Mila war sich unsicher, denn sie war mit Adesso noch nie über ein massives Hindernis gesprungen. Noch dazu war diese Mauer grellgelb angestrichen und sah dadurch richtig bedrohlich aus. Sie galoppierte an, doch kurz vor der Mauer wich Adesso aus und trabte vorbei.

Mila beugte sich nach vorne. „Macht nichts. Das gelbe Ungeheuer probieren wir ein anderes Mal. Es ist genug für heute."

„Hast du nicht gesagt, dass du noch keinen Parcours geritten bist?", hörte sie Franzi rufen. „Du musst dich da irgendwie getäuscht haben." Franzi lachte.

„So sehen Champions aus, so sehen Champions

aus …“, johlte Jakob. „Tja, ich befürchte, unsere liebe Nele hat ernsthafte Konkurrenz bekommen. Deswegen schaut sie auch so finster.“

„Sei bloß leise“, zischte Nele zurück. „Mit einem Pferd wie Adesso ist es kein Kunststück, gut reiten zu können. Er hat die ganze Arbeit allein gemacht.“

„Da muss ich dir widersprechen“, unterbrach Tamara Nele. „Mila ist gut geritten. Sie hat Adesso die Freiräume gegeben, die er brauchte, und war ganz klar in ihren Hilfen. Erstaunlich gut, Mila, wirklich. Natürlich gibt es noch einige Dinge, die du verbessern musst, wenn du ein Turnier reitest. Und Adesso ist zwar ein wunderbares Pferd, aber er ist noch nicht speziell aufs Springen trainiert worden.“

Mila setzte die Reitkappe ab. „Alles, was ich gesagt habe, stimmt. Ich war mit Adesso nur im Gelände unterwegs. Auf meinem alten Reiterhof gibt es gar keinen richtigen Reitplatz und die Besitzerin ist nicht gerade eine Freundin des Springreitens. Ich habe also – und das schwöre ich bei den Tasthaaren von Renate – echt nicht gewusst, dass die Sache so gut klappen würde. Ich hatte sogar Megaschiss, dass ich mich total blamiere. Charly ist meine Zeugin.“

„Stimmt, ich musste sie vorhin sogar überreden, überhaupt zu kommen. Mila wollte das Training abblasen“, pflichtete Charly ihr bei.

„Aber du bist doch ab jetzt dabei?“, fragte Tamara misstrauisch nach. „Adesso und du, ihr seid füreinander geschaffen. Es wäre eine totale Verschwendung –“

„Darüber muss ich echt noch einmal nachdenken", unterbrach Mila sie. „Dass Adesso und ich gut zusammenpassen, das weiß ich. Schließlich reite ich ihn seit über vier Jahren. Aber was ich nicht weiß, ist, ob ich ihm und mir diesen ganzen Turnier- und Leistungswahnsinn antun will." Sie sah Nele an. „Manche werden richtig fies davon."

Nele warf Mila einen vernichtenden Blick zurück.

„Natürlich kann ich dich nicht zwingen", ruderte Tamara zurück. „Denk einfach noch mal in Ruhe darüber nach."

Mila nickte. Das klang vernünftig. Vielleicht sollte sie die Reitstunde beenden und mit Adesso einen Ausritt machen? Bestimmt würde das ein wenig Ordnung in ihr Gefühlschaos bringen.

Ein Einhorn am Strand

Mila ritt gemütlich durch das Wäldchen hinter den Stallungen. Der Weg führte an den Pferdekoppeln vorbei, auf die die Pferde jederzeit direkt vom Stall aus gehen konnten. Teilweise waren die Außenbereiche voneinander durch Zäune abgegrenzt, um zu verhindern, dass Rangeleien zwischen den Pferden entstehen konnten.

In einiger Entfernung sah Mila zwei bunte Punkte. Einen schmalen und einen dicken. Moment mal! Waren das nicht …?

„Adesso, ich glaube, da vorne sind Renate und Tini", sagte Mila froh. „Was machen die denn da? Das müssen wir uns unbedingt genauer ansehen." Sie galoppierte an und wenig später war sie bei den beiden angekommen. Was sie dort sah, war so süß, dass Mila ihre kleine Cousine am liebsten dafür geknutscht hätte. Doch sie hielt sich zurück, denn das hätte das wunderbare Bild vor ihr kaputt gemacht. Tini hatte für Renate einen Mini-Springparcours aufgebaut. Als erstes Hindernis hatte sie eine rote

Schwimmnudel auf den Boden gelegt. Für das zweite hatte Tini die alten Eichenblätter vom letzten Herbst zu einem kleinen Haufen zusammengerecht und mit ein paar Luftschlangen garniert. Als Steilsprung hatte sie zwischen zwei Stecken einen dicken Wollfaden gespannt. Gerade wollte sie Renate dazu bewegen, über eine kleine, mit Wasser gefüllte Babybadewanne zu springen. Doch Renate sah nicht so aus, als hätte sie auch nur die geringste Lust dazu. Im Gegenteil. Sie schlürfte den Inhalt des „Hindernisses" in aller Gemütsruhe aus.

„Hallo, Tini", sagte Mila. „Mach dir nichts draus. Renate kann ganz schön störrisch sein."

Tini drehte sich um. „Mila! Hi!" Dann sah sie Mila tadelnd an. „Störrisch, was meinst du? Renate ist kein bisschen störrisch. Wir haben heute schon hart trainiert. Den Weitsprung und den Steilsprung", sie deutete auf den Laubhaufen und den Wollfaden, „hat sie total super genommen. Den Wassergraben machen wir eben morgen. Kein Problem." Sie stieg von Renates Rücken und drückte ihr einen Kuss zwischen die Ohren. „Sie ist das liebste und talentierteste Einhorn der ganzen Welt."

Einhorn? War Renate gestern nicht noch Tinis Elfenpony gewesen? Doch heute hatte Tini Renate ein silbernes Partyhütchen aufgesetzt, das wie ein dickes Horn auf ihrer Stirn prangte. Dazu hatte sie ihr weiße und goldene Samtbänder in die Mähne und in den Schweif geflochten. Tini selbst hatte ein veilchenblaues Flatter-Rüschenkleid über ihre Reithose gezogen und sich durchsichtige Flügel um den Rücken geschnallt. Auf dem Kopf trug sie einen rosafarbenen Fahrradhelm.

„Dann hast du wahrscheinlich das erste und einzige gescheckte, dicke Einhorn der Welt, liebe Reitelfe", sagte Mila ernst.

„Ja", antwortete Tini und schien erleichtert, dass sie sich endlich jemandem anvertrauen konnte, der sie auch verstand. „Du hast recht. Ich hab mich auch gewundert, dass sie nicht weiß mit ein bisschen Glitzer ist." Tini kam ganz nah an Mila heran und flüsterte: „Aber wie das nun mal so ist bei magischen Tieren: Man weiß nie genau, in welcher Erscheinung sie sich zeigen. Verstehst du? Hier, guck mal, ist sie nicht süß?"

Tini zog ihre kleine Digitalkamera aus der Tasche und zeigte Mila stolz die Fotos, die sie von Renate geschossen hatte:

Renate von hinten.

Renate von vorn.

Renate von unten.

Renate von oben.

Renate vor dem Laubhaufen und Renate hinter dem Laubhaufen.

Renate. Renate. Immer nur Renate.

Mila sah auf die Anzeige der Kamera. Bild 159 von 703. Sollte das jetzt so weitergehen? Sie fand ihr Pony ja selbst umwerfend süß, aber das hier würde noch mindestens eine Stunde dauern. Puh. Das musste sie verhindern. „Meinst du, das gescheckte Einhorn namens Renate und seine Elfen-Reiterin Tini sind gewillt, mit der völlig unmagischen Mila und ihrem Pferd einen kleinen Strandausritt zu machen?“, schlug Mila vor.

Tini zuckte mit den Schultern. „Könnte sein. Ich frage mal.“ Dann ging sie zu Renate, wisperte etwas in ihr Ohr und steckte ihr ein Stück Karotte zu.

„Wir haben großes Glück. Das Einhorn ist bereit für ein weiteres Abenteuer“, sagte Tini mit feierlicher Stimme. Dann fiel ihr noch etwas ein: „Äh, und kannst du schnell meine Mama anrufen und ihr Bescheid sagen, dass ich mit dir unterwegs bin?“

„Wird umgehend erledigt, Eure Elfenhoheit.“ Mila zog ihr Handy aus der Hosentasche. „Dann warten wir mal ab, was die Elfenmutter zu unserem magischen Plan sagt.“

Tante Caro war einverstanden und Mila war richtig froh, dass Tini und Renate sie begleiteten. Wenn sie mit ihrer kleinen Cousine zusammen war, fiel es ihr ganz leicht, den Ärger mit Nele zu vergessen. Tini hatte darauf bestanden, vorwegzureiten, denn sie wollte Mila unbedingt den Schleichweg zum Strand zeigen. Adesso schnupperte ab und zu an Renates Hinterteil, deren Schweifschmuck in der warmen Märzsonne glitzerte. Wahrscheinlich musste er sich immer wieder vergewissern, dass sich unter der Einhornverkleidung auch wirklich seine Freundin verbarg.

Die Wege wurden sandiger und bald roch die Luft so salzig, dass Mila wusste, dass das Meer nicht mehr weit sein konnte. KLICKER! KNACKKNACK! Adesso kaute entspannt auf seinem Mundstück herum. Mila liebte dieses Geräusch, das bedeutete, dass Adesso gerade ganz zufrieden war. Mila überlegte, ob sie das von sich auch sagen konnte. Die ersten beiden Tage auf dem Pferdeinternat waren ganz schön voll gewesen, sodass sie gar nicht richtig zum Nachdenken gekommen war. Bis auf die Sache mit Nele fühlte sich alles gut an. Klar, einiges war aufregend und neu, aber sie hatte schon so viele nette Leute kennengelernt und obwohl ihr ihre Eltern fehlten, hatte sie mit Tante Caro und Tini sogar so etwas wie Familie vor Ort. Außerdem fühlten sich Adesso und Renate wohl. Das spürte sie deutlich. Und das war schließlich das Allerwichtigste.

„Jetzt müssen wir nur noch durch die Dünen", meinte Tini. „Aber pass auf, dass du auf den Reitwegen bleibst, denn die Dünen darf man nicht betreten."

„Wieso das denn?", fragte Mila. „Gehören die nicht zum Strand?"

„Die Dünen sind die Dünen", sagte Tini. „Ich glaube, man darf nicht rein, weil da Vögel brüten und so. Und weil man das Dünengras nicht zertrampeln soll. Das braucht man als Sandstopper."

Sandstopper. Mila musste kichern. So was gab es doch gar nicht. Trotzdem wusste sie, was Tini damit meinte. Das Gras verhinderte, dass der Wind den Sand weit ins Innere der Insel wehen konnte.

Mila zog den Reißverschluss ihrer Fleecejacke bis zum Hals zu. Obwohl die Sonne so warm war, wehte der Wind vorne am Meer ganz schön kräftig. Nach der nächsten großen Düne war es so weit. Vor Mila lag ein breiter weißer Sandstrand und dahinter das dunkelblaue Meer.

Mila parierte zum Stehen durch und atmete tief ein.

Endlich. Meer und Strand, so weit das Auge reichte.

„Gefällt es dir?", fragte Tini aufgeregt. „Ich finde es soooo schön. Ich bin ganz oft mit Mama hier. Immer wenn sie Zeit hat." Sie legte ihren Kopf nach vorne an Renates Hals und rieb ihre Nase tief ins Ponyfell. „Hast du Lust zu baden, mein kleines Einhorn?"

Renate wieherte und galoppierte los. Quer über den Strand, dass der Sand nur so spritzte, ins seichte Wasser hinein. Tini quietschte vor Vergnügen, als Renate mit ihren Hufen ins Wasser patschte. „Juhu, kommt doch auch rein. Das macht Spaß!", rief sie Mila und Adesso zu.

Mila ritt ans Wasser und schwang sich von Adessos Rücken. Sie setzte sich in den Sand und zog sich die schweren Reitstiefel und die Socken aus. Vorsichtig streckte sie ihren großen Zeh ins Wasser und zog ihn schnell wieder zurück. Puh, das Meer war ja eiskalt! Trotzdem. Mila wollte unbedingt den nassen Sand zwischen ihren Zehen spüren und tappte ein paar Schritte hinein. Ahhh, das fühlte sich so schön an. Weich, und immer wenn sich das Wasser wieder zurückzog, war es so, als verlöre man für einen kurzen

Moment den Boden unter den Füßen. Mila breitete die Arme aus und lehnte sich gegen den Wind. Sie schloss die Augen. Ja, Aurelie hatte recht gehabt. Das Meer und der Strand waren einfach wunderbar.

Adesso beobachtete Mila aufmerksam. Ihm schien das viele Wasser ganz und gar nicht geheuer zu sein. Trotzdem näherte er sich Mila, blieb aber ein Stück vor dem Wasser stehen.

„Hast du etwa Angst vor den Wellen?“, fragte Mila. „Das brauchst du nicht.“ Barfuß schwang sie sich auf seinen Rücken. „Na, komm, mein Großer. Du wirst sehen, das macht Spaß.“

Adesso schüttelte den Kopf und blickte sehnsüchtig zu Tini und Renate, die mittlerweile den Wellen hinterherjagten. Endlich setzte er einen Huf vor den anderen. Er drehte die Ohren zu Mila, um zu hören, ob sie auch wirklich damit einverstanden war, dass er sich weiter hineinwagte.

Mila lachte. „Klar, du Schisser, lauf rein!“, ermutigte sie ihn.

Dann, als hätte jemand in ihm einen Schalter umgelegt, stürmte er ins Wasser, direkt auf Renate zu.

Mila fühlte sich wie die Hauptfigur in einem superkitschigen Pferdefilm. Die Sonne schien glitzernd auf die Wasseroberfläche und sie galoppierte durch die Meeresbrandung. Kitsch hin oder her. Es war einfach wunderschön, so durch die Wellen zu jagen! Alles andere war ihr gerade vollkommen egal.

Nach einer halben Stunde hatten sie drei Krebse, fünf Möwen und unzählige Sandwürmer beinahe zu Tode erschreckt. Die Pferde zeigten zwar kaum Anzeichen von Müdigkeit, aber Renates Horn hing mittlerweile nass und schlapp um ihren Hals und ihre Mähnenzöpfe waren so sandig, dass es aussah, als hätte sie eine Rastafrisur. Mila japste nach Luft. Die Anstrengung ihrer ersten Springstunde steckte ihr ganz schön in den Knochen. Auch Tinis Gesicht war rot und verschwitzt. Zudem war ihre Reithose mittlerweile pitschnass.

„Ich glaube, wir gehen besser nach Hause", meinte Mila. „Nicht dass Tante Caro mit mir schimpft, wenn du krank wirst."

Tini zuckte mit den Schultern. „Ich habe eine gute Konjustition, sagt der Kinderarzt immer. Mir macht das nichts aus."

„Konstitution meinst du wohl?" Mila grinste. „Das heißt, dass dich so schnell nichts umweht."

„Sag ich doch", meinte Tini. „Mich konstitutert gar nichts."

„Da bin ich aber wirklich sehr froh", sagte Mila. „Trotzdem sollten wir nach Hause reiten. Ich glaube, ich habe eine Entscheidung getroffen, und die will ich Tamara unbedingt noch vor dem Abendessen mitteilen."

Mila und Tini trafen Tamara auf dem Hof vor den Stallungen. Sie stand gerade bei Isa, die ihrer Stute Melodie neue pinkfarbene Hufglocken um die Fesseln schnallte. Die Dinger waren zwar nicht gerade nach Milas Geschmack, aber die Farbe passte zumindest prima zu Melodies pinkfarbener Satteldecke mit Silbersternen.

„Tamara, kann ich dich kurz sprechen?“, fragte Mila.

„Na klar. Isa, den Rest schaffst du bestimmt auch alleine.“ Sie drehte sich zu Steffen Gründgen, dem Stallmeister, um, der eine der Schubkarren reparierte. „Herr Gründgen? Würden Sie sich um Adesso kümmern? Mila und ich haben etwas zu besprechen.“

Herr Gründgen legte den Schraubendreher sofort zur Seite. „Adesso? Das mache ich gerne.“ Er nahm die Zügel und führte den braunen Hengst in den Stall. „Ein sehr schönes Tier“, murmelte er dabei. „Wirklich sehr, sehr schön!“

„Er ist ganz begeistert von Adesso. Er meint, dein Pferd wäre zum Springen geboren“, sagte Tamara zu Mila, als Herr Gründgen außer Hörweite war. „Und ich gebe viel auf seine Meinung. Er spürt es, wenn ein Pferd das Zeug zu einer großen Karriere hat. Er hat schon in vielen namhaften Ställen gearbeitet und er hat sich noch nie getäuscht.“

„Darum geht es. Ich möchte mit dir übers Springen sprechen“, begann Mila. „Ich muss zugeben, dass es mir vorhin viel Spaß gemacht hat. Und natürlich hab ich auch gemerkt, dass Adesso mindestens genauso viel Spaß hatte. Aber ich weiß eben auch, dass Adesso Bammel vor dieser Mauer hat und ich tausendunddrei

Sachen überhaupt nicht weiß, die die anderen schon aus dem Effeff beherrschen."

„Wenn du dich anstrengst und du und Adesso viel trainiert, könnt ihr das schaffen", meinte Tamara.

„Ich würde dir gern etwas vorschlagen", antwortete Mila. „Ich würde gerne weiter mittrainieren, einfach weil es Spaß macht. Aber ohne das Ziel, supergut zu werden oder irgendwelche wichtigen Turniere zu reiten."

„Okay. Ich bin einverstanden", sagte Tamara und streckte Mila die Hand entgegen. „Du trainierst mit deinen Klassenkameraden mit und wir sehen, wie es sich entwickelt. Deal?"

Mila schlug ein. „Deal", stimmte sie mit fester Stimme zu.

Pferdebesuch

Der Rest der Woche verlief wesentlich ruhiger, als Mila gedacht hatte. Franzis Knöchel war wieder in Ordnung und Nele hatte bisher keine weiteren Großangriffe auf sie gestartet. Dennoch hatte Nele es erstaunlicherweise fertiggebracht, kein einziges Wort mit Mila zu sprechen. Zum Glück hatte Mila ziemlich viel zu tun gehabt, alle Englisch-Vokabeln nachzupauken, die ihr Mister Green kopiert und freudestrahlend überreicht hatte. Deswegen war ihr die Stille im Zimmer sogar ganz recht gewesen. Sooft es ging, hatte sie mit ihren Eltern geskypt, die gestern gut in Kenia angekommen waren. Und einmal hatte sie sogar mit Aurelie telefoniert. Sie hatte ihr einige von Tinis Renate-Bildern geschickt und Aurelie war aus dem Kichern gar nicht mehr herausgekommen.

Das Springtraining bei Tamara hatte Spaß gemacht, doch vor der Mauer scheute Adesso jedes Mal. Tamara hatte ihr geraten, erst einmal zu Luke zu gehen, um Adessos Muskeln für ein intensiveres Training zu stärken. Mila war insgeheim sogar ein wenig froh,

Neles grimmigen Blicken zu entgehen, und die Arbeit mit Luke und seinem Pferd Jolly Jumper hatte Mila ziemlich beeindruckt.

Mila roch an einem ihrer Reit-Sweatshirts, rümpfte angeekelt die Nase und warf es auf den immer größer werdenden Haufen an Schmutzwäsche neben ihrem Bett. Sie warf einen Blick in den Kleiderschrank und bemerkte zufrieden, dass sie mit den sauberen Klamotten noch übers Wochenende kommen würde. Sehr gut. Auch noch Wäsche waschen zu müssen, wäre nach dem Stalldienst heute Morgen eindeutig zu viel für sie gewesen. Sie konnte sich kaum mehr rühren. Herr Gründgen hatte zwar die großen Schubkarren selbst geschoben, aber auch die kleineren waren schwer genug gewesen. Außerdem schwirrte Mila der Kopf. Niemals hätte sie gedacht, dass es so kompliziert sein könnte, Pferde zu füttern. Aber hier im Pferdeinternat gab es eben keine „normalen" Pferde. Von ihnen wurde viel erwartet und deswegen bekamen alle spezielles Futter. Sehr zu Milas Bedauern aber nicht alle das gleiche spezielle Futter, sondern jedes Pferd bekam die Ration ganz nach seinen individuellen Bedürfnissen zusammengestellt. Kopfschüttelnd hatte sie nach dem großen Plan, der in der Futterkammer hing, Kraftfutter, Heu und Rübenschnitzel abgewogen, was das Zeug hielt.

Mila schnappte sich das Reitlehrebuch vom Schreibtisch und machte es sich auf ihrem Bett bequem. Auch daran hatte sie sich schon fast gewöhnt. Reiten war hier ein Schulfach wie jedes andere, also musste man lernen und bekam Noten.

Als sie gerade den Absatz über die Geschichte des Springreitens lesen wollte, krachte die Tür auf und Charly kam hereingestürmt. Ihr Gesicht war ebenso rot wie ihre Haare. „Mila, komm schnell in den Stall. Nele ist total ausgetickt. Pferdinand ist verschwunden und sie schreit überall herum, dass du schuld bist."

„Ich? Wieso ich? Spinnt die jetzt komplett? Na warte, der sag ich jetzt mal die Meinung!" Mila ballte die Fäuste und donnerte ihr Buch in die Ecke. Dann lief sie wutschnaubend aus dem Zimmer.

„Warte!", rief Charly ihr hinterher.

„Da ist sie!", schrie Nele, sobald sie Mila sah. „Du bist schuld, dass Pferdinand weg ist. Du hast die Box offen gelassen. Wer hat dich überhaupt in seine Nähe gelassen?" Nele wollte auf Mila losgehen, doch Herr Gründgen hielt sie an den Schultern fest.

„Jetzt beruhigst du dich erst einmal, Nele. Mila hatte heute Morgen Stalldienst. Aber ich war auch hier und habe ihr geholfen."

Nele versuchte, sich aus Herrn Gründgens Griff herauszuwinden, doch der Stallmeister war stärker. „Dann haben Sie eben nicht gesehen, wie diese unfähige Kuh nach dem Füttern die Tür offen gelassen hat. Jeder hier weiß, dass Pferdinand jede Gelegenheit nutzt, um auszubüxen", zischte sie ihn an und machte eine so heftige Bewegung mit dem Oberkörper, dass sie freikam. Doch anstatt nun auf Mila zuzurennen, blieb sie wie erstarrt stehen. „Du … du hast das mit Absicht getan. Das ist ein Teil von deinem gemeinen Plan.“ Nele stemmte die Hände in die Hüften und funkelte Mila zornig an. „Du hast dich hier eingeschlichen, obwohl du gar keine Prüfung gemacht hast. Behauptest, du wärst noch nicht gesprungen, dabei hast du ein 1-a-Springpferd dabei. Du schleimst dich bei allen ein und dann lässt du auch noch mein Pferd frei, damit ich nicht für das Marumer Springen trainieren kann.“

Mila wurde ganz still. Das, was Nele ihr da an den Kopf warf, war natürlich kompletter Blödsinn. Aber konnte es sein, dass sie tatsächlich heute Morgen beim Füttern Pferdinands Stalltür offen gelassen hatte? Sie war sich plötzlich gar nicht mehr sicher.

„Was hältst du davon, Nele, wenn du Pferdinand einfach suchst, bevor du den ganzen Stall zusammenbrüllst? Mila hilft dir sicher dabei“, schlug Herr Gründgen vor.

„Mit der?“, antwortete Nele kühl. „Das können Sie aber so was von vergessen. Lieber würde ich in meinem ganzen Leben keine einzige Sekunde mehr auf dem Pferd sitzen.“ Sie packte ihre Jeansjacke und warf den Kopf nach hinten. „Ich gehe. Herzlichen Glückwunsch, Blödtussi, du hast mittlerweile alle auf deine Seite gezogen.“ Mit diesen Worten rauschte sie wutentbrannt ab.

Mila sah Charly an und weinte einfach los. „Ich

verstehe überhaupt nicht, warum Nele mich auf dem Kieker hat. Was habe ich ihr denn getan?", schluchzte sie.

„Das hat bestimmt nichts mit dir zu tun, mein Kind", versuchte Herr Gründgen Mila zu trösten.

„Genau, Nele war schon so, bevor du kamst. Nur nicht ganz so schlimm", meinte Charly. „Ich würde sagen, wir satteln Vanilla und Adesso und gehen Pferdinand suchen."

„Ein sehr vernünftiger Vorschlag", lobte Herr Gründgen. „Wenn Pferdinand nicht die Fähre genommen hat, kann er hier auf der Insel ja nicht weit gekommen sein."

Mila war einverstanden. Ausritte waren sowieso immer eine gute Idee, fand sie, und wenn sie mit der Aktion auch noch etwas Gutes tun konnte, umso besser.

Es war nicht mehr ganz so sonnig wie die letzten Tage. Der Wind wehte Mila und Charly kalt ins Gesicht, als sie in den Schlaftrakt gingen, um ihre dicken Jacken zu holen. Sie beeilten sich, die Pferde zu satteln. Milas Gedanken schweiften zu Nele und sie wunderte sich, warum Nele Pferdinand nicht mitsuchen wollte. Machte sie sich etwa gar keine Sorgen um ihn? Für Mila stand fest: Sollten Renate oder Adesso einmal weglaufen, würde sie alle Hebel in Bewegung setzen, um sie zu finden. Neles Verhalten war und blieb ein komplettes Rätsel.

„He, du suchst rückwärts und ich schaue nach vorne oder was?“ Charly lachte laut und zeigte auf den Sattel, den Mila Adesso verkehrt herum auf den Rücken geworfen hatte.

Peinlich berührt zog Mila den Sattel wieder herunter. „Das kommt davon, wenn man zu viel grübelt“, murmelte sie. „Diese Nele macht mich ganz wuschig!“

„Ich verstehe dich ja“, meinte Charly. „Mich würde das auch ganz schön fertigmachen. Aber du musst nach vorne schauen.“

Nun musste Mila lachen. „Und wenn ich den Sattel richtig rum habe, sollte das auch gar nicht so schwer sein.“

Es war gar nicht so schlimm, dass heute die Sonne fehlte. Der Wind tat Mila sogar richtig gut. Sie hatte das Gefühl, als würde er all ihre Dunkle-Regenwolken-Gedanken davontreiben.

Zielstrebig ritt Charly die größere Straße entlang, die nach Ritteck führte.

Einige Male versperrten Schafe den Weg und sie mussten scharf auf sie zureiten, damit sie sich bequemten, Platz zu machen.

„Die sind ja ganz nett anzusehen, aber sie sind unerträglich stur“, grummelte Charly ein ums andere Mal.

„Hast du einen Such- und Findeplan?“, fragte Mila ihre Freundin.

„Nö, nicht wirklich“, gab Charly zu. „Pferdinand

könnte überall und nirgends sein. Schließlich ist die ganze Insel ein Paradies für Pferde. Vielleicht wäre es sogar besser, wenn wir uns aufteilen. Ich reite zum Strand hinunter und du suchst in gerader Richtung weiter."

Mila nickte. Ja, so würden sie den Ausreißer sicher schneller finden.

Sie trennten sich an der Weggabelung und vereinbarten, sich in einer halben Stunde wieder an dieser Stelle zu treffen.

Mila konzentrierte sich, ob sie irgendwo ein weißes Stück Fell sah. Eigentlich müsste ein Schimmel doch gut sichtbar sein – zumindest wenn alles um ihn herum grau war. Sie ritt eine kleine Anhöhe hinauf.

In einiger Entfernung war eine große Pferdekoppel, auf der Islandpferde weideten. Und wo eine Koppel war, konnte der Hof, zu dem die Pferde gehörten, nicht weit sein. Vielleicht hatte dort jemand Pferdinand gesehen oder hatte einen Tipp, wo sie suchen konnte?

Doch was war das? Mila guckte genauer. Hatte sie sich getäuscht oder stand da auf der Weide, mitten unter all den Islandpferden, ein großer Apfelschimmel? Na klar doch. Dort auf der Weide graste Pferdinand! „Ich fass es nicht", murmelte Mila. „Da hat sich der freche Kerl doch glatt eine neue Herde gesucht." Sie stieg ab und trat ans Holzgatter. „Pferdinand?", rief sie. „Pferdinand, was machst du denn hier?"

Pferdinand sah erst Mila an und dann die schwarze Isländerstute, die dicht neben ihm stand, als wollte er sagen: „Was fragst du denn, das siehst du doch!" Er schnupperte an ihrem Rücken und sie rieb liebevoll ihren Kopf an seinem Hals.

„Und eine Freundin hast du auch schon gefunden?" Mila kicherte. „Na, du bist mir vielleicht einer."

Adesso scharrte mit den Hufen. „Du würdest wohl auch am liebsten mit zu den anderen auf die Weide, wie ich dich kenne."

In diesem Augenblick kam Pferdinand zu Mila gelaufen. Die schwarze Stute folgte ihm.

Mila streckte ihre Hand nach ihr aus. „Ich kann dich verstehen, Pferdinand", sagte sie und strich dem Islandpferd über den Nasenrücken. „Du bist ja eine Hübsche. Und du hast so ein schönes kuscheliges Fell. Aber ich befürchte, ihr müsst euch wieder trennen. Ich kenne jemanden, der dich schmerzlich vermisst." Sie zögerte einen Augenblick. „Zumindest glaube ich das", fügte sie unsicher an.

„Was machst du denn hier? Du großer Schlawiner!" Eine Frau mit langen roten Haaren kam mit einer Schubkarre quer über die Weide gestapft.

Als sie Mila bemerkte, sagte sie: „Bist du vom Pferdeinternat?"

Mila nickte. „Ich heiße Mila. Ich bin letzte Woche hierhergezogen", antwortete sie. „Gehören Ihnen die Islandpferde?"

„Das sind alles meine. Bis auf ..." Sie schmunzelte und zeigte auf Pferdinand. „Dieses hier." Sie klopfte Pferdinand liebevoll ein paarmal auf die Kruppe. „Bist du von zu Hause ausgebüxt, um Fenja zu besuchen? Mein Großer, jetzt geht es wieder heim. Du kannst hier nicht bleiben."

Mila war verwirrt. Woher kannte die Frau Pferdinand?

Die rothaarige Frau hatte Milas Gedanken offensichtlich erraten, denn sie erklärte: „Ach, das ist alles eine lange Geschichte. Leider zu lang für den Moment. Ich muss wieder zurück auf den Hof, weil der Hufschmied gleich kommt. Aber wenn du Lust hast, besuch mich doch einfach mal. Dann erzähle ich sie dir in aller Ruhe bei einer Tasse Tee, Mila. Ich heiße übrigens Anna."

Lustig, dachte Mila. Die Frau spricht ihren Namen englisch aus. Nicht mit „A" sondern mit „Ä" am Anfang.

„Das mach ich gerne", sagte Mila und nahm sich fest vor, möglichst bald wiederzukommen. Anna erinnerte sie an Aurelie. Sie sah zwar komplett anders aus, aber irgendwas in ihrer Art sich zu bewegen und mit den Pferden zu sprechen war ganz ähnlich. Außerdem wollte Mila unbedingt den Hof und die anderen Islandpferde kennenlernen. Am meisten interessierte sie jedoch, was es mit Pferdinand und seiner isländischen Freundin Fenja auf sich hatte.

Anna ließ Mila und Adesso auf die Koppel und Mila hakte einen Strick an Pferdinands Stallhalfter. Ganz ruhig ließ er sie gewähren und trottete mit ihr auf den Feldweg.

Anna winkte. „Also dann, bis bald, Mila. Es war nett, dich kennenzulernen. Und wenn Pferdinand wieder verschwinden sollte – du weißt ja jetzt, wo du ihn als Erstes suchen musst.“ Sie lächelte.

Pferdinand wieherte und drehte sich zu Fenja um.

Die war dicht an den Zaun gekommen und legte den Kopf schief.

„Ihr zwei seid echt süß“, meinte Mila. „Aber jetzt wollen wir Nele mal nicht länger als nötig auf die Folter spannen, nicht wahr? Außerdem wird der Wind immer kälter.“

Sie schwang sich auf Adessos Rücken und lief im Schritt mit Pferdinand im Schlepptau weiter. Mila war erleichtert. Falls sie heute Morgen doch die Tür offen gelassen hatte, hatte sie ihren Fehler nun wieder ausgebügelt. Und Pferdinand hatte zumindest einen schönen Ausflugsvormittag gehabt …

Als sie die Weggabelung erreichten, warteten Charly und Vanilla schon ungeduldig auf sie. Charly hatte die Arme fest um den Körper geschlungen und rief zähneklappernd: „Supercool, du hast ihn gefunden. Wo war er denn?“

„Das erzähl ich dir zu Hause. Ich muss ins Warme – der Wind ist nämlich auch verdammt supercool, finde ich.“

Neles Albtraum

Auf dem Internat hatte sich die Nachricht von Pferdinands Verschwinden schnell herumgesprochen und Charly und Mila wurden begrüßt, als hätten sie zum dritten Mal in Folge die Goldmedaille gewonnen. Alle wollten wissen, wo Pferdinand gesteckt hatte und wie sie es geschafft hatten, ihn zurückzuholen. Mila war mittlerweile bis auf die Knochen durchgefroren und vertröstete sie, so gut es ging.

Zitternd führten sie die Pferde in den Stall. Am liebsten hätte Mila sich gleich in die Badewanne verkrümelt, aber die Versorgung der Pferde ging vor. Zumindest war es im Stall schon wärmer und es wehte kein eisiger Wind.

Sorgfältig schloss sie Pferdinands Box und band Adesso neben Vanilla an, um ihn abzusatteln und abzureiben. Als sie die Lederriemen des Sattels löste und gerade anfangen wollte, Charly zu erzählen, was passiert war, sah sie Nele in die Sattelkammer huschen.

„Nele!", rief Mila. „Wir haben ihn gefunden. Er steht wieder in seiner Box. Du wirst nicht glauben –"

„Das interessiert mich nicht!“ Nele schoss wie ein wütender Skorpion aus der Kammer und stieß dabei einen Eimer mit Futterpellets um. „Du hast Pferdinand rausgelassen, es war deine Pflicht, ihn wieder herzubringen. Ich werde mich deswegen bestimmt nicht bei dir bedanken, ist das klar? Und irgendwelche Heldentaten, die du dafür vollbringen musstest, will ich nicht hören.“

„Aber …“, machte Mila noch einen Versuch.

„Lass sie“, sagte Charly und legte Mila die Hand auf den Arm. Sie lächelte Mila aufmunternd an. „So, so, so, du hast also Heldentaten vollbracht? Schieß mal los, ich bin ganz Ohr!“

Mila hatte den ganzen Nachmittag in Charlys und Isas Zimmer verbracht. Auch durch deren Zimmer verlief irgendwie eine klare Trennlinie. Zwar ohne Mauer und Absperrband, aber doch farblich streng getrennt. Isas Zimmerhälfte war ein Meer aus Rosaglitzerpuschelzeugs. Mila sah, dass Isa ihre alten My-Little-Pony-Figuren auf einem Regalbrett über dem Bett aufgestellt hatte. Überall lagen Haarklammern, Pferdecomics und Pferdesticker herum. Die Bettwäsche war besonders sehenswert: Auf Kissen und Decke war ein weißer Hengst zu sehen, der mit wehender Mähne in einen rot glühenden Sonnenuntergang ritt. Mila erinnerte sich, dass sie sich so eine Bettwäsche vor ein paar Jahren sehnlichst zu Weihnachten gewünscht hatte – vergeblich. Charlys Seite hingegen war mindestens genauso unordentlich, allerdings war es eher ein nichtglitzerndes, völlig unromantisches Durcheinander von Klamottenbergen, Schulsachen und Pferdekram. Mila fühlte sich pudelwohl und sie redeten stundenlang über ihre Pferde, Reiten und Marum.

Als Milas Magen ein lautes Knurren von sich gab, sah sie erschrocken auf die Uhr: „Ahhh, wisst ihr, wie spät es ist? Wir haben das Abendessen verpasst!"

„Echt? Ich fass es nicht", kicherte Isa. „Was machen wir denn jetzt? Ich hab Hunger. Wollen wir die liebe Käthe bewusstlos kitzeln und den Kühlschrank plündern?"

„Nicht nötig", meinte Charly und zog eine rot glänzende Kiste unter ihrem Bett hervor. „Meine Eltern haben mir gestern ein Essens-Notfall-Paket geschickt. Die haben immer Angst, dass ich hier verhungere. Keine Ahnung, warum." Sie legte den Deckel beiseite. Mila und Isa guckten neugierig in die Kiste. Mila hatte erwartet, dass Charlys Eltern ihr Schokolade, Chips und Gummibärchen geschickt hatten. Doch nichts dergleichen. In der Kiste befanden sich eine Packung geräucherter Lachs, Weißbrot und kleine Pasteten. Alles war in feinste weiße Stoffservietten gepackt.

„So ein Naschpaket hab ich noch nie gesehen", sagte Mila und zog verwundert die Stirn in Falten. Sie schnupperte. „Hier riecht es nach Schokolade. Schokolade und Zimt!"

Charly fischte ein großes goldenes Ei aus dem

Karton. „Ich präsentiere: unseren Nachtisch. Feinste belgische Zimtschokoladenpralinen. Schmecken echt super."

Sie setzten sich im Schneidersitz auf den Boden und machten sich hungrig über alles her. Mila hatte noch nie geräucherten Fisch gegessen, aber sie musste zugeben, dass er richtig lecker schmeckte.

Charly hatte sich eine der weißen Stoffservietten über den Schoß gelegt und schnippelte mit einem silbernen Messer kleine Stücke von einer Pastete ab. „Mm. Pistazie und Trüffelpilz", murmelte sie und schloss genießerisch die Augen.

„Wenn das hier ein Snack zwischendurch ist, dann möchte ich gerne mal zu deinen Eltern zum Abendessen eingeladen sein", lachte Mila.

Charly hörte sofort auf zu kauen, riss die Augen auf und sagte scharf: „Lieber nicht!"

Mila sah sie erschrocken an. Hatte sie etwas Falsches gesagt?

Auch Isa war verunsichert und legte ihr dick belegtes Baguette vor sich auf den Boden.

Charly hatte sich mittlerweile wieder gefangen und tat so, als sei nichts passiert. Sie öffnete das goldene Ei, hielt es Mila und Isa hin und sagte: „Wer von den Damen möchte jetzt ein bisschen Schokolade?"

Mila wälzte sich im Bett hin und her. Sie war todmüde und doch konnte sie nicht einschlafen. Pferdinand tat ihr so leid. Er war so ein liebes Pferd, aber Nele schien sich überhaupt nichts aus ihm zu machen. Es war eine Sache, dass sie sich ihr gegenüber so merkwürdig verhielt. Aber wieso war sie ihrem eigenen Pferd gegenüber so herzlos? Ging es Nele wirklich nur um den Erfolg? War ihr Pferd nur das Werkzeug, das sie dafür brauchte? Mila konnte das gar nicht glauben. Liebte nicht jeder Reiter sein Pferd? Offensichtlich nicht …

Neles Bett knarrte. Mila hielt den Atem an. Konnte Nele etwa auch nicht schlafen? Plötzlich hörte sie ein leises Wimmern und Schluchzen. Oh nein. Weinte Nele? Mila setzte sich auf und lauschte.

„Fairy? Fairy!“, schluchzte Nele. „Fairy, meine Fairy.“

Nele klang so unendlich traurig und verzweifelt, dass Mila spürte, wie sich ihr Herz zusammenzog. Sie musste etwas tun!

Mila stand auf und tappte bis an die Cavaletti-Mauer. Der Mond schien durchs Fenster und sie konnte Neles Gesicht sehen. Nele schlief tief und fest. Mila stieg vorsichtig über die Mauer und setzte sich an Neles Bett. Langsam strich sie ihr über den Kopf und ließ die Hand eine Weile auf ihrem Scheitel liegen. So machte es Mama immer bei ihr, um sie zu trösten. Und auch bei Nele wirkte es. Ihr Gesicht entspannte sich und nach einer Weile drehte sie sich zufrieden schmatzend auf die Seite und schlief ruhig weiter.

Mila war stolz auf sich. Und nun schnell wieder in ihr eigenes Bett!

Sie stieg über die Mauer und da passierte es. Ihr Fuß blieb an einem der Cavalettis hängen und riss es um. Es gab einen dumpfen Schlag. Nicht mal besonders laut, aber laut genug, um Nele aufzuwecken.

„Was machst du da?“, fuhr sie Mila an. Sie war sofort hellwach. „Willst du mich jetzt auch noch nachts tyrannisieren? Nur damit ich vor lauter Müdigkeit beim Springen schlechter werde, oder was?“

„Du hast schlecht geträumt“, sagte Mila nur. Sie konnte jetzt auf keinen Fall einfach so zurückfauchen. Nicht nach dem, was eben passiert war. „Wer ist denn Fairy? Du hast immer nach einer Fairy gerufen.“

Sofort merkte Mila an Neles Gesicht, dass sie mit dieser Frage einen Riesenfehler gemacht hatte.

Nele rastete nämlich nicht wie sonst aus, sondern starrte, ohne zu antworten, ins Leere. Dabei liefen ihr Tränen die Wangen hinunter und tropften auf die Bettdecke. Dann ließ sie sich nach hinten aufs Bett fallen und zog die Bettdecke über den Kopf.

Mila wusste, dass es keinen Sinn hatte, weiter nachzubohren. Sie legte sich wieder in ihr Bett und rieb die eiskalten Füße aneinander. Einschlafen konnte sie allerdings erst, als Nele aufgehört hatte zu weinen.

Mauer im Kopf

Seit Neles Albtraumnacht waren drei Tage vergangen. Drei Tage, in denen Nele kein Wort mit ihr gesprochen, kaum gegessen und wenig geschlafen hatte. Nur trainiert hatte sie mit noch mehr Verbissenheit als vorher. Stundenlang hatte sie Pferdinand durch den Parcours gejagt, immer in der Hoffnung, noch ein wenig schneller zu werden. Mila machte sich Sorgen. Wenn das so weiterging, würde sie Tante Caro oder sogar gleich Frau Steinbach von Neles Verhalten erzählen müssen. Auf der anderen Seite: Die dunklen Ringe unter Neles Augen waren nicht mehr zu übersehen. Vielleicht baten sie Nele ja auch von allein zu sich?

Mila hatte Nele nicht mehr auf ihren Traum angesprochen. Doch immer wenn Mila und sie gemeinsam auf dem Zimmer waren, hing Neles Niedergeschlagenheit wie dicker Nebel darin.

Mila fand das schwer auszuhalten, deshalb verbrachte sie viel Zeit mit Charly, Isa und Franzi. Und natürlich mit Adesso und Renate.

Mila hatte mit Tamara besprochen, dass sie an

jeder zweiten Springstunde teilnehmen würde, um die restliche Zeit zusammen mit Luke an Adessos ausgeprägter Guckigkeit im Parcours und an ihrer reibungslosen Kommunikation miteinander zu arbeiten. Mila bewunderte Luke.

Er ritt Jolly Jumper ohne Sattel und Trense. Jolly reagierte allein auf Lukes Gewichtsveränderung. Die konnte minimal sein – manchmal sah Luke nur in eine andere Richtung und damit änderte sich seine Haltung – und schon wusste Jolly, was er tun sollte. Es war einfach unglaublich. Für Mila stand fest: So wollte sie auch auf Adesso reiten können. Irgendwann.

„Adesso ist schon viel weniger guckig als vor zwei Wochen", sagte Mila zu Franzi und Charly und führte Adesso auf die große Koppel, auf der Luke unterrichtete. „Ich meine, wir waren vorher ja immer im Gelände, da ist das ja nicht so schlimm. Aber beim Springen muss er sich konzentrieren und darf sich nicht so leicht ablenken lassen."

Franzi kicherte. „Wäre doch mal was anderes, wenn Adesso sein Maul in die Unterlagen der Richter steckt und die Deko anknabbert, bevor er über die Hindernisse hoppelt", meinte sie fröhlich.

Mila musste auch lachen. Sie stellte sich vor, wie Adesso mit einem halb angefressenen Siegerkranz um den Hals vor dem johlenden Publikum stand. „Ob Tamara mich danach allerdings noch jemals für das Internat zu einem Turnier schickt, ist fraglich."

„Ist es denn jetzt sicher, dass du beim Marumer Springen mitmachst?“, wollte Charly wissen.

„Nee, überhaupt nicht sicher“, antwortete Mila. „Adesso hat immer noch sein ‚Mauer-Problem‘. Er springt einfach nicht über dieses Hindernis. Keine Ahnung, warum. Er hat totale Angst davor. Mittlerweile werde ich auch schon ganz nervös, wenn ich nur irgendwo eine Mauer sehe.“

„Gar nicht so einfach, oder?“, sagte Franzi mitfühlend. „Mauern gibt es hier auf der Insel schließlich an jeder Ecke.“

„Außerdem meint Tamara, Adesso steht noch nicht richtig in den Hilfen und ich muss ihn besser auf die Füße bekommen“, fuhr Mila fort. „Ich soll vor allem noch üben, die Ecken auszureiten, damit ich gerade auf die Hindernisse zusteuere.“

„Oh ja, damit hat mich Tamara den ganzen Winter getriezt. Ich höre es jetzt noch“, erwiderte Charly und schüttelte sich.

„Du hast das doch gut hinbekommen“, sagte Franzi. „Mit meiner Kniestellung wird Tamara wohl nie ganz zufrieden sein. Und Black Velvets Bascule ist auch nicht optimal.“

Mila sah Franzi verständnislos an. „Bascule? Was ist denn das?“

„Das ist die Wölbung des Rückens beim Sprung“, erklärte Franzi. „Und Black Velvet springt sehr flach.“

„Macht euch bloß nicht verrückt, Mädels“, hörten sie Luke sagen.

Franzi wurde krebsrot, obwohl ihr Gesicht vorher vornehm blass geschminkt gewesen war. „Wie lange hörst du uns schon zu?“, fragte sie mit gepresster Stimme. Das Ganze war ihr anscheinend oberpeinlich.

„Lange genug, um euch sagen zu können, dass das bestimmt alles wichtig ist und ihr Tamara auch gut zuhören solltet“, meinte Luke. „Meistens ist es aber so, dass durch eine harmonische Kommunikation zwischen Reiter und Pferd solche kleineren Probleme von allein verschwinden oder zumindest leichter zu lösen sind. Also, was ist? Wollt ihr mit euren Pferden ein wenig Spaß haben?“

Franzi hatte wieder zu ihrer normalen Bleiche zurückgefunden und nickte selig. „Nichts lieber als das.“

„Na klar. Ich freu mich bereits drauf“, fügte Mila hinzu und Adesso wieherte. „Ich bin schon gespannt, wie du diese 500 Kilo geballte Neugier und Ungeduld zum besonnenen Springen erziehen willst.“ Sie sah Adesso liebevoll an und strich ihm über den Nasenrücken.

„Ich auch“, sagte Luke lachend. „Aber mir wird schon noch etwas einfallen, hoffe ich.“

Und Luke war etwas eingefallen. Zu fast allem. Doch die Mauer war und blieb ein Problem für Adesso. Sobald Mila auf dieses Hindernis zuritt, weigerte sich Adesso und scheute. Mila setzte die Tipps, die ihr Tamara, Luke und auch Herr Gründgen gaben, gut um. Aber es half alles nichts.

„Wir können für Adesso nicht völlig neue Turnierregeln aufstellen", meinte Tamara nach ein paar weiteren Trainingseinheiten. „Mila, ich befürchte, du kannst doch nicht am Turnier teilnehmen, wenn das so bleibt. Die Mauer gehört bei einem Turnier einfach dazu."

Mila wusste das natürlich. Und sie wunderte sich, dass es ihr plötzlich so viel ausmachte, vielleicht doch nicht beim Marumer Springen mitmachen zu können. War es deshalb, weil sich alle so darauf freuten und fleißig trainierten? Tinis Angebot, Adesso als „Biest" und Renate als die „Schöne" zu verkleiden und vom Rand aus mitzufiebern, hätte sie vor drei Wochen liebend gerne angenommen. Aber das Springen hatte sie irgendwie gepackt. Es hatte richtig Spaß gemacht und nun wollte sie auch allen zeigen, was sie gelernt hatte. Nur: Tamara hatte natürlich recht. Ohne Mauer kein Turnier.

Sie ging zu Adesso, der gerade hinter den Stallungen auf der Koppel stand.

Als er Mila sah, trabte er auf sie zu. Seine Mähne war vom Wind völlig zerzaust.

„Du siehst wild aus, heute", sagte Mila und ordnete die Mähne an seiner Stirn, so gut es ging. Wenn ich nur deine Gedanken auch so ordnen könnte, dachte sie. Vielleicht würde ich dann den Grund für deine Angst vor dieser blöden Mauer finden.

Adesso legte den Kopf schief und schnaubte Mila sanft an den Hals.

„Schon verstanden", meinte Mila. „Du willst,

dass ich mir keine Sorgen mache und wieder lache, stimmt's?"

Adesso wieherte zustimmend.

„Du hast ja recht. Es ist völlig egal, ob wir an diesem Springturnier teilnehmen können oder nicht. Und ich weiß, dass du mich nicht ärgern willst. Bestimmt hast du sehr gute Gründe, warum du da nicht drüberspringen willst." Adesso blickte zu Boden.

„Echt, mein Süßer. Ich bin dir nicht böse. Und es gibt keinen Anlass, sich zu schämen. Hast du Lust auf einen Ausritt?"

„Wir auch!", riefen Charly und Tini hinter Mila. „Nehmt ihr uns mit?"

„Klar. An den Strand?", fragte Mila. Sie drehte sich um. Tini hatte sich einen gepolsterten Meerjungfrauenschwanz aus glänzendem Stoff um die Hüften gebunden und trug unter ihrem Reithelm eine Perücke aus blauen und silbernen Haaren. In Renates Mähne hatte sie Muscheln, Seesterne und Plastikfische gebunden und um das Zaumzeug hingen ein paar Fetzen eines Fischernetzes.

„Oh, diese Frage erübrigt sich, wenn ich euch sehe. Eine Meerjungfrau und ein Seepferdchen können nur ein Ausflugsziel haben: das Meer."

Charly hob die Augenbrauen. „Ah, jetzt verstehe ich, was das ganze Gebammel an Renates Mähne und die Perücke soll!"

Tini stieg ab und umarmte Mila. „Mila weiß einfach magisch gut Bescheid", sagte sie.

Mila hob Tini ein kleines Stückchen nach oben und schmatzte ihr einen herzigen Kuss auf die Nase. „Ich bin ja schließlich auch deine Kusstrine, oder wie war das?"

Charly lachte. „Also Strand, ja? Vanilla und ich sind dabei!"

Sobald Adesso das Meer sah, war er kaum mehr zu bremsen.

„Ruhig, mein Schöner, jetzt kannst du es plötzlich wohl gar nicht mehr abwarten, oder was?", lachte Mila.

„Kein Wunder, der will Renate nach!", sagte Charly. „So wie die hier durchs Wasser jagt, glaube ich, Tini hat Renates wahres Ich entdeckt: Sie ist ein Seepferdchen in einem Ponykörper!"

„Na ja, ich fand sie als Einhorn auch nicht schlecht. Und sie war sogar ein schönes Elfenpony …", meinte Mila. „Tini wird bestimmt noch weitere Seiten an Renate entdecken. Es bleibt also spannend." Mila ritt nah an Charly heran und pikte ihr mit der Gerte leicht in die Seite. „Was ist nun? Wer als Erste am Wasser ist?", rief sie und galoppierte los.

„He, Gemeinheit! Das war ein Fehlstart!", rief Charly zurück und jagte ebenfalls los. Fast gemeinsam kamen sie am Wasser an.

Mila erschrak. Die Wellen waren heute ganz anders. Viel rauer und höher. Plötzlich hatte sie Angst um Tini und Renate.

„Kommt raus da, ihr beiden. Die Wellen sind zu

hoch!“, schrie sie gegen den Wind und die Brandung an.

Tini wendete, ritt auf Mila und Charly zu und zeigte auf die rote Fahne, die neben dem Rettungsschwimmerhäuschen wehte. „Guckt mal. Die Warnfahne ist gehisst.“

Mila wunderte sich. Die hatten sie wohl gerade komplett übersehen. Und war es vorhin auch schon so dunkel gewesen?

Sie sah mit sorgengerunzelter Stirn in den Himmel, den immer mehr dunkle Wolken bedeckten. Von weit weg hörte sie ein dunkles Grollen. Kein Zweifel, da war ein Gewitter im Anmarsch.

Auch Charly hatte die Regenfront bemerkt. „Das Wetter schlägt um“, sagte sie. „Das geht hier auf der Insel ratzfatz. Wir sollten schnell zurück zum Internat. Vanilla hat total Schiss vor Donner. Außerdem ist es supergefährlich, bei Gewitter zu reiten. Hier ist alles so flach, da sind wir auf den Pferden der höchste Punkt. Und ich will wirklich nicht so gerne von einem Blitz erschlagen werden.“

„Ich auch nicht“, quietschte Tini ängstlich und versteckte sich unter dem Fischernetz. „Mila, ich will heim.“ In diesem Moment platschten die ersten Tropfen herunter.

„Zum Internat ist es zu weit. Das wird gleich richtig losgewittern“, sagte Charly bestimmt. „Reitet mir nach, wir stellen uns auf dem Islandpferdehof unter, auf dem du Pferdinand gefunden hast, Mila.“

Mila und Tini nickten.

Der Weg dauerte nur drei Minuten. Aber der Regen prasselte nun so stark auf Mila, Charly und Tini herunter, dass sie kaum noch etwas sehen konnten. Nach einer Minute hatte Mila keine trockene Stelle mehr am Körper. Nach zwei Minuten liefen kleine Bäche von ihrem Helm hinab. Doch nach drei Minuten kam endlich die große Weide in Sicht, auf der die Islandpferde ruhig grasten, als würde um sie herum kein Weltuntergangsgewitter toben.

Es donnerte. Mila zuckte zusammen und Vanilla wieherte ängstlich.

Mila sah zu Tini und Renate. Tinis Gesicht war nass. Mila hoffte, dass es nur der Regen war und keine Tränen. Ihre Cousine sah so klein und schutzlos aus, wie sie da auf Renate neben Charly ritt.

„Wir sind gleich da!", rief Charly. „Der Hof liegt hinter der nächsten Wegbiegung." Sie trieb Vanilla an.

Charly hatte recht. Nach zweihundert Metern lag ein großes reetgedecktes Fachwerkhaus mit einer kopfsteingepflasterten Auffahrt vor ihnen. Der ganze Hof sah aus wie einer Ferienbroschüre entsprungen. *Reiturlaub mit Kindern in bezaubernder Umgebung*, schoss es Mila durch den Kopf.

Sie ritten hinein. Noch bevor sie absteigen konnten, kam Anna mit einem großen quietschgelben Schirm auf sie zugelaufen.

„Oh, my goodness!", rief sie. „Schnell, kommt rein, sonst erkältet ihr euch noch."

Adesso warf den Kopf nach hinten, tänzelte hin und her und wieherte aufgeregt. Etwas hatte ihm Angst gemacht. Der Donner? Merkwürdig, vorhin war das Gewitter doch viel heftiger gewesen. Hatte er sich von Vanilla anstecken lassen?

Anna klappte den Schirm zu und öffnete die Stalltür. Sofort wurde Adesso ruhiger.

Dankbar schwangen sie sich von den Pferden.

Anna sah Mila an. „Du bist doch das Mädchen, das –“

„Ja, genau“, unterbrach Mila sie. „Ich habe neulich den Ausreißer Pferdinand zurückgeholt. Und das hier sind Charly und meine kleine Cousine Tini.“ Sie zeigte auf die beiden völlig durchnässten Mädchen.

„Die Vorstellungsrunde machen wir am besten drinnen im Warmen“, meinte Anna. „Jetzt stellen wir erst mal die Pferde unter und befreien sie von dem nassen Zeug.“

So schnell hatte Mila Adesso noch nie abgesattelt. Anna hatte Tini geholfen, die arme Renate von den Fischernetzen zu befreien. Seltsamerweise hatte sie über Renates merkwürdiges Outfit kein Wort verloren. Ob sie an Mini-Appaloosas mit Meeresschmuck gewöhnt war? Mila kicherte.

Dann rasten sie über den Vorplatz ins Haus hinein, zogen die Reitstiefel und die nassen Strümpfe im Flur aus und Anna hielt ihnen die Tür zur Stube auf.

Mila sah zuerst den langen Holztisch und darum

herum viele Stühle in quietschbunten Farben. Beinahe auf jedem der Stühle hatte sich eine Katze zum Schlafen eingerollt. Ein weißer Kachelofen, der es behaglich warm im Raum machte, stand in der einen Ecke, in der anderen Ecke war eine Küche, wie Mila sie aus den Bilderbüchern von Astrid Lindgren kannte. Töpfe, Pfannen und weiteres Kochgeschirr hingen an Haken an der Decke und die Teller und Tassen waren in offenen Regalen über dem Herd aufbewahrt. Die Wände waren weiß gekalkt und mit altmodischen Mustern bemalt.

Mila griff nach dem Hufeisenanhänger an ihrer Kette. Hier war es so schön gemütlich, dass ihr Herz vor Heimweh und Sehnsucht nach ihren Eltern und Aurelie ein wenig wehtat.

„Am besten, ihr zieht euch bis auf die Unterwäsche aus und hängt eure nassen Sachen an die Stange am Kaminsims", schlug Anna vor. „Ich gehe kurz nach oben und hole ein paar Klamotten von mir, die ihr anziehen könnt, während eure trocknen. Und dann mache ich euch eine schöne Tasse heißen Kakao. Einverstanden?"

Damit waren sie sogar sehr einverstanden.

Tini war als Erste bis auf die Unterhose ausgezogen und Mila half ihr, die Sachen richtig aufzuhängen.

Milas Unterhemd war leider auch etwas feucht, deswegen setzte sie sich nah an den Kamin. Sobald sie saß, sprang eine braun getigerte Katze vom Stuhl und rollte sich auf ihrem Schoß zusammen. Mila strich über das glänzende Fell. Wie warm und weich sie war!

„Mum, hast du meine braune Reithose gesehen?“, rief in diesem Augenblick eine Jungenstimme, die Mila bekannt vorkam. Das klang doch … Genau! Das war Jans Stimme! Was machte der denn da? Oh nein … Hilfe! Sie sah an sich herunter. Wie megaobersuperpeinlich! Wenn Jan nun zur Tür hereinkam! Dann säße sie hier in nasser Unterwäsche auf der Kaminbank mit einer schnurrenden Katze auf dem Schoß. Das durfte nicht passieren. Mila sah Charly verzweifelt an. Doch die zuckte nur mit den Schultern.

„Shit happens“, murmelte sie, schnappte sich ein großes Kissen vom Stuhl nebenan und versteckte sich dahinter.

Die Tür ging auf und Jan steckte den Kopf durch den Spalt. „Mum, wo steckst du denn? Hast du …?“ Weiter kam er nicht. Er starrte Mila an, die verzweifelt versuchte, sich irgendwie unsichtbar zu machen. Da ihr das zu ihrem Leidwesen aber nicht gelang, trat sie lieber die Flucht nach vorne an. „Äh, hallo, Jan!“, sagte sie so beiläufig, wie sie konnte. „Wir dachten, wir schauen mal hier bei euch auf dem Islandpferdehof vorbei.“

Jan grinste. „Ohne Klamotten?“, fragte er. „Interessant.“

„Nein … natürlich … äh … nicht!“, stotterte Mila. Sie schwitzte. „Das Gewitter war ganz plötzlich da. Warum bist du eigentlich nicht nass?“

„Ich war gar nicht draußen bei dem Sauwetter“, antwortete Jan. „Bei Gewitter kriegen mich keine drei Wildpferde vor die Haustür.“

Mila schwieg. Sie musste kurz ihre Gedanken sortieren. Haustür? Externer Schüler? Englische Mutter? Anna mit „Ä“? Die Puzzlestücke passten zusammen. Jan wohnte hier und Anna war seine Mutter! Warum in aller Welt hatte Charly sie nicht vorgewarnt? Wahrscheinlich war ihr überhaupt nicht klar gewesen, dass Mila nicht wusste, dass Jans Eltern der Islandpferdehof gehörte.

Anna kam mit dem Arm voller Jogginghosen und Sweatshirts herein. „Hoppla, ihr habt Herrenbesuch?“, sagte sie amüsiert. „Jan, verschwinde mal kurz nach draußen, damit sich die Mädels in Ruhe anziehen können. Und ruf Frau Steinbach an und sag ihr, dass die drei hier sicher untergekommen sind.“

„Wird gemacht. Ich weiche der geballten Frauenpower“, entgegnete er. „Aber wenn es anschließend Kakao geben sollte, will ich gerufen werden!“

Mila schlüpfte in eine weiche Hose und in ein graues Sweatshirt. Das fühlte sich doch gleich viel besser an. „Danke, Anna“, sagte sie und machte es sich auf der Bank beim Tisch gemütlich. Die kleine Tigerkatze witterte ihre Chance, sprang sofort wieder auf Milas Schoß und legte sich auf den Rücken.

„Du bist ja ein richtiger kleiner Schmuser“, meinte Mila und kraulte die Katze am Bauch. Die begann sofort, noch lauter zu schnurren als zuvor.

Anna stellte ein Tablett mit fünf Tassen duftendem Kakao auf den Tisch und sagte: „Ah, das ist typisch für unsere Mini-Raubtiere. Ich hoffe, es macht dir nichts aus, dass sie dich sofort mit Beschlag belegt. Fanny, unsere Katze, hat nämlich im Herbst fünf Junge bekommen. Und was soll ich sagen? Ich konnte mich von keinem trennen. Deswegen haben wir jetzt sechs Katzen – aber leider nur drei Schöße und sechs Hände zum Kraulen."

„Nein, im Gegenteil, ich finde es sogar sehr schön", antwortete Mila. „Auf meinem Reiterhof zu Hause gibt es auch eine Menge Katzen."

„Dann ist es ja gut", erwiderte Anna. Anschließend rief sie laut: „Jan, du kannst wiederkommen. Die Damen sind bekleidet und der Kakao ist warm!"

„Na endlich, ich kann meinen Schokoladen-Heißhunger kaum mehr unter Kontrolle halten", antwortete er und saß blitzschnell mit am Tisch. Schwupps hatte er sich die größte Tasse vom Tablett geschnappt und trank gierig.

„Anna, ich will nicht zu neugierig sein, aber ich würde so gerne die Geschichte von Pferdinand und Fenja hören", sagte Mila, nachdem sie vom Kakao probiert hatte. „Sie haben mich letztes Mal richtig neugierig gemacht!"

Anna lächelte. „Ja, die Geschichte von Pferdinand und Fenja", begann sie geheimnisvoll. Dann sah sie Jan an. „Willst du oder soll ich?"

„Für Liebesgeschichten bist du zuständig", entgegnete er. Er deutete auf seine Tasse. „Außerdem kann man beim Erzählen nicht so gut Kakao trinken. Sonst sind hinterher alle braun gesprenkelt, wenn ich lachen muss."

„Ja, dieses Risiko können wir auf keinen Fall eingehen. So viele Wechselklamotten habe ich nämlich nicht." Anna setzte sich und fing an zu erzählen:

„Es war in einer Nacht vor ziemlich genau sechs Jahren. Der Winter war rau gewesen und es lag noch Schnee. Birka, eine schwarze Isländerstute, war trächtig und ihr Fohlen kündigte sich an. Ich war bereits seit Stunden bei ihr im Stall, um ihr bei der Geburt zu helfen. Plötzlich polterte es und die Stalltür ging auf. Herein kam eine weiße Stute, die ebenfalls trächtig war. Sie wieherte und sah mich mit großen Augen an. Und da merkte ich, dass auch sie Wehen hatte. Sie tat mir so leid. Warum war sie in diesem Zustand von zu Hause weggelaufen und zu mir gekommen? Ich zeigte ihr einen Platz, wo sie ihr Fohlen zur Welt bringen konnte.

In den nächsten Stunden half ich abwechselnd Birka und der weißen Stute. Und tatsächlich: Beide Fohlen wurden in dieser Nacht geboren. Ihr könnt es euch vielleicht denken: Es waren Pferdinand und Fenja." Sie hielt inne und fuhr nach einer kurzen Pause fort: „Dann aber passierte etwas Schreckliches. Die weiße Stute war so schwach, dass sie kurz nach der Geburt starb. Doch Pferdinand überlebte dank Birka. Sie ließ ihn bei sich trinken und Fenja und er wurden unzertrennlich. Sie wuchsen gemeinsam auf und wurden von Birka großgezogen."

Mila schluckte. Das war die schönste und traurigste Pferdegeschichte, die sie je gehört hatte. „Aber wie kam Pferdinand dann zu Nele?", fragte Mila. „Hat sie ihn euch abgekauft?"

„Nein", erwiderte Anna. „Pferdinand gehört jetzt dem Pferdeinternat. Wir konnten ihn nicht seinen Talenten entsprechend fördern, deswegen habe ich ihn an Frau Steinbach verkauft. Natürlich nur unter der Bedingung, dass Pferdinand und Fenja sich weiterhin sehen dürfen. Dass er sich allerdings von alleine hierher auf den Weg macht, ist neu." Sie schmunzelte.

„Ach so", meinte Charly. „Dann hat Nele ein Stipendium erhalten. Da bekommt man ein Pferd von der Schule gestellt. Das erklärt vieles. Vor allem auch, dass Nele sich nicht so wahnsinnig viel aus Pferdinand zu machen scheint."

„Ihr hättet auch mich mal fragen können!", quäkte Tini dazwischen. „Ich hätte euch auch sagen können, dass Pferdinand schon lange bei uns im Stall steht."

Anna sah ein wenig traurig aus. „Wirklich? Das finde ich aber sehr schade für Pferdinand. Er ist ein sehr großherziges und treues Pferd. Und obendrein ein toller Springer."

„Klar liebt Nele Pferdinand", behauptete Tini. „Die kuschelt doch ständig mit ihm. Hab ich schon gesehen."

„Ich glaube, da hast du dich getäuscht", meinte

Charly. „Für Nele ist Pferdinand nichts weiter als das Pferd, mit dem sie möglichst viele Turniere gewinnen will."

„Püh. Dann glaubt mir halt nicht", erwiderte Tini verärgert und zog ein Beleidigte-Leberwurst-Gesicht. „Ich weiß, was ich gesehen habe."

„Was sagst du denn dazu, Jan?", fragte Anna. „Nele ist doch das Mädchen, mit dem du dich in letzter Zeit öfter getroffen hast, oder?"

Milas Herz machte einen Sprung. Jetzt würde sie erfahren, ob Jan und Nele ein Paar waren oder Freunde oder …

Doch zu ihrer Überraschung winkte Jan ab.

„Nele?", sagte er. „Aus der werde ich überhaupt nicht schlau. Seit wir zusammen an den Flyern für das Marumer Springen arbeiten, hat sie mit mir bisher nur über das Layout gesprochen. Ich glaube, die nimmt mich nicht ernst, weil ich kein Springreiter bin und mich in ihren Augen mit den falschen Pferden abgebe. Keine Ahnung. Vielleicht lieg ich auch falsch. Aber irgendwas passt ihr an mir nicht. Wenn wir das Projekt fertig haben, wird sie wahrscheinlich gar nicht mehr mit mir reden. Kurzum: Zu Nele kann ich euch gar nichts sagen."

Mila atmete erleichtert auf. Nele und Jan waren also kein Paar. Im Gegenteil. Nele schien Jan gar nicht besonders zu mögen. Jippie. Dann konnte sie also mit ihm sprechen, ohne furchtbaren Rachezorn auf sich zu ziehen. Mila sah Jan an und lächelte. Und Jan lächelte zurück. Mila merkte, dass ihr Bauch sich plötzlich ganz komisch anfühlte. Wie nach fünf Achterbahnrunden ohne Pause. Kribbelig, taub und mit rosa Zuckerwatte vollgestopft.

„Well", meinte Anna. „Nun kennt ihr also die Geschichte von Fenja und Pferdinand. Der große Graue ist hier immer willkommen, ihr könnt gerne jederzeit mit ihm vorbeischauem. So, wollen wir noch eine Runde *Pferd ärgere Dich nicht* spielen, bis eure Kleider trocken sind?" Sie nahm eine Holzschatulle aus dem Regal und öffnete sie. „Funktioniert wie *Mensch ärgere Dich nicht*. Die geschnitzten Pferdefiguren habe ich einmal vor langer Zeit von einem guten Freund bekommen. Hübsch, nicht wahr?"

Mila nahm vorsichtig eine der Pferdefiguren aus der Schachtel. Es gab vier weiße, vier braune, vier schwarze und vier gescheckte Pferde, jeweils in verschiedenen Rassen. Die Tiere waren so detailgetreu und lebensecht geschnitzt, dass Mila sich nicht gewundert hätte, wenn eines davon einfach quer über den Tisch galoppiert wäre.

Anna legte das Spielbrett aus und Charly und Tini stellten die restlichen Figuren auf.

„Hm, lass mich mal raten", sagte Mila zu Tini. „Du nimmst –"

„– die gescheckten! Die, die so aussehen wie Renate, ist doch logo!", rief Tini und würfelte los.

Kunterbunte Überraschungen

Nach zwei Stunden waren ihre Kleider trocken und das Gewitter hatte sich gelegt. Doch weder Mila noch Tini und Charly hatten Lust, schon zurück zum Internat zu reiten. Also beschlossen sie, noch eine weitere Runde *Pferd ärgere Dich nicht* zu spielen, bevor sie aufbrachen.

Anna hatte ihnen ein paar Brote geschmiert. Tini schnappte sich gleich zwei und biss heißhungrig abwechselnd vom einen und dann vom anderen ab.

„He, lass uns auch noch was übrig. Nicht alle hier essen im gestreckten Galopp", ermahnte Charly.

„Nur für den Fall, dass Frau Käthe heute Abend keine Nudeln im Angebot hat", erklärte Tini schuldbewusst und legte eine der angebissenen Stullen zurück auf den Teller.

„Ihhh", sagte Mila. „Das kannste jetzt auch noch essen. Also echt!" Sie drückte Tini das Brot wieder in die Hand. „Aber Tante Käthe ist ein gutes Stichwort. Wir müssen jetzt wirklich zurück."

Sie verabschiedeten sich von Anna und Jan und sattelten ihre Pferde.

Als sie am Internat ankamen, dämmerte es bereits.

„Die Nudeln können wir für heute vergessen. Wir sind zu spät", meinte Charly. „Die sind alle schon beim Abendessen."

Charly hatte recht. Der Hof und der Stall waren menschenleer.

Sie versorgten die Pferde und Mila begleitete ihre kleine Cousine zur Wohnung von Tante Caro.

„Gut, dass ich dich sehe", meinte Caro, als sie die Tür öffnete. „Ich soll dir von Frau Steinbach ausrichten, dass du mal zu ihr ins Büro kommen sollst."

Mila erschrak. Was hatte sie denn nun schon wieder angestellt? Hatte sich Nele wieder über sie beschwert?

„Guck nicht so ängstlich", sagte Caro. „Es ist nichts Schlimmes. Ich glaube, du hast Post aus Kenia bekommen."

Post aus Kenia? Von Mama und Papa? Das war natürlich etwas anderes. Ob sie noch vor dem Abendessen schnell bei der Direktorin vorbeischauen sollte? Vielleicht war Frau Steinbach ja noch in ihrem Büro.

Mila ging den dunklen Flur entlang. Sie hatte Glück. Die Tür zum Direktorat war einen Spaltbreit offen und helles Licht drang heraus.

Mila legte einen Schritt zu. Doch gerade als sie klopfen wollte, hörte sie etwas, was sie innehalten ließ.

„Es geht um Nele", hörte sie Frau Steinbachs Stimme. „Wir machen uns wirklich Sorgen. Nicht um ihre reiterlichen Leistungen, die sind nach wie vor hervorragend. Aber wegen ihres Verhaltens. Sie ist abweisend und wird immer verschlossener. Sie verkraftet es nicht, dass ihre Stute Fairy verkauft worden ist. Wir dachten alle, ein Stipendium am Pferdeinternat und die Möglichkeit, mit einem so talentierten Springpferd wie Pferdinand trainieren zu können, würden sie ablenken. Doch es funktioniert einfach nicht. Es scheint ihr immer schlechter zu gehen. Was schlagen Sie vor?"

Dann schwieg Frau Steinbach.

Mila zog die Augenbrauen nach oben. Fairy? Hatte sie das richtig verstanden? Fairy war Neles Pferd gewesen! Warum war es wohl verkauft worden?

„Ich verstehe", fuhr Frau Steinbach fort. „Das können wir natürlich versuchen …"

In diesem Augenblick polterte Milas Handy auf den Boden. Mist. Verdammter. Nun würde sie nicht mehr hören, was Frau Steinbach für Nele plante.

„… ich muss leider aufhören", sagte Frau Steinbach. „Wir besprechen das morgen, okay?"

Es machte KLACK! Offensichtlich hatte die Direktorin das Telefon auf die Ladestation zurückgestellt.

Mila steckte ihr Handy wieder in die Tasche und klopfte leise. „Frau Steinbach? Ich bin es, Mila!"

„Komm rein!", rief die Direktorin freundlich. „Hier steht eine riesige Überraschung für dich."

Mila drückte die Tür auf. Neben dem Schreibtisch stand ein in kunterbunten Stoff eingewickeltes Päckchen.

„Ein Gruß aus Kenia", meinte Frau Steinbach. „Viel Spaß damit."

Mila hob das Päckchen hoch. Es war ganz schön schwer. Was hatten ihre Eltern da bloß geschickt? Einen afrikanischen Baby-Elefanten?

Sie schleppte das bunte Ungetüm auf ihr Zimmer, ließ es aufs Bett plumpsen und wickelte es aus. Neben Unmengen getrockneter Früchte und einem Fünf-Liter-Glas Erdnussbutter hatte ihre Mutter ihr auch noch ein buntes Oberteil und eine passende Hose dazugelegt. Mila freute sich schon auf Franzis entsetztes Gesicht, wenn sie ihr diese Klamotten zeigte. Das totale Kontrastprogramm zu ihrem geliebten Schwarz.

Mila überlegte kurz, ob sie sich noch ins Abendessengetümmel werfen sollte, beschloss dann aber, lieber das Erdnussbutterglas zu plündern.

Ihr Blick fiel auf Neles ordentlich gemachtes Bett und die kahlen Wände darüber. Das, was sie heute über Nele erfahren hatte, warf ein ganz neues Licht auf sie. Sie hatte ihr Pferd verkaufen müssen. Wie schrecklich. Kein Wunder, dass Nele vor lauter Kummer überhaupt nicht mehr wusste, was sie tat. Nachdenklich tauchte Mila ein Stück getrocknete Ananas in die Erdnussbutter und schob es sich in den Mund.

Ob Charly schon mit dem Essen fertig war? Mila brauchte dringend jemanden zum Reden. Und zwar sofort!

„Kommst du mit in den Stall? Ich muss dir unbedingt etwas erzählen!"

„Jetzt? Gleich?", fragte Charly.

Mila nickte bestimmt.

„Okay, ich mach nur schnell den Rechner aus", meinte Charly und beendete mit einem Klick das E-Mail-Programm.

Doch Mila hatte noch einen Blick darauf werfen können. „Charlotte Arlene von Löwenstein-Gabelsberg?", las sie. „Bist du das?"

„Äh, ja. Meine Eltern haben es sowohl mit den Vornamen als auch mit den Nachnamen ein wenig übertrieben", antwortete Charly.

„Also ich finde den Namen cool. Hat was. Wie eine feine Dame."

„Ja, klar. Und die feine Dame zieht nun ihren superfeinen Löcherpulli an und geht mit ihrer Freundin in den Pferdestall, in Ordnung?" Charly hakte Mila unter und sie machten sich auf den Weg zu den Pferden.

„Komm, wir gehen zu Adesso und Renate", schlug Charly vor, als sie den Stall betraten. „Dann haben wir beide jemanden zum Kuscheln."

Mila lachte und öffnete die Box. Renate schnupperte neugierig an Milas Händen. „Das ist Erdnussbuttergeruch, mein elfenhaft verfressenes Meerjungfrauen-Einhorn", sagte sie und drückte Renate einen Schmatzer auf die Nase.

Charly lehnte sich an Adesso. „Du machst es aber

wirklich spannend. Warum riechen deine Hände nach Erdnussbutter, wenn es doch heute Abend nur Kartoffeln mit Quark gab? Und was machen wir hier so geheimnisvoll im Stall?“

„Echt? Das ist ja krass. Neles Pferd musste verkauft werden?“, fragte Charly atemlos, als Mila geendet hatte. „Ich glaube, da würde ich auch durchdrehen. Weißt du, warum?“

„Keine Ahnung. Mir ist das blöde Handy runtergefallen und dann hat Frau Steinbach aufgelegt.“ Mila zuckte mit den Schultern.

„Du hast wenigstens ein Handy“, tönte es von draußen und Tini schob die Boxentür auf. Sie hatte ihre Digitalkamera vor der Nase. „Mama erlaubt mir keines. Nicht mal eines nur zum Telefonieren.“ Sie schielte über die Kamera. „Guckt mal nicht so komisch. Ich mache einen Film!“

„Das sehen wir“, antwortete Mila. Sie pikste Tini in die Seite. „Aber wir wollen nicht gefilmt werden!“

„Niiiiicht kitzeln“, schrie Tini und krümmte sich. „Sonst verwackelt doch alles!“

„Nur wenn du mit der Filmerei aufhörst!“, sagte Mila und kitzelte weiter.

„Jaaa, schon gut. Ich höre auf. Ich schwöre!!!“, kicherte Tini. Sie versteckte sich hinter Renate, die sofort ihre Nase in Tinis Jackentaschen steckte, um zu prüfen, ob etwas Essbares darin war.

„Was macht ihr überhaupt hier?“, fragte sie dann.

„Besprecht ihr was Geheimes oder so? Dann will ich es auch wissen."

„Wie kommst du denn darauf?", versuchte Charly sie abzulenken. „Wir sitzen hier nur so und quatschen ein wenig. Lass doch mal sehen, was du so für Filme machst!"

Oh nein, dachte Mila. Der unerschöpfliche Inhalt von Tinis Digitalkamera. Aus dieser Nummer würden sie so schnell nicht herauskommen.

„Klar", sagte Tini stolz und hielt Charly das kleine Display vor die Nase. „Hier hab ich mit Renate *Eiskönigin* gespielt. Ich bin Elsa und sie ist Anna." Mila sah Charly über die Schulter. Tatsächlich. Tini mit blonder und Renate mit brauner Perücke, die um eine Vogelscheuche in Schneemann-Olaf-Kostüm herumritten. Tini sang laut dazu das Lied *Willst du einen Schneemann bauen?*

Mila musste zugeben, dass das wirklich ganz süß aussah – und klang.

„Und dann zeige ich euch noch, wie ich Renate die Eiszapfen in die Mähne geflochten habe. Das hat den ganzen Morgen gedauert."

Und der Film würde sicher den ganzen Abend dauern. Mila stöhnte innerlich. Das hatten sie nun davon.

Das Ganze begann genau so, wie Mila erwartet hatte. Deko-Eiszapfen im Heu. Jeder einzelne von ihnen detailliert von Tini gefilmt. Doch dann wackelte das Bild und schwenkte um. Nun war Pferdinands

Box zu sehen – und Nele, die ihre Arme fest um seinen Hals geschlungen hatte.

„Sieh dir das an!“, staunte Mila und deutete auf Nele. „Tini hat recht gehabt. Nele kann Pferdinand offensichtlich doch ganz gut leiden. Sie versteckt es nur vor uns!“

„Ihr habt mir echt nicht geglaubt, oder?“, sagte Tini beleidigt. „Aber irgendwas ist mit dem Film falsch. Die Kamera ist umgefallen oder so was. Ich zeig euch was anderes, ja?“

„Nein“, riefen Charly und Mila gleichzeitig. „Bloß nicht!“

„Lass ruhig weiterlaufen“, meinte Mila.

„Aber das ist nur Nele“, erwiderte Tini erstaunt. „Die wollte ich gar nicht aufnehmen. Das war ein ganz falscher Fehler.“

„Umso interessanter. Kann ich mal die Kamera haben?“, fragte Mila.

Tini war nun völlig verwirrt. „Klar.“

Mila und Charly starrten auf den kleinen Bildschirm. Nele striegelte Pferdinand und flüsterte ihm ab und zu etwas ins Ohr. Dann ging sie aus der Box und ließ die Tür weit offen stehen. Pferdinand blieb verwundert über seine plötzliche Freiheit stehen und wagte sich immer weiter heraus. Plötzlich war er vom Kamerabildschirm verschwunden und man sah nur noch die leere Box.

„Das hab ich gar nicht mitgekriegt“, meinte Tini. „Ich war so mit Flechten beschäftigt.“

Mila öffnete das Kameramenü. „Wusste ich es doch! Der 21. März. Der Tag, an dem Pferdinand verschwunden ist. Doch das mit der Tür war nicht ich! Das war Nele. Und zwar mit voller Absicht!" Sie ballte die Fäuste. „Boah, ich könnte diese blöde Trulla erwürgen. Diese falsche Schlange! Diese … diese … Scheißkuh. Wenn die mir das nächste Mal unter die Augen kommt …" Mila trat mit dem Fuß gegen die Schiebetür der Box, dass es nur so donnerte. Adesso und Renate wieherten ängstlich und Tini hielt sich erschrocken die Ohren zu.

„Ruhig, Mila. Tick doch nicht immer so aus." Charly legte ihr die Hand auf den Arm. „Zeig noch mal her", sagte sie und startete den Film erneut. „Es stimmt. Nele hat Pferdinand rausgelassen und später behauptet, du wärst nachlässig gewesen. Das muss ich jetzt erst mal verdauen." Sie stützte ihren Kopf auf beide Hände. „Mmm. Sie will dir schaden, weil sie total eifersüchtig auf dich ist. Und irgendwie kann ich sie auch verstehen. Du kommst mit zwei Pferden hierher, obwohl das eigentlich gar nicht erlaubt ist. Sie hat ihr Pferd gerade verloren und muss auf einem Schulpferd reiten. Du musstest dich für *Inselglück* nicht mal qualifizieren, Nele dagegen hat lange hart dafür trainiert. Du hast Tante und Cousine vor Ort und alle finden dich sofort nett. Ihre Familie ist weit weg und alle finden sie total strange und verschlossen. Am härtesten hat sie dann wahrscheinlich getroffen, dass du so super reiten kannst. Damit machst du ihr das Einzige streitig, woran sie sich klammert, nämlich, dass sie die beste Springreiterin hier ist."

Mila kickte ein paarmal wütend mit der Spitze des Reitstiefels auf den Boden. Das war ja alles schön und gut, aber das gab Nele doch nicht das Recht, sie so zu behandeln. So was machte man einfach nicht! Am liebsten wäre sie sofort zu der doofen Schnepfe gerannt und hätte ihr das Beweisvideo so lange unter die Nase gehalten, bis sie sich entschuldigt hätte. Bei ihr und bei Pferdinand. Obwohl ... Nele hatte Pferdinand ja gar nicht so schlecht behandelt. Er war eben einfach nicht Fairy. Mila fühlte deutlich, dass sie durchdrehen würde, wenn sie sich von Adesso trennen müsste. Schon irgendwie verständlich, dass es Nele oberscheiße ging. Milas Wut war plötzlich wie weggeblasen und sie knibbelte nachdenklich an ihren Fingernägeln. Schließlich sah sie Charly und Tini an und meinte: „Ich frage mich, ob wir Nele irgendwie helfen können ..."

Der Superplan

„Und was hältst du von der Firma hier?" Charly zeigte begeistert auf den Bildschirm von Milas Rechner. „*Baumanns Superleckerli für Pferde?* Die wollen doch bestimmt ein wenig Werbung beim Marumer Springen machen, oder?"

„Kann ich mir nicht vorstellen. Die Firma ist doch miniklein. Ich glaube nicht, dass die viel Sponsorengeld lockermachen können. Lass uns mal lieber bei den großen Gestüten nachfragen", schlug Mila vor.

Sie saßen nun schon seit über einer Stunde vor dem Computer und versuchten, Geldgeber für das Marumer Springen zu gewinnen. Bisher hatten sie nur Absagen bekommen und Mila bereute es, dass sie sich von Charly hatte überreden lassen, in dieser Arbeitsgruppe mitzumachen. Viel lieber hätte sie die Organisation vor Ort übernommen und noch viel lieber das Layout der Flyer und Broschüren. Aber diese Gruppen waren alle voll besetzt gewesen.

„Ja, gut, dann Gestüte", meinte Charly und tippte einige Schlagworte in die Suchmaschine ein. Sie klickte ein paarmal, sagte keinen Ton mehr und starrte konzentriert auf den Bildschirm. „Das ist ja interessant“, murmelte sie.

„Was meinst du?“, fragte Mila.

„Hier, schau mal.“ Charly knibbelte aufgeregt an ihrem Ohrläppchen herum. „Da ist ein Bericht über Nele und ihre Eltern. Mit Bild. Die hatten offensichtlich mal ein großes Gestüt. Aber irgendwas ist schiefgelaufen und sie sind pleitegegangen.“

Mila überflog den Text und scrollte nach unten. Ein Bild von einer weißen makellosen Stute wurde sichtbar. Darunter stand:

Selbst Fairy, die vielversprechende Stute von Tochter Nele, konnte der einst so erfolgreiche Pferdezüchter Wuttke nicht halten. Sie wurde an das Gestüt Drei Lilien *verkauft, das nun große Hoffnungen in das siebenjährige Pferd setzt.*

„Ich habe noch nie ein so schönes Pferd gesehen“, sagte Mila bewundernd. „Ein richtiges Traumpferd.“

„Jetzt tust du Adesso und Vanilla aber unrecht.“ Charly runzelte die Stirn. „Aber stimmt schon. Fairy sieht toll aus. Wie eine Fee eben. Der Name ist anscheinend Programm.“

„Weißt du, was? Es ergibt gar keinen Sinn, wenn wir hier weiter mailen und herumtelefonieren. Wenn wir Sponsoren finden wollen, müssen wir persönlich zu den Leuten hingehen und ihnen das Turnier vorstellen. Und ich habe soeben beschlossen, dass wir mit dem Gestüt *Drei Lilien* anfangen. Denn dort gibt es ja so einiges, was uns interessiert!“ Mila zwinkerte Charly zu.

„Spinnst du?“ Charly sah Mila entgeistert an. „Wir können doch nicht einfach so aufs Festland. Das erlaubt uns die Steinbach niemals.“ Charly schnappte sich die Mappe mit den eisernen Regeln des Pferdeinternats und wedelte damit vor Milas Nase herum. „Schon vergessen?“

Mila nahm die Mappe, legte sie unters Kopfkissen und grinste. „Wer sagt denn, dass wir sie fragen? Wenn wir die Sache gut planen, kriegt sie von unserem kleinen Ausflug überhaupt nichts mit.“

„Du bist tutto completto plemplem, weißt du das?“ Charly verdrehte die Augen. „Und wie, bitte schön, willst du zu dem Gestüt kommen? Wir haben weder Auto noch Führerschein und einen Bahnhof hat dieses Kaff bestimmt auch nicht.“

„Gib mir mal mein Handy rüber. Ich hab da so eine Idee: Wir rufen das Aurelie-Taxi!“

Aurelie war sofort einverstanden gewesen, Mila und Charly bei ihrem Problem zu helfen und sie mit dem Auto beim Fähranleger abzuholen. Sie hatte zwar noch einen Versuch unternommen, Mila zu überzeugen, zuvor mit Frau Steinbach zu sprechen, aber Milas Entschluss stand felsenfest: Der Plan sollte am Sonntag ausgeführt werden und sie würden niemandem etwas von ihrem Vorhaben sagen.

Mila hatte einen wilden Traum gehabt. Sie war mit Adesso im Wald unterwegs gewesen und plötzlich stand Renate vor ihnen. Mit einem echten goldenen Horn auf der Stirn. Renate war auf eine Lichtung gelaufen und Mila und Adesso waren ihr gefolgt. Auf der Lichtung hatte ein funkelndes weißes Pferd gestanden – Fairy. Doch je näher Adesso und Mila herangeritten waren, desto weiter hatte sich Fairy entfernt …

Völlig durcheinander fuhr sie aus dem Schlaf hoch und blickte auf die Uhr. 5:23 Uhr. Höchste Zeit aufzubrechen. Hoffentlich hatte Charly nicht verschlafen. Doch als Mila auf den Flur trat, wartete ihre Freundin bereits auf sie. Sie saß mit dem Rücken an die Wand gelehnt, einen dicken Rucksack neben sich.

„Wie lange willst du denn wegbleiben?", fragte Mila und deutete auf den Rucksack.

„Ich habe nur das Notwendigste eingepackt", antwortete Charly mit leicht beleidigtem Unterton. „Und ich habe bei Frau Käthe Leckereien geschnorrt."

„Du hast ihr doch hoffentlich nichts gesagt?" Mila sah Charly mahnend an.

„Für was hältst du mich? Für Gossip Girl persönlich? Natürlich habe ich nichts gesagt, ist doch Ehrensache."

Sie schulterten ihre Rucksäcke und schlichen durch den dunklen Flur. Das Gelände des Internats war wie ausgestorben. Niemand bemerkte die beiden Mädchen, als sie das schwere schmiedeeiserne Tor aufschoben und sich quer über die Salzwiesen in Richtung Fähranleger aufmachten.

Zwei Feen für Fairy

„Mila! Huhu, hier drüben!“ Aurelie stand am Hafen und winkte mit einem roten Stofftaschentuch.

Mila rannte auf Aurelie zu und warf sich in ihre Arme. „Du bist wirklich gekommen!“, sagte sie glücklich.

„Was hast du denn gedacht?“, antwortete Aurelie. „Glaubst du etwa, ich lasse mein Mila-Mädchen bei einer so heiklen Sache im Stich? Da kennst du mich aber schlecht.“ Sie schmatzte Mila jeweils einen dicken Kuss auf die Backe. Dann bemerkte sie Charly, die etwas unschlüssig neben ihnen stand.

„Und du bist Milas Freundin?“

Charly nickte und machte einen kleinen Knicks. „Ich bin Charly“, stellte sie sich vor. „Ich freue mich sehr, Ihre Bekanntschaft zu machen.“

„Du bist aber höflich“, entgegnete Aurelie überrascht. „Du kannst mich übrigens duzen. Ich bin Aurelie.“ Sie versuchte, Charlys Knicks nachzumachen, was ihr allerdings gründlich misslang. Sie sah eher aus wie ein Huhn, das gerade ein

Korn aufpicken wollte. „Na, das mit der Knickserei lasse ich wohl mal besser“, lachte sie. „Keine Angst. Im Autofahren bin ich dafür einsame Spitze.“

Mila lächelte gequält. Sie erinnerte sich noch gut an einige Autofahrten mit Aurelie. Aurelie fuhr immer zu schnell und hupte vor jeder Kurve mehrmals laut. Was aber möglicherweise genau der Grund war, warum nie etwas Schlimmes passierte. Tiere und Menschen wussten genau, wann sie sich näherte, und konnten sich rechtzeitig in Sicherheit bringen.

„Kennst du eigentlich das Gestüt *Drei Lilien*?“, fragte Mila Aurelie, als sie in ihrem hellblauen Mini saßen.

„Ich hab schon davon gehört“, meinte Aurelie. „Aber ich interessiere mich nicht sonderlich für Pferdezucht und Turniere. Eigentlich weiß ich nur, dass wir gar nicht so weit fahren müssen. Zum Glück, denn sonst würde dein Geheimplan auf jeden Fall in die Hose gehen. So geht er nur sehr wahrscheinlich in die Hose. Echt Mila, es wäre mir wirklich lieber gewesen, wenn du Bescheid gesagt hättest und ich euch jetzt ganz legal zum Gestüt kutschieren könnte.“

„Aurelie, seit wann bist du so ängstlich? Ich dachte immer, mit dir kann man Pferde stehlen?“ Mila kicherte.

„Seit deine Eltern mich gebeten haben, ein Auge auf dich zu werfen, kannst du mit mir nur noch Ponys stehlen. Mini-Ponys, um genau zu sein. Alles andere ist mir zu heikel.“ Sie machte eine Grimasse. „Also, bringen wir es hinter uns!“ Sie drückte das Gaspedal voll durch und der kleine Mini raste los.

Mila war darauf vorbereitet gewesen und hatte sich vorsorglich am Griff festgeklammert. Sie grinste nach hinten zu Charly, die wie ein schwerer Sack Kartoffeln in den Sitz gepresst wurde.

MÖÖÖP, MÖÖP, fuhren sie im Affentempo die kurvige Landstraße entlang.

„Wie lange dauert die Fahrt noch mal?“, piepste Charly.

„Ich denke, in einer halben Stunde sind wir da“, meinte Aurelie. „Wenn ich mich ein wenig beeile, vielleicht sogar in 25 Minuten.“

„Nein, nicht beeilen“, flüsterte Charly schreckensbleich. „Lieber ein bisschen länger … äh … leben.“

Nach 27 Minuten und 30 Sekunden parkte der hellblaue Mini mit quietschenden Reifen auf *Drei Lilien*. Aurelie wollte lieber im Auto auf sie warten. „Ihr macht das schon“, hatte sie gesagt. „Bei Erwachsenen sind die bestimmt viel knausriger als bei euch netten Mädels.“

Mila und Charly stiegen aus und liefen durch das geöffnete Tor.

Als sie außer Sichtweite von Aurelie waren, meinte Charly: „Warte mal kurz. Ich muss mich erst erholen. Mir ist total übel. Aurelie ist ja supernett, aber ihr Fahrstil … puh, der ist echt gewöhnungsbedürftig.“

Nach ein paar tiefen Atemzügen hatte sich Charlys Gesichtsfarbe wieder normalisiert und sie gingen weiter. Das Gestüt war riesig. Mila überlegte: Wie viele Pferde mochten hier wohl stehen? Bestimmt über hundert. Die Stallungen wirkten noch ganz neu und alles war sehr sauber und ordentlich. Die Angestellten trugen alle ein grünes Sweatshirt, auf dem das Logo des Gestüts und ihr eigener Name eingestickt waren. Gerade wurden zwei edle braune Araberstuten in einen Pferdeanhänger verladen.

„Guck mal, wie teuer und nobel das alles aussieht“, sagte Mila zu Charly. „Das wäre genau der richtige Sponsor für das Marumer Springen, oder was meinst du?“

Charly war auch ziemlich beeindruckt und nickte. „Das wäre echt cool. Aber viel wichtiger ist, dass wir Fairy finden.“

„Eins nach dem anderen. Jetzt haben wir erst einmal einen Termin bei Ralf Keuper, dem Besitzer“, entgegnete Mila und sah sich um. Den Ställen gegenüber stand ein dunkelrotes Wohnhaus. Auf dem Schild rechts neben der Tür stand Büro. „Hier lang würde ich sagen.“

Die Haustür war offen, also gingen sie ohne zu klingeln hinein.

Sie traten in einen großen hellen Raum, in dessen Mitte ein wuchtiger Schreibtisch aus dunklem Holz stand.

Hinter dem Schreibtisch saß ein Mann um die fünfzig mit weißen Haaren. Als er Mila und Charly bemerkte, stand er auf und winkte sie zu sich.

„Die beiden Nachwuchsreiterinnen des Pferdeinternats? Herzlich willkommen. Aber tretet doch ein bisschen näher, damit ich euch sehen kann. Ich kann meine Brille nicht finden. Möchte bloß mal wissen, wo ich die schon wieder hingelegt habe. Zum Glück sind Pferde große Tiere, die kann man nicht so leicht übersehen. Stellt euch vor, ich wäre Flohzirkusdirektor – eine Katastrophe!“

Charly ging zielstrebig auf ein Regal zu und hielt eine knallrote Brille nach oben: „Ist es die da?“

„Wenn ich dir das auf diese Entfernung sagen könnte, bräuchte ich sie nicht“, lachte Herr Keuper.

„Ja, 'tschuldigung“, meinte Charly und kam näher.

„Herzlichen Dank. Das ist sie.“ Herr Keuper setzte die Brille auf. „Setzt euch doch. Nun kann ich euch besser sehen – und hören. Merkwürdig, nicht wahr? Diese beiden Sinne scheinen irgendwie zusammenzuhängen.“ Er sah auf den Bildschirm seines Computers. „Ihr seid also Mila und Charly. Und du, Mila, hast mir eine E-Mail geschrieben. Wisst ihr eigentlich, dass ich auch Schüler von *Inselglück* war? Und ratet mal, wer das erste Marumer Springen gewonnen hat?“ Er deutete auf einen kleinen Pokal im Regal.

„Sie?“, antwortete Mila.

„Genau!“ Herr Keuper lehnte sich zurück. „Und Marie Steinbach ist Zweite geworden. Sie war ein tolles Mädel. Was wohl aus ihr geworden ist? Ach, das waren Zeiten damals. Ich denke gerne daran zurück. Gibt es die schwarze Reiterin ohne Pferd noch?“

„Wir können ihnen beides beantworten“, erwiderte Mila und zwinkerte Charly zu. „Frau Steinbach ist nun die Direktorin des Pferdeinternats. Und die schwarze Reiterin? Die ist uns schon leibhaftig begegnet. Ihr Fuß ist mittlerweile wieder in Ordnung.“

„Wie bitte? Ihr Fuß?“

„Schon gut.“ Mila grinste. „Ich meinte, sie spukt natürlich fleißig herum. Dann müssen wir Ihnen zum Turnier gar nichts mehr erklären, oder? Sie kennen sich ja besser aus als wir.“

Herr Keuper strahlte. „Die kleine Marie Steinbach ist Direktorin … Meine Güte, da kommen Erinnerungen hoch. Ich kann euch gar nicht sagen, was ihr mir mit dieser Anfrage für eine Freude bereitet habt. Natürlich werde ich das Marumer Springen unterstützen. Ich habe dem Internat viel zu verdanken und auf diese Weise kann ich etwas zurückgeben.“

Mila und Charly sahen sich verdattert an.

„Danke“, sagte Mila. „Wir hatten gedacht, wir müssen ordentlich die Werbetrommel rühren und jetzt geht das so einfach.“

„Wenn ihr noch ein wenig Zeit habt, würde ich euch einen Stallrundgang vorschlagen. Ich habe ein paar ganz vielversprechende Fohlen gezogen. Habt ihr Interesse?“

Mila und Charly nickten begeistert. „Vorher wären Sie uns sowieso nicht losgeworden“, meinte Mila. „Das ist Ihnen doch hoffentlich klar.“

Herr Keuper führte sie persönlich durch das Gestüt. Die Ställe waren von innen genauso modern, sauber und geräumig wie von außen. Die Pferde machten alle einen sehr zufriedenen Eindruck. Und die Fohlen waren wirklich allerliebst. Vor allem Charly konnte sich von einem kleinen Fuchs, der erst ein paar Wochen alt war, überhaupt nicht mehr losreißen.

„Du erinnerst dich aber schon, dass wir den zweiten Teil unseres Besuchsplans noch nicht erfüllt haben, oder? Ich sage nur: Fairy“, wisperte Mila und stupste Charly in die Seite, als Herr Keuper kurz mit einem der Stallburschen sprach.

„Klar. Weiß ich doch. Aber der Kleine ist einfach zu niedlich!“

Mila rollte mit den Augen. Es gab eindeutig Menschen, die noch pferdeverliebter waren als sie. Und Charly war definitiv einer von ihnen.

Mila schlenderte an den Boxen vorbei. Dutchess von Lilienthal, Pik Ass, Chocolate Chip … Fairy. Fairy? Hier musste sie stehen. Doch die Box war leer. Mila hatte plötzlich ein ganz flaues Gefühl im Magen. Wo war die Stute? Ruhig, nur ruhig, befahl sie sich innerlich. Es gibt tausend gute Gründe, warum ein Pferd gerade nicht in der Box steht: Vielleicht wird sie trainiert, vielleicht ist sie draußen auf der Weide, vielleicht beim Hufschmied. Doch Milas Beruhigungsversuche nützten nichts. Im Gegenteil. Sie spürte nur noch deutlicher, dass hier etwas ganz und gar nicht stimmte. In Fairys Futterraufe war das Heu unangetastet. Auch dafür gab es sicher eine Menge plausibler Erklärungen. Oder nicht? Mila musste es wissen. Jetzt.

„Herr Keuper? Wo ist Fairy?“, fragte sie geradeheraus.

Herr Keuper senkte traurig den Blick. „Ich habe mich gerade mit dem Pfleger darüber unterhalten. Fairy ist beim Arzt. Schon das dritte Mal diese Woche. Sie müsste jede Minute wieder zurück sein.“

„Was hat sie denn?“, erkundigte sich Mila besorgt.

„Das ist es ja. Keiner kann sich das so richtig erklären. Sie ist gesund, körperlich zumindest. Doch sie will nichts fressen und ist völlig apathisch. Es ist ein Trauerspiel. Dieses Pferd war vor einem halben Jahr das blühende Leben. Wir haben so große Hoffnungen auf sie gesetzt …“

„Fairy vermisst Nele genauso wie Nele Fairy. Das ist die gleiche Krankheit!“, flüsterte Charly, die mittlerweile zu ihnen getreten war, Mila zu.

Mila nickte. Sie nahm ihren ganzen Mut zusammen und sagte: „Herr Keuper, wir müssen Ihnen ein Geständnis machen. Wir sind nicht nur hier, weil wir Sie als Sponsor gewinnen wollten. Wir sind auch wegen Fairy gekommen.“

„Wegen Fairy?“, fragte Herr Keuper ungläubig. „Das verstehe ich nicht.“

„Wir haben eine Mitschülerin, Nele Wuttke. Sagt Ihnen der Name etwas?“

„Klar. Zumindest der Nachname. Ich habe Fairy

von den Wuttkes gekauft, als ihr Gestüt Insolvenz anmelden musste. Das war eine ganz fürchterliche Geschichte. Herr Wuttke hat all sein Geld verloren. Obwohl ich nun einen Konkurrenten weniger habe, hat es mir leidgetan für ihn und seine Familie", antwortete Herr Keuper.

„Fairy war Neles Pferd", erklärte Mila. „Sie wollte mit ihr nach Marum auf das Pferdeinternat, aber dann ist die Katastrophe mit dem Gestüt passiert und ihre Eltern konnten Fairy nicht behalten. Nele hat aber so großes Talent, dass ihr das Internat ein Stipendium angeboten hat. Ihre Eltern müssen also für die Unterkunft und die Ausbildung nichts bezahlen. Und sie darf auf einem der Schulpferde reiten."

Herr Keuper hatte plötzlich einen ganz traurigen Gesichtsausdruck. „Ach, du meine Güte. Warum hat Herr Wuttke mir denn das nicht gesagt? Wenn ich das gewusst hätte, hätte ich doch niemals …"

Mila sah, dass Herr Keuper sich mit dem Handrücken über die Augen wischte. Weinte er etwa?

„Das erklärt so einiges", fuhr er fort. „Kein Wunder, dass Fairy keinen Hunger hat und lustlos ist. Sie trauert." Er blickte in die Ferne und sagte dann leise: „Ich kenne das gut. Als ich fünfzehn war, wurde Wilbur, das Pferd, auf dem ich trainiert hatte, verkauft. Es hat mich so mitgenommen, dass ich ein ganzes Jahr nicht reiten konnte und den Anschluss komplett verpasst habe. Das war das Ende meiner Springreiterkarriere. Und ich durfte auch nicht mehr das Internat besuchen. Soll ich euch was sagen? Wenn ich an Wilbur denke, bin ich nach all den Jahren immer noch genauso traurig, als wäre er erst gestern in den Anhänger geladen worden."

„Dann können Sie also gut nachfühlen, wie es Nele und Fairy geht?", fragte Charly.

„Nicht nur das. Ich mache mir riesige Vorwürfe, dass ich Fairys Verhalten nicht schon früher richtig gedeutet habe. Ich bin so froh, dass ihr zu mir gekommen seid. Und ich danke euch für euer Vertrauen." Mit einem Mal begann er zu grinsen. „Ich glaube, ich habe eine gute Idee. Aber für die erfolgreiche Ausführung brauche ich euch als Partner. Seid ihr dabei?"

Mila und Charly sahen einander an.

„Auf uns können Sie zählen. Aber zuerst würden wir gerne Fairy einen Besuch abstatten."

Glücks-Pferdeäpfel

„Ihr wart aber ganz schön lange da drinnen“, meinte Aurelie, als sie wieder in den kleinen Mini stiegen. „Ich habe die *Pferdeapfel News* gleich zweimal von hinten bis vorne durchgelesen.“

Mila kicherte, als sie Charlys erstaunten Gesichtsausdruck sah. Was Charly nun wohl dachte? Sie konnte schließlich nicht wissen, wie Aurelie die Pferdefachblätter ein wenig abschätzig nannte.

„Wart ihr wenigstens erfolgreich?“, wollte Aurelie wissen und stopfte das Magazin unter den Beifahrersitz, auf dem diesmal Charly Platz genommen hatte.

„Es lief supergut“, erzählte Mila. „Herr Keuper ist grandios und er will eine hohe Summe für das Marumer Springen zur Verfügung stellen. Und nicht nur das …“ Mila verstummte.

„Ihr macht mich echt fertig“, sagte Aurelie. „Was habt ihr denn jetzt schon wieder für Geheimnisse?“ Dann überlegte sie kurz und sagte: „Vielleicht ist es besser, wenn ich nicht alles weiß. Sonst mache ich mir nur zu viele Gedanken.“

„Stimmt genau“, meinten Charly und Mila gleichzeitig. Alle lachten.

„Dann seh ich mal zu, dass ich euch noch rechtzeitig zur 12-Uhr-Fähre bringe“, meinte Aurelie und startete.

„Die 13-Uhr-Fähre reicht locker, wenn ihr mich fragt“, entgegnete Charly hastig.

„Leider fragt dich keiner“, kicherte Mila.

„Ihr macht mich fertig“, stöhnte Charly und schloss die Augen.

„Scheiße, schau mal, wer da ist!“ Mila deutete auf die kleine Gestalt, die mit verschränkten Armen am Eingangstor des Pferdeinternats stand.

„Oh, verdammt, das ist ja Frau Steinbach!“, sagte Charly. „Ich will ja nicht nachtreten, aber ich war dafür, sie um Erlaubnis zu bitten. Die ist bestimmt total sauer auf uns.“

„Mila Hofer und Charlotte von Löwenstein-Gabelsberg! Wo wart ihr bitte schön?“, rief sie Mila und Charly ungehalten entgegen. Mila konnte nun auch ihr Gesicht sehen. Frau Steinbach sah richtig wütend aus. Wütend und besorgt.

Mila beschlich nun doch das schlechte Gewissen. Hatte sie Frau Steinbach unterschätzt? Wäre sie cool genug gewesen, ihnen den Ausflug zum Gestüt *Drei Lilien* zu erlauben? Aber jetzt war es ohnehin zu spät dafür …

„Es tut mir leid“, meinte Mila, als sie bei der Direktorin ankamen. „Es war meine Idee, Charly trägt keine

Schuld. Aber ich versichere Ihnen, dass wir nichts Böses getan haben. Im Gegenteil. Bitte vertrauen Sie uns …"

„Vertrauen?", fuhr Frau Steinbach dazwischen. „Ich soll euch vertrauen, obwohl ihr mein Vertrauen so böse missbraucht habt? Meint ihr, dass das nicht ein bisschen viel verlangt ist?" Frau Steinbach runzelte die Stirn.

Mila musste der Direktorin innerlich recht geben. Die Sache mit dem Vertrauen hatte sie ganz schön verbockt. Trotzdem wagte sie noch einen Versuch. „Ich verspreche, ich werde mich in Zukunft an jede der goldenen Regeln halten. Aber diese Sache war zu wichtig. Wir konnten nicht riskieren, dass Sie sie uns verbieten. Und wenn wir Ihnen erzählen, welche zwei wunderbaren Neuigkeiten wir mitbringen, sind Sie bestimmt nicht mehr böse …" Mila sah Frau Steinbach bittend an.

„Gut, ich höre mir die Sache an. Und wehe, eure Neuigkeiten sind nicht weltbewegend!", antwortete Frau Steinbach.

Mila wusste, dass es nun unangenehm werden konnte, nahm aber beruhigt zur Kenntnis, dass der Tonfall der Direktorin dabei schon viel weniger streng geklungen hatte.

Eine halbe Stunde später standen Charly und Mila auf der Koppel und schaufelten Pferdeäpfel in die größte Schubkarre, die sie hatten finden können. Das war die

Strafe gewesen, die Frau Steinbach verhängt hatte, nachdem sie ihr alles erzählt hatten.

„Das ist zwar eine echte Drecksarbeit", schnaufte Charly, „aber es hätte echt schlimmer kommen können."

„Ja, da sind wir noch mal ganz gut davongekommen. Ich bin richtig froh. Pferdeäpfel aufsammeln soll ja sogar Glück bringen."

„Nie davon gehört", meinte Charly, schippte ein besonders großes Exemplar auf die Schaufel und wuchtete es in die Karre. „Aber wenn es stimmt, wird uns nach dem heutigen Tag das Glück bestimmt nie wieder ausgehen." Sie grinste. „Hast du gesehen, wie rot Frau Steinbach wurde, als wir ihr von Ralf Keuper erzählt haben? Sieht so aus, als fand sie ihn damals mindestens ebenso toll wie er sie."

„Ja, total süß", antwortete Mila. „Sie war ganz aufgeregt. Ich glaube, sie hat gar nicht gewusst, wie schlecht es ihm damals ging und dass er deswegen von der Reiterei nichts mehr wissen wollte. Sie hat sich bestimmt Gedanken gemacht, warum er plötzlich das Internat verlassen musste."

„Ich krieg allerdings das Bild von Fairy nicht mehr aus dem Kopf", sagte Charly leise und lehnte sich gegen die Schaufel. „Sie war richtig mager und sah – wie soll ich das ausdrücken? – so zerbrechlich aus. So, als könnte man durch sie hindurchsehen und sie mit einem Puster umblasen."

„Stimmt. Aber am schlimmsten fand ich ihre Augen. Die waren leer – und traurig. Sie hat mich gar nicht richtig wahrgenommen, sondern durch mich hindurchgesehen. Gruselig", erinnerte Mila sich.

Charly knallte noch eine Schaufel Pferdemist auf die sowieso schon übervolle Schubkarre. „So, das war der letzte. Zum Glück hat dieses Leid hier bald ein Ende!"

„Dieses Leid und hoffentlich auch ein anderes", meinte Mila und rieb sich die schmerzenden Hände.

Turniervorbereitungen

Mit einem Stöhnen schwang Mila sich genervt von Adessos Rücken und führte ihn vom Reitplatz in den Stall hinein.

„Warum guckst du denn so grimmig?", fragte Herr Gründgen, als er Mila die Stallgasse freimachte. „Ist dir Adesso auf den Fuß getrampelt?"

Mila schüttelte den Kopf. „Nee, aber ich krieg ihn einfach nicht über diese Mauer. Luke und ich haben echt schon alles versucht, aber er scheut jedes Mal. Tamara sieht mittlerweile schwarz für das Marumer Springen."

„Und das macht dir etwas aus?", fragte Herr Gründgen mit hochgezogener Augenbraue. „Ich dachte, Springen ist gar nicht so dein Ding."

„Ertappt." Mila lächelte schief. „Ich finde es mittlerweile echt toll. Es wäre richtig frustig für mich, wenn ich das Turnier nicht reiten könnte. Noch dazu, weil es eben kein richtiges Qualifikationsturnier ist, sondern der Spaß im Vordergrund steht. Ich weiß natürlich, dass bedeutende Leute zusehen, aber das ist für mich jetzt erst mal gar nicht so wichtig. Schließlich bin ich noch lange nicht so gut wie Nele oder Mark …"

„Ich muss gestehen, ich hab dich beobachtet", sagte Herr Gründgen. „Klar, dir fehlt noch der Schliff an der einen oder anderen Stelle. Aber das Wichtigste ist da, und das andere, so leid mir das für den ein oder anderen hoffnungsvollen Reitschüler hier tut, kann man nicht lernen. Adesso und du, ihr vertraut euch blind und deutet jede Bewegung des anderen richtig. So habe ich das nur ein einziges Mal bisher gesehen …" Herr Gründgen blickte in die Ferne. „Aber das gehört jetzt nicht hierher, ist sowieso eine traurige Geschichte. Ich erzähle sie dir ein anderes Mal."

„Aber wenn das stimmt, was Sie sagen", überlegte Mila. „Warum verstehe ich dann nicht, warum Adesso sich standhaft weigert, über die Mauer zu springen?"

In diesem Augenblick kam Luke mit einem Eimer in der Hand aus der Futterkammer. Er stellte ihn ab, ging zu Adesso und strich ihm sanft über die Kruppe. „Gut, dass ich dich hier treffe, Steffen", sagte er zu Herrn Gründgen. „Ich habe gerade mitbekommen, dass ihr über Adessos Problem sprecht. Genau in dieser Sache wollte ich dich um Rat bitten. Ich habe nämlich keine Idee mehr."

Steffen Gründgen sah erst Luke und dann Adesso an. „Ich kann nichts versprechen, aber ich sehe mir die Sache mal an", meinte er und warf einen Blick auf seine Armbanduhr. „Die anderen sind gerade mit dem

Training fertig. Was haltet ihr davon, wenn wir gleich noch einmal auf den Platz gehen?“

Mila zuckte mit den Schultern. „Und Sie glauben, das bringt etwas nach der Pleite vorhin?“

Herr Gründgen nahm Milas Kopf zwischen die Hände. „Du darfst Adesso keinen Vorwurf machen. Er will dich mit seinem Verhalten nicht ärgern“, erklärte er sanft. „Er wird seine Gründe haben. Unsere Aufgabe ist es nun, diese Gründe herausfinden und ihm die Angst zu nehmen.“

Mila fühlte sich ertappt. Sie wusste genau, was Herr Gründgen meinte. Je öfter Adesso vor der Mauer haltgemacht hatte, desto mehr hatte sie sich über ihn geärgert. Und dieser Groll blieb wie ein leises Meeresrauschen bei jedem Sprung in ihrem Kopf und störte die gute Verbindung, die Adesso und sie immer gehabt hatten. Sie ging zu Adesso und legte ihm die Arme um den Hals. „Es tut mir leid“, flüsterte sie. „Ich war total egoistisch.“

Adesso schnaubte sanft und blinzelte Mila unsicher an.

„Wollen wir es noch einmal versuchen, mein Großer? Vielleicht findet Herr Gründgen ja raus, was mit dir los ist.“

Mila führte Adesso aus dem Stall. Auf dem Hof war die Hölle los. Die Schüler der oberen Klassen hatten heute einen gemeinsamen Geländeausritt auf dem Stundenplan.

Sie bahnten sich einen Weg durch die vielen Pferde

und Reiter und Luke und Herr Gründgen mussten noch die eine oder andere Frage beantworten. Schließlich standen sie auf dem leeren Reitplatz. Mila ließ ihren Blick über den Parcours schweifen und versuchte, nicht schon innerlich vor der Mauer haltzumachen. Wenn sie in Gedanken über dieses Hindernis flog, würde Adesso es spüren und seine Angst überwinden? Gut möglich. Wunder durfte man nie ausschließen.

Ohne die kritischen Augen von Tamara und den anderen fühlte sie sich auch tatsächlich befreiter. Dass Luke und Herr Gründgen zusahen, machte ihr nichts aus. Schließlich wollten die beiden ihr helfen.

Sie ritt ein paar Zirkel und sah, wie Herr Gründgen vor Begeisterung strahlte.

„Ihr seid ein so schönes Paar", rief er Mila zu. „Und jetzt rein in den Parcours!"

Diesmal schaffen wir es, dachte Mila. Das wäre doch gelacht. Sie ritt an, und sofort hatte sie das wunderbare Gefühl, mit Adesso zu verschmelzen. Es war wie ein Tanz, bei dem sie nur dem Takt von Adessos Hufen folgen musste. Adesso sprang mühelos über die ersten Hindernisse und auch als die Mauer vor ihnen lag, bemerkte Mila kein Zögern in ihm. Er galoppierte ruhig auf das Hindernis zu und Mila wollte gerade in den leichten Sitz gehen, als Adesso seine Meinung änderte und – an der Mauer vorbeigaloppierte! Mila krallte sich an seiner Mähne fest, um nicht herunterzufallen.

Es war wieder passiert! Wie ein Schwall kaltes

Wasser rauschte die Enttäuschung auf sie nieder. Diesmal hatte sie wirklich geglaubt, dass sie es schaffen konnten. Mit hängenden Schultern trabte sie an den Rand der Bahn. „Das hat doch alles keinen Sinn“, murmelte sie verzweifelt. „Wieso soll ich mich und Adesso immer wieder blamieren?“

„Ich würde mir wünschen, dass du weitermachst“, meinte Herr Gründgen, der sie gehört hatte. „Ich sage dir ganz offen, dass ich auch noch nicht weiß, warum Adesso die Mauer nicht nimmt. Aber ich verspreche dir, dass Luke und ich es herausfinden werden.“

„Ich weiß nicht.“ Plötzlich fiel Mila das besorgte Gesicht ihres Vaters ein, als sie ihm erzählt hatte, dass sie und Adesso am Turnier teilnehmen wollten. Er war überhaupt nicht begeistert gewesen und hatte ihr gesagt, dass sie lieber die Finger davon lassen solle. Und dabei hatte sie ihm noch gar nichts von der Mauer erzählt … „Die Sache wird mir langsam echt zu blöd.“

„Mach, was dein Herz dir sagt“, meinte Herr Gründgen. „Aber komm zurück zum Springen, wenn du Sehnsucht danach hast, versprochen?“

„Mal sehen“, antwortete Mila. Sie nahm Adessos Zügel und schnalzte mit der Zunge. „Na komm, mein Süßer. Jetzt bekommst du endlich was zum Futtern.“

„Echt schnuckiputzicool, wenn alle zusammenarbeiten“, sagte Isa und schnippelte an ihrer Pferdegirlande weiter. „Ich finde es sehr anregend. So eine“, sie hielt die quietschpinkfarbene Girlande in die Höhe,

„mache ich mir für mein Zimmer. Aber dann mit Regenbogenglitzer."

„Jeder, wie es ihm gefällt", erwiderte Franzi. „Wenn wenigstens Rappen darauf wären …"

„Also ich fühle mich wie eine kleine geschäftige Ameise in einem großen Ameisenhaufen", meinte Mila. „Ich hätte im Leben nicht gedacht, dass es so viel Arbeit ist, ein winziges Turnier zu organisieren."

„Sind doch nur alle so fleißig, weil man damit die Reitlehrenote aufbessern kann", sagte Charly nüchtern und deutete auf ihr Handy. „Was haltet ihr davon? *Wer ein Pferd hat, hat den Schlüssel zur Welt.* Ist ein afrikanisches Sprichwort. Wollen wir das ins Programmheft mit aufnehmen?"

„Ah, das ist schön", antwortete Mila. „Gute Idee."

Mila schluckte. Seit zwei Wochen hatte das gesamte Pferdeinternat kein anderes Thema mehr als das Marumer Springen. Das Organisatorische war natürlich bereits unter Dach und Fach. Ralf Keuper war äußerst großzügig gewesen und hatte zudem auch noch ein Catering-Team bestellt, das mit Imbissbuden verschiedener Art für das leibliche Wohl der Turniergäste sorgen sollte. Darüber hatte sich besonders Frau Käthe gefreut, die noch nie beim Turnier zusehen hatte können, sondern immer in der Küche gewesen war. Das würde in diesem Jahr anders sein.

Um die Teilnehmer und die Richter hatte sich Frau Steinbach gekümmert. Mila hatte sich doch nicht zum Turnier angemeldet. Die letzten zwei Wochen hatte sie kein einziges Mal am Springtraining teilgenommen, sondern mit Adesso ausgedehnte Ausritte am Strand unternommen. Ab und zu waren Tini und Renate mitgekommen. Es war schön gewesen, die Nachmittage einfach so zu verplempern und mit Tini und den Pferden im Wasser rumzutollen, während die anderen sich auf dem Reitplatz abmühten. Und Zeit zu haben, die vielen Englischvokabeln nachzuholen, die immer noch auf sie warteten. Nachdem sich die Aufregung um das Turnier gelegt haben würde, wollte sie Jan fragen, ob er ihr Nachhilfe gab, das hatte sie sich fest vorgenommen.

Mit Nele hatte sie nicht viel gesprochen. Doch seit Mila nicht mehr trainierte, war Nele nur noch selten giftig zu ihr und Milas Jähzorn war verflogen. Sie fand es zwar immer noch nicht in Ordnung, dass Nele ihren ganzen Frust an ihr ausgelassen und sie beschuldigt hatte, Pferdinands Box offen gelassen zu haben, aber nun, da ihr klar war, was Nele Schreckliches durchgemacht hatte, konnte sie leichter darüber hinwegsehen.

Außerdem wusste Mila etwas Wichtiges, was Nele nicht wusste …

In letzter Sekunde

„Na, genießt ihr die Ruhe vor dem Sturm?“ Michel guckte über die Holztür von Adessos und Renates Box. Mila und Tini sahen auf. Mila nickte.

„Wie kommst du denn darauf? Nö. Ich freu mich total auf nachher!“, sagte Tini und legte eine Satteldecke auf Renates Rücken, die über und über mit Lilien bemalt war. Überhaupt sah Renate aus wie ein wandelndes Blumenbeet. In Mähne und Schweif hatte Tini Stofflilien geflochten. Sogar einen Kopfputz, aus dem anstatt Federn Lilien ragten, hatte Tini gebastelt. Dass Renate fast nichts mehr sehen konnte, schien weder sie noch Tini besonders zu stören.

„Wie findet ihr Renate?“, fragte Tini. „Ist sie nicht eine prima Werbung für das Gestüt *Drei Lilien*?“

Michel lachte. „Sie sieht einfach umwerfend aus. Herr Keuper wird sehr zufrieden sein. Schon allein Renates Exterieur passt perfekt zu einem Gestüt, das sich auf edle Springpferde spezialisiert hat.“

„Du machst dich über Renate lustig!“ Tini warf Michel einen beleidigten Blick zu. „Keine Ahnung, was ein Eggsterriööör ist. Aber wenn es was Gutes ist, dann hat Renate mehr davon als alle anderen Pferde.“ Sie schnappte sich den Strick, der an Renates Stallhalfter befestigt war, und führte das Pony aus der Box. „So. Die duftende Lilie auf vier Hufen und ich gehen. Ihr seid ein ganz schlechter Einfluss auf unsere gute Laune.“

„Sei nicht sauer“, sagte Michel und richtete eine Lilie, die Renate aus dem Schweif rutschte. „Exterieur ist nichts Schlechtes. Sondern einfach nur das Äußere, der Körperbau eines Pferdes.“

„Da hast du aber mal verdammt großes Glück gehabt. Sonst hätte ich dich aber mal so was von in Eis verwandelt“, meinte Tini und zog mit Renate im Schlepptau ab.

Michel sah Tini fragend nach. „In Eis verwandelt? Im Frühling?“

Mila kicherte. „Du riskierst besser nichts. Wir sind gerade einer teuflischen Mischung aus Eiskönigin und eigensinniger Blumenelfe auf vier Hufen entgangen.“

„Ich hätte dich und Adesso vor allem beschützt“, sagte Michel. Seine Stimme klang ironisch, aber seine Augen waren ernst. Er ließ seinen Blick auf Mila ruhen. Ein bisschen zu lang, fand Mila, und drehte sich weg.

„Falls ich mal wieder von einem sechsjährigen Mädchen in Elsa-Kostüm und einem Mini-Pony bedroht werden sollte, sag ich dir sofort Bescheid“, antwortete sie und war froh, die Situation so umgehen zu können.

Obwohl. Es war ihr eigentlich nicht unangenehm gewesen, dass Michel sie angesehen hatte. Michel war nur ein Jahr älter als sie und doch hatte sie tatsächlich das Gefühl, dass er sie beschützen könnte. Wenn Michel im Stall war, hatte sie immer so ein „Alles-ist-in-bester-Ordnung"-Gefühl. Es tat einfach rundum gut, mit ihm zusammen zu sein.

„Bist du traurig, dass du heute nicht reiten kannst?", fragte Michel und unterbrach Milas Gedanken.

Mila strich über Adessos weiches Maul. „Adesso ist noch nicht so weit. Das hast du doch mitbekommen."

„Habe ich", sagte Michel. „Aber bist du traurig deswegen?"

„Es ist schon nicht ganz leicht, zu sehen, wie sich alle vorbereiten und auf das Turnier hinfiebern", gab Mila zu. „Ja, ein bisschen traurig bin ich schon. Es ist so merkwürdig, dass die beiden Menschen, die am meisten von Pferden verstehen, nämlich dein Papa und Luke, nicht herausgefunden haben, warum Adesso die Mauer verweigert."

„Stimmt. Das hat mich auch gewundert", meinte Michel. „Und du wirst wahrscheinlich nicht auf die Idee kommen zu fragen, aber ja, ich bin auch ein wenig traurig, dass ich nicht beim Turnier mitmachen darf."

„Du?", wunderte sich Mila. Sie wusste zwar, dass Michel reiten konnte und viel von Pferden verstand, aber dass er selber gerne springen würde, das hatte sie nicht gewusst. „Ich dachte …"

„Du dachtest, dass der Sohn des Stallmeisters eben

der Sohn des Stallmeisters ist und nicht springreiten möchte? Nee, leider ist das nicht so", erwiderte Michel. „Wir können uns nur kein eigenes Pferd leisten und letztes Schuljahr wurde kein Stipendium vergeben. Mein Pech, würde ich mal sagen."

Mila schämte sich, dass ihr gar nicht in den Sinn gekommen war, nachzufragen, warum Michel nicht an den Trainingsstunden teilnahm. Sie musste wohl sehr erschrocken geschaut haben, denn Michel versicherte ihr: „Kein Grund für Gewissensbisse. Ich glaube, keiner hier hat mich je gefragt, ob ich gerne mitmachen möchte. Also, kein Problem."

„Na ja, ich finde das ganz schön schade", meinte Mila. „Aber eine Lösung hab ich jetzt auch nicht auf die Schnelle."

„Ach, nicht?" Michel stemmte mit gespielter Empörung die Hände in die Hüften. „Schade, da hab ich wirklich mehr von dir erwartet." Er lachte so laut, dass Mila mitlachen musste. Und SCHWUPPS, da war es wieder! Dieses wohlige Gefühl. So, als würde sie Michel schon ewig kennen und sich hundertprozentig auf ihn verlassen können.

Mila streckte die Hand wie eine feine Dame nach vorne und säuselte: „Mein Herr, darf ich Sie bitten, heute meine Turnier-Begleitung zu sein?"

Michel machte einen Diener. „Sehr gerne, gnädige Frau! Aber darf ich Sie vorher zu einem kleinen Spaziergang auf dem Gelände entführen?"

Obwohl es noch ziemlich früh war, parkten schon einige Pferdeanhänger auf dem Hof. Herr Gründgen begrüßte die eintreffenden Gäste, händigte ihnen das Programm des Turniertages aus und verteilte die Startnummern. Mila und Michel winkten ihm zu und schlenderten in Richtung Reitplatz.

Dort waren einige Arbeiter beschäftigt, die Zuschauertribüne fertig aufzubauen. An den Banden waren Banner mit Werbung für das Gestüt *Drei Lilien* angebracht. Die Fahne von *Inselglück* flatterte im Wind und über der Bank der Juroren stand: Herzlich willkommen beim Marumer Springen.

„Das mit den Imbisswagen war eine total gute Idee von Keuper“, sagte Michel und deutete auf einen der Stände, auf dem eine dicke rote Plastikbratwurst prangte. „Schade, dass man noch nichts kaufen kann.“

„Du frühstückst gerne Bratwürste? Heute lerne ich dich besser kennen als in all den Wochen zuvor.“ Mila kramte in der Tasche ihrer Jacke und zog eine verschrumpelte Möhre heraus. „Das ist leider alles, was ich dir anbieten kann. Die hat Adesso vorhin verschmäht. Zumindest die Form ist ähnlich.“

„Besser als nichts“, erwiderte Michel und biss hinein. Eine Weile gingen sie schweigend nebeneinanderher.

„Spürst du das Brummen und Surren? Das hört man nur an Turniertagen“, sagte Michel. „Die gesammelte Aufregung der Reiter und der Pferde! So erkläre ich mir das wenigstens.“

Mila lauschte und schüttelte den Kopf. „Ich höre

nur das Brummen der Autos, das Klackern der Hufe und das Geschnatter der Menschen."

„Mila!" Charly, Franzi und Isa kamen auf sie zugerannt. Charly wedelte mit einem Zettel in der Luft herum. „Wir haben dich überall gesucht", japste Charly atemlos.

„Du glaubst ja nicht, was wir gerade entdeckt haben", begann Isa und zog ihren Pferdeschwanz, der sich beim Rennen gelöst hatte, wieder fest. Dabei fiel ein rosa Federpuschel auf den Boden. „Oh nein, mein neuer Haargummi ist futsch."

Mila hob den Puschel auf und gab ihn Isa. „Glaub mir, es sieht ohne das Ding noch viel besser aus", versuchte sie sie zu trösten.

„Warum hast du uns denn nichts gesagt?" Charly wedelte wieder mit dem Zettel herum, diesmal vor Milas Nase. „Das ist doch total cool. Oder wolltest du uns überraschen?"

„Ich hab überhaupt keine Ahnung, wovon du redest", meinte Mila.

„Na, du bist dabei!", rief Isa.

„Wobei?"

„Du weißt also wirklich nicht Bescheid?" Franzi sah Mila verwirrt an. „Du startest heute mit der Nummer 14. Beim Turnier!"

Mila riss Charly den Zettel aus der Hand, auf dem die Startnummern und Startzeiten der Turnierteilnehmer aufgelistet waren. Tatsächlich.

Da stand:

Startnummer 14
13:50 Uhr
Mila Hofer auf Adesso

Mila erschrak. Wie war das möglich? Die Turnierleitung musste einen Fehler gemacht haben.

„Das ist ein Missverständnis“, sagte Mila. „Ich gehe mal zu Herrn Gründgen und kläre das.“

„Ich komme mit“, erwiderte Charly. Zusammen gingen sie auf das Tor zu und hielten nach dem Stallmeister Ausschau. Doch ihn in der Menge zu finden, war gar nicht so leicht. Mittlerweile war der ganze Hof zugeparkt und es wimmelte von Menschen und Pferden.

„Warum versuchst du es nicht einfach?“, meinte Charly. „Jetzt, wo du eh schon auf der Liste stehst.“

„Wie stellst du dir das denn vor? Und die Mauer stellen wir vorher weg, oder was? Nein danke, ich habe keine Lust ausgelacht zu werden.“

„Niemand würde lachen. Und das weißt du auch“, sagte Charly. Dann deutete sie in Richtung der Stallungen. „Wir müssen da rüber. Dort steht Herr Gründgen.“

Der Stallmeister unterhielt sich gerade mit Jakob.

„Darf ich kurz stören?“, fragte Mila. „Ihnen ist da ein Fehler unterlaufen.“ Sie deutete auf die Startaufstellung. „Ich hatte mich für das Turnier gar nicht angemeldet und trotzdem stehe ich hier drauf.“

„Gut, dass du kommst.“ Herr Gründgen überreichte Mila lächelnd ihre Startnummer und zwei Sicherheitsnadeln. „Das hat schon alles seine Richtigkeit. Du und Adesso – ihr seid heute dabei!"

Mila merkte, wie Wut sich in ihrem Bauch breitmachte und sie unwillkürlich die Augen zusammenkniff. Das war nicht fair. Sie hatte sich gegen dieses Turnier entschieden – aus guten Gründen! Und nun hatte Herr Gründgen sie einfach überrumpelt. Sie knüllte die Startnummer zu einer kleinen Kugel und warf sie auf den Boden.

„Sie können mich nicht zwingen", schrie sie. „Ich habe gesagt, ich will nicht springen, und damit basta!" Sie stampfte mit dem Fuß auf und funkelte Herrn Gründgen an.

„Wenn ich gewusst hätte, dass dich das so zornig macht, hätte ich schon gestern mit dir geredet", meinte Herr Gründgen ruhig. „Es tut mir leid, Mila, ehrlich. Du musst nicht reiten, wenn du nicht willst, aber lass mich dir vorher etwas sagen."

Charly hob die zerknüllte Papierkugel auf und strich sie wieder glatt.

„Ich habe mit dieser unüberlegten Aktion dein Vertrauen missbraucht, aber genau um dieses bitte ich dich jetzt." Er hielt kurz inne.

Komisch, diesen Satz hatte sie vor ein paar Wochen auch zu Frau Steinbach gesagt, dachte Mila erstaunt.

„Versuch es einfach. Mach Adesso fertig und gehe mit Leichtigkeit in das Turnier. Vertrau mir. Du und Adesso, ihr müsst springen. Es ist eure Bestimmung."

Herr Gründgen sah Mila so eindringlich dabei an, dass sie eine Gänsehaut bekam.

„Selbst wenn ich es wollte. Es geht nicht. Adesso ist nicht zurechtgemacht und ich habe keine Turnierkleidung“, entgegnete sie leise.

Herr Gründgen lachte. „Wenn es nur das ist! Michel wird dir mit Adesso helfen und ich bin mir sicher, Charly hat noch ein Ersatz-Outfit im Schrank hängen, oder?“ Er zwinkerte Charly zu.

Charly war sofort Feuer und Flamme. „Klar, das ist überhaupt kein Problem. Ich habe ... äh ... mehrere Turnieroutfits.“

Mila überlegte. „Gut“, sagte sie schließlich. „Das lief jetzt etwas anders als geplant, aber ich werde es versuchen. Zuerst kümmern wir uns allerdings um Adesso.“

Zwei Stunden später fühlte Mila sich so, als ob sie nie etwas anderes vorgehabt hatte, als heute ein Turnier zu reiten. Allerdings war sie auch genauso aufgeregt.

„Und was muss ich jetzt machen?“, fragte sie Charly alle fünf Minuten. „Sollen wir noch einmal den Parcours ablaufen?“

„Du kennst ihn doch aus dem Effeff“, meinte Charly. „Aber von mir aus. Wenn es dich beruhigt, gerne.“ Sie nahm Mila bei der Hand, führte sie zum Reitplatz, wo sich bereits viele andere Reiter mit großen Schritten die Wege zwischen den Hindernissen einprägten.

Nach ein paar Runden hatte Mila das Gefühl, jedes

Sandkorn auf dem Boden genauer beschreiben zu können. Plötzlich stieß jemand sie mit voller Wucht in den Rücken.

Mila fiel nach vorne und schlitterte mit der Wange über den rauen Boden. „Ahhh!“, schrie sie, hielt sich die Hand auf die aufgeschürfte Stelle und sah sich um. Hinter ihr stand Nele und grinste breit.

„Oh, hoppla“, flötete Nele. „Ich bin heute aber auch ungeschickt. Tut mir ja sooo leid, dass ich dich mit meinem ausgestreckten Arm erwischt habe.“

„Das war Absicht“, zischte Mila. „Was soll das?“

Nele beugte sich zu Mila und fuhr in gespielt freundlichem Ton fort: „Kann schon sein. Genau wie es deine Absicht ist, mal wieder alle zu verarschen, stimmt's? Erst steigst du aus dem Turnier aus und dann lässt du dich in allerletzter Sekunde aufstellen? Das ist eine dermaßen miese Masche. Zum Kotzen. Hoffentlich brichst du dir heute beide Beine und Arme.“ Damit drehte sie sich um und stapfte davon.

Charly half Mila auf, die sich den Sand von der Hose klopfte.

„Mist. Nele hab ich ganz vergessen. Logisch, dass sie es überhaupt nicht packt, dass ich mitreite. Obwohl sie von mir und Adesso ja wirklich nichts zu befürchten hat …“

„Das sieht sie offensichtlich anders“, meinte Charly. „Komm, wir schauen mal, ob unsere Überraschung schon da ist. Ich bin mir sicher, am Ende des Tages wird Nele viel bessere Laune haben.“

Adesso sieht grün ...

„Mit der Nummer 14 startet nun Mila Hofer auf Adesso", quäkte die Stimme aus dem Lautsprecher. Das Publikum auf der Tribüne klatschte. Mila sah, dass Michel ihr zuwinkte. Neben Michel saßen Herr Keuper und Frau Steinbach, tief in ein Gespräch versunken.

Mila atmete durch, richtete den Rücken auf und ritt in die Bahn. Jetzt war es so weit. Jetzt galt es. Irgendwas irritierte sie, sie konnte aber auf die Schnelle nicht ausmachen, was es war. Das schwarze Jackett und die weißen Handschuhe fühlten sich ungewohnt an, fast wie eine Verkleidung. Einfach cool bleiben, ermahnte sich Mila ein ums andere Mal. Herr Gründgen hatte ihr noch einmal Mut gemacht. Und wie hieß das alte Sprichwort? Dabei sein ist alles? Genau. Es war egal, wie viele Fehler sie gleich machen würden oder ob Adesso an der Mauer vorbeiritt. Völlig egal. Sie wandte sich den Juroren zu und grüßte. Ihr Vater und Aurelie würden ganz schön staunen, wenn sie sie so sehen könnten, da war Mila sich sicher.

Adesso tänzelte unruhig auf der Stelle. Nicht nur für Mila war es das erste richtige Turnier, sondern auch für Adesso. Sie strich ihm beruhigend über den Hals. „Alles gut, mein Großer. Du kannst es kaum erwarten, oder? Das Wichtigste ist, dass wir beide nun möglichst viel Spaß haben.“

Adesso schnaubte. Mila spürte, dass er sie verstanden hatte.

Sie galoppierte an und ließ sich in Adessos weiche, rhythmische Bewegungen fallen. Als sie mühelos über den Triplebarren sprangen, wollte Mila am liebsten laut juchzen. Eine Welle von Glück schwappte durch ihren Körper und es kribbelte von den Ohrläppchen bis zu den kleinen Zehen. Nicht auszudenken. Um ein Haar hätte sie das alles verpasst …

Mila ritt auf den Oxer zu. Adesso war etwas hastig und sie verpatzten den Absprung. Mila konnte nach dem Sprung nicht mehr rechtzeitig loslassen und eine Stange polterte laut zu Boden. Doch im Gegensatz zum Training war Mila in Gedanken nicht bei dem Fehler. Der war passiert und sie konnte daran nichts mehr ändern. Sie konzentrierte sich auf das nächste Hindernis. Sie fühlte sich leicht. Und unbeschwert. Sie waren ein Team. Adesso sprang ab, flog und … geschafft. Mila sah nach vorne. Als Nächstes war die Mauer dran. Die Mauer! Aber was war das? Vor ihnen war keine quietschgelbe Backsteinmauer mehr. Das war es also, was sie vorhin verwirrt hatte. Jemand hatte die Mauer mit einem Stück Kunstrasen beklebt und viele kleine Blumen daran befestigt. Sie sah nun aus wie eine blühende Hecke! Adesso und sie waren schon über unzählige Hecken gesprungen. Ob ihn die „Tarnung“ überzeugen würde? Zumindest galoppierte er diesmal völlig ruhig und entspannt auf das Hindernis zu. Mila spürte keinerlei Widerstand in ihm. Die grüne Mauer kam näher und näher und ... Adesso sprang in hohem Bogen darüber. Es hatte geklappt! Mila schluckte. Ihr Herz hämmerte vor Aufregung und Freude so stark, dass es fast wehtat. Das war es also gewesen? Das gelbe Hindernis hatte Adesso zurückschrecken lassen? Adesso hatte Angst vor gelben Dingen? Wie ein Blitz tauchte der gelbe Regenschirm von Anna vor Mila auf. Und Adessos Unruhe. Gelb! Es war die Farbe Gelb!

Unglaublich. Sie ließ ihren Blick kurz ins Publikum schweifen und sah Herrn Gründgen, der den Daumen grinsend nach oben reckte. Mila lächelte. Natürlich. Herr Gründgen hatte die Mauer für Adesso umgestaltet. Und das erst ganz kurz vor ihrem Ritt. Als Mila mit Adesso langsam unter dem Applaus der Zuschauer vom Platz ritt, wollte sie zuallererst zu Herrn Gründgen, um sich zu bedanken.

„Aber wenn Sie die Idee mit der Heckenverkleidung schon gestern hatten, warum haben Sie die Mauer nicht schon vor dem Einspringen begrünt?“, fragte Mila Herrn Gründgen neugierig.

„Aus zwei Gründen“, meinte der Stallmeister und

strich sich übers Kinn. „Ich wollte gerne, dass du trotz aller Schwierigkeiten das Turnier reitest. Damit du verinnerlichst, worauf es wirklich ankommt. Du und Adesso, ihr seid ein super Team und ihr gehört auf den Springplatz. Und dann wollte ich einfach den Überraschungseffekt ausnützen. Du hast vorher nicht erwartet, dass Adesso es schaffen würde. Das war gut und hat euch Freiheit gegeben. Ich war gespannt wie ein Flitzebogen, das kannst du mir glauben. Schließlich wusste ich selbst nicht, ob ich mit meiner Vermutung richtiglag."

„Goldrichtig, wie sich herausgestellt hat", antwortete Mila. „Oder soll ich lieber sagen ‚grünrichtig'?"

„Papa, herzlichen Glückwunsch!" Michel kam auf Mila und Steffen Gründgen zugelaufen. „Ich bin stolz auf dich." Er umarmte seinen Vater.

Und dann Mila. „Und herzlichen Glückwunsch auch an euch. Du warst supermutig, finde ich."

„Ich bin total happy", sagte Mila. „Auch wenn wir ziemlichen Punkteabzug hatten. Das Stechen wird ohne uns stattfinden müssen."

„Mach dir nichts draus. Wenn Nele ihre Leistung von der ersten Runde wiederholen kann, hat eh kein anderer eine Chance", entgegnete Michel grinsend.

„Mark war aber auch nicht schlecht", meinte Mila. „Es wird wohl einer von beiden siegen. Komm, ich spendiere dir ein Bratwurstbrötchen. Und um diese Uhrzeit beiße ich auch gerne mal ab."

Bei den Essensständen trafen sie Charly, Franzi und Isa.

„Da kommt ja der Lichtblick des Tages“, rief Charly. „Wie obercool Adesso über die grüne Mauer gehoppelt ist ... Weltklasse! Na ja, bei mir lief es leider nicht so dolle. War klar, dass ein ganzer Schwarm Wildgänse über unsere Köpfe hinwegfliegen musste, gerade als ich losreiten wollte. Vanilla ist zwar nicht gestiegen, aber sie war anschließend einfach zu nervös und hat total viele Fehler gemacht.“

„Dann könnt ihr uns wenigstens später anfeuern“, meinte Isa. „Obwohl das nicht viel nützen wird. Die Konkurrenz ist ziemlich groß.“

„Stimmt“, gab Franzi zu. „Hast du vorhin den Typen aus Kiel reiten sehen? Mit dem Hannoveraner-Rappen? Der könnte Nele schon noch gefährlich werden. Cooler Typ ... und erst die Stute. Die würde gut zu Black Velvet passen. Und vielleicht hätte ich dann bald ein kohlrabenschwarzes süßes Fohlen.“

Sie kauften sich kühle Getränke und Isa und Franzi gingen nach einiger Zeit wieder zu Melodie und Black Velvet zurück. Mila, Charly und Michel setzten sich auf die oberste Stufe der Tribüne.

Unter ihnen saßen Frau Steinbach und Herr Keuper immer noch am selben Platz und unterhielten sich. Mila sah, dass Frau Steinbachs Wangen rot glänzten und sie ab und zu hell auflachte. Kein Wunder, dass sie ganz versunken wirkten. Nach dreißig Jahren hatten sie sich sicher viel zu erzählen.

Das Stechen begann. Doch auch das schienen Frau Steinbach und Herr Keuper gar nicht wirklich zu bemerken. Herr Keuper würde sich doch noch an ihre Vereinbarung erinnern? Bestimmt, versuchte Mila, sich zu beruhigen, immerhin war er deswegen zum Marumer Springen gekommen. Oder etwa nicht?

„Diese Perspektive ist auch nicht schlecht", meinte Michel. „Man kann viel für die eigene Reitpraxis mitnehmen. Wenn ich denn springen würde …" Er grinste schief. „Hier", er zeigte auf den Jungen aus Kiel, der gerade den Parcours ritt, „kann man ganz deutlich sehen, wie der Reiter den inneren Zügel über den Mähnenkamm führt, um es zu biegen. Aber in Wahrheit verkantet das Pferd bloß im Hals. Man kann die Wendigkeit aber allein mit Schenkelhilfen trainieren, wusstest du das?"

Mila nickte. „Luke hat es mir erklärt", sagte sie. „Du passt aber gut auf!"

„Ich hasse nichts mehr, als wenn Pferde mit Gewalt zu etwas gezwungen werden", antwortete Charly. „Das Pferd ist dein Freund und Partner. Es tut alles für dich. Ich kann einfach nicht verstehen, warum jemand sein Pferd schlecht behandelt. Ich hoffe, die Richter sehen in diesem Fall nicht weg und es gibt Punktabzug."

Mila war ganz Charlys Meinung. Und sie war wieder einmal froh, dass die Lehrer des Pferdeinternats zwar sehr viel Wert auf Disziplin und Leistungsbereitschaft legten, aber mindestens genauso viel

Augenmerk darauf richteten, dass Pferd und Reiter partnerschaftlich zusammenarbeiteten und beide Freude am Sport hatten.

Sie sahen sich den Ritt von Isa und Franzi und noch einigen anderen Reitern an. „Das reicht nicht", meinte Michel fachmännisch, als die Zeiten auf der Anzeigentafel eingeblendet wurden. „Die härteste Konkurrenz kommt noch: Nele und die Zwillinge."

Zuerst war Nele an der Reihe. Nele war schnell, nahm die Wendungen eng und Pferdinand sprang wie ein junger Pferdegott. Mila konnte keinen einzigen Fehler entdecken. Sie klatschte begeistert in die Hände, ohne dass es ihr bewusst war. Das war der Sieg. Besser konnte man den Parcours nicht absolvieren, da war sie sich sicher. Mila sah auf die Tafel. Der nächste Reiter war Mark. Auch er machte seine Sache sehr gut. Er ritt fehlerfrei und war am Ende sogar eine halbe Sekunde schneller als Nele.

Mila blickte zu Nele, die mit finsterer Miene vor sich hin ins Leere starrte. Jan, der neben ihr stand, reichte ihr etwas zu trinken. Vergeblich. Sie bemerkte ihn nicht einmal.

Aber auch Mila war alles andere als zufrieden mit diesem Ausgang des Turniers. Mark sollte nun also gewinnen? Dieser von Ehrgeiz zerfressene Typ, der niemandem auch nur ein kleines bisschen Erfolg gönnte? Es gab nur noch eine Chance, das zu verhindern. Jakob musste besser und schneller reiten als sein Beastie-Boy-Bruder.

Michel schien den gleichen Gedanken zu haben, denn er flüsterte Mila ins Ohr: „Wir müssen Jakob die Daumen und am besten auch noch die großen Zehen drücken. Sonst hat das Marumer Springen nicht unbedingt den sympathischsten Sieger."

Jakob wurde angekündigt, er ritt ein und grüßte die Richter. Er wirkte gelöst, so als würde er eine Trainingsrunde mit Tamara vor sich haben.

„Jakobs Nerven möchte ich haben", bemerkte Michel. „Der ist einfach naturcool."

Jakob startete und Mila wagte kaum mehr zu atmen. Das sah gut aus – richtig gut! Elegant nahm Jakob die ersten Hindernisse und … er war schnell. Aber war er auch schneller als Mark? Mila schob den Hufeisenanhänger an ihrer Halskette hin und her. KRRRR, KRRRR.

Michel schaute, woher das merkwürdige Geräusch kam, und hielt ihre Hand fest.

„He, du machst ja deine Kette kaputt. So wichtig ist es nun auch nicht." Michel schmunzelte und konnte sich ein Grinsen nicht verkneifen.

„Oh, Mann. Hab ich vor lauter Aufregung gar nicht gemerkt", sagte Mila und ließ den Anhänger los, ohne aber dabei den Blick von Jakob zu wenden. „Du schaffst es", feuerte sie ihn leise an. „Und jetzt auf den Wegen noch einen Zahn zulegen!"

Die Zuschauer waren mucksmäuschenstill. Jeder konnte das Atmen von Jakobs Fuchs hören, als er ins Ziel ritt.

„Ja!!!" Michel sprang auf, als Jakobs Zeit angezeigt wurde. „Ich fass es nicht. Jakob hat es geschafft. Yeah, yeah, Doppel-yeah!"

Die Zuschauer klatschten begeistert. Mila sah, dass Herr Keuper und Frau Steinbach aufstanden und sich durch die Menge Richtung Parkplatz schlängelten. Er hatte die Vereinbarung also nicht vergessen.

„Lass uns nach unten gehen. Ich will die Siegerehrung von ganz nah sehen", schlug Mila vor. „Außerdem stehen da Franzi und Isa." Ihre Handflächen brannten und sie fühlte sich flatterig vor Aufregung. Hoffentlich würde die Überraschung gelingen!

Siegertränen

Frau Steinbach hatte sich ein Mikrofon geschnappt und stellte sich in die Mitte des Reitplatzes.

„Liebe Besucher, liebe Marumer und liebe Schüler des *Pferdeinternats Inselglück*“, begann sie. „Ich freue mich, die Siegerehrung des traditionsreichen Marumer Springens vornehmen zu dürfen. Zuerst mal möchte ich mich bei allen Schülern des Internats bedanken, die durch ihre Kreativität und Mithilfe dieses Turnier erst möglich gemacht haben.“

„Heißt das, wir kriegen alle eine Eins?“, rief einer der älteren Schüler dazwischen.

„Da würde ich mit mir reden lassen“, antwortete Frau Steinbach in seine Richtung. „Und du kriegst sogar ein Sternchen, wenn du heute Abend alle Pferdeäpfel vom Hof sammelst.“

Alle lachten.

„Mein besonderer Dank gilt allerdings Ralf Keuper, den zwei unserer Schülerinnen als sehr großzügigen Sponsor gewinnen konnten. Ralf, komm doch zu mir!“

Herr Keuper strahlte und lief auf Frau Steinbach zu. Die Menge applaudierte und johlte. Ralf Keuper verbeugte sich in alle Richtungen. „Danke, danke. Das habe ich gerne gemacht!"

„Sind wir jetzt eigentlich mal dran?", fragte eine hohe Stimme, die Mila sofort als Tinis erkannte. „Ich kann dieses Riesenteil kaum mehr halten."

„Tja", sagte Frau Steinbach. „Auf dringliche Anfrage einer kleinen Person mit ihrem noch kleineren Pony kürze ich die Danksagungen hier ab und schwenke sofort zur Siegerehrung. Ich darf die Reiter der ersten drei Plätze mit ihren Pferden zu mir bitten."

Jakob, Mark und Nele ritten auf ihren Pferden auf den Platz. Doch nur Jakob sah fröhlich aus. Mark hatte den Mund zu einem gezwungenen Lächeln verzogen. Nele dagegen machte sich überhaupt keine Mühe, ihre Enttäuschung zu verbergen. Sie trottete auf Pferdinand mit herunterhängenden Mundwinkeln hinter den anderen beiden her und stellte sich gelangweilt blickend neben deren Pferden auf.

„Außerdem freue ich mich, Ihnen allen die neuen Maskottchen des Pferdeinternats präsentieren zu dürfen: Hier sind Tini und Renate mit dem großen Pokal vom Marumer Springen!", rief Frau Steinbach ins Mikrofon.

Tini ritt stolz auf die Direktorin zu und hinterließ eine Spur aus zerfransten Stofflilien, die bei Renates Hoppel-Trab aus Fell, Mähne und Schweif purzelten. Selbstbewusst stieg sie ab, übergab Frau Steinbach den großen Pokal und nahm ihr ohne große Umschweife das Mikrofon aus der Hand.

Dann hielt sie es nah an den Mund und blinzelte Renate verliebt an. Renate blinzelte, allerdings durch einen ganzen Berg Blumenschmuck, verliebt zurück.

„Also, ich soll noch was sagen über das Gestüt *Drei Lilien*, hat Mila gemeint. Dort kann man nämlich Pferde kaufen, die so schön sind wie Renate, nur ein bisschen größer. Und die gut springen können. Wenn ihr so eines wollt, wendet euch an den Mann, der da drüben steht, okay?" Tini zeigte auf Ralf Keuper und gab ihm das Mikrofon. Mila kicherte. Tini war so süß.

„Tja", meinte Ralf Keuper lachend. „Bessere Werbung für mein Gestüt kann ich mir kaum vorstellen. Vielen Dank, Tini. Und vielen Dank, Renate." Er ging zu dem Mini-Pony und strich ihm über die Kruppe – beinahe die einzige Stelle, die nicht von Lilien überdeckt war. „Jetzt wollen wir unsere Gewinner nicht mehr länger warten lassen. Der erste Platz und somit auch der große Pokal von Marum bleibt auf der Insel und geht an Jakob Timmermann. Herzlichen Glückwunsch! Du hast eine tolle Leistung gezeigt!" Mila klatschte laut mit dem Publikum und Frau Steinbach überreichte dem breit grinsenden Jakob den Pokal und befestigte die goldene Rosette an Windfuchs' Trense. „Platz zwei belegt sein Bruder Mark. Auch für dich einen großen Applaus, das war ein tolles Turnier."

„Nicht gut genug", knurrte Mark, als seinem Pferd Feuerfuchs die silberne Rosette angesteckt wurde.

Aus dem Publikum waren vereinzelte Buhrufe zu hören. Mila wunderte sich nicht, dass Marks Äußerung bei den Leuten nicht gut ankam. Meine Güte, immerhin hatte er den zweiten Platz belegt!

Auch Herr Keuper sah Mark irritiert an und sagte dann schnell: „Kein Grund für schlechte Stimmung. Mark hat durchaus recht. Auch sehr gute Leistungen können noch gesteigert werden. Aber wir alle finden, heute darfst du dich über deine Platzierung freuen."

Das Publikum spendete Herrn Keupers Worten Beifall.

Er hatte super reagiert, fand Mila.

„Und nun möchte ich gerne noch die weiße Rosette an Nele Wuttke vergeben. Ein äußerst eleganter Ritt."

Nele ließ Herrn Keuper Pferdinand die Rosette anstecken, ihre Miene verriet allerdings, dass sie am liebsten vor Enttäuschung und Wut vom Platz geritten wäre. Pferdinand schnaubte freundlich, aber das schien Nele gar nicht richtig wahrzunehmen.

„Damit bin ich noch nicht am Ende", fuhr Herr Keuper fort. „Jetzt werde ich zu meiner großen Freude den Spezialpreis des Gestüts *Drei Lilien* vergeben. Er ist einmalig. Genauso einmalig wie die Person, der er verliehen wird."

Er winkte Mila und Charly zu und Mila wusste genau, was sie nun zu tun hatte. Das war das Zeichen, dass sie Fairy holen sollten, die hinter einem der Anhänger angebunden war und auf ihren großen Auftritt wartete.

„Und diese Person ist die Drittplatzierte in diesem Turnier.“ Mila hörte, dass Herr Keuper eine Kunstpause machte. Das Publikum war ganz still.

Mila und Charly führten Fairy aus ihrem Versteck und kamen langsam auf den Turnierplatz zu. Und auf Nele, die Fairy fassungslos ansah. Ihr Gesicht hatte beinahe die gleiche Farbe wie Pferdinands Fell. Nur ohne graue Tupfen. Sie stand wie erstarrt da, den Mund weit offen, aber sie sagte nichts. Dann – endlich – stieß sie einen erstickten Schrei aus und schlug sich dabei die Hände vor den Mund.

In diesem Augenblick konnte Mila Fairy nicht mehr halten. Die weiße Stute riss sich los und galoppierte auf Nele zu. Kurz bevor sie bei ihr war, verlangsamte sie ihr Tempo, blieb stehen und wieherte leise. Dieses Wiehern löste Neles Erstarrung.

„Fairy!“, rief Nele. „Fairy, wo kommst du denn her?“ Sie sprang von Pferdinand, stürmte auf Fairy zu, schlang die Arme um ihren Hals und begann, laut zu weinen.

Dieser Anblick war so schön, dass es Mila ganz warm ums Herz wurde, weil Fairy und Nele nun endlich wieder zusammen waren. Gleichzeitig aber brach es ihr beinahe dasselbe, weil sie genau spürte, wie sehr die beiden gelitten hatten.

Mila sah, dass Herr Keuper und Frau Steinbach sich gegenseitig Taschentücher anboten, weil ihnen vor Rührung die Tränen über die Wangen liefen.

Als Herr Keuper seine Tränen getrocknet hatte,

nahm er erneut das Mikrofon zur Hand und erzählte dem Publikum von Fairy und Nele.

„… und als ich schließlich wusste, was Fairy fehlte – nämlich schlicht und ergreifend Nele –, war alles ganz klar. Ich würde Fairy hier auf dem Pferdeinternat unterstellen und von Nele trainieren lassen. So haben wir alle etwas davon. Nele und Fairy können zusammen sein und mein tolles Pferd wird hier auf *Inselglück* wieder zu Kräften kommen und dann hervorragend ausgebildet."

Nele blickte zum ersten Mal hoch. „Fairy ist nicht nur zu Besuch da?", wollte sie wissen. „Sie darf bleiben? Und ich darf mit ihr trainieren?"

Herr Keuper nickte. „So hatte ich mir das gedacht", sagte er.

Zum ersten Mal sah Mila Nele richtig lächeln. Nicht nur ein Mundwinkel-nach-oben-zieh-Lächeln, sondern eines, bei dem ihr ganzes Herz sichtbar wurde.

Sie ging mit strahlenden Augen auf Ralf Keuper zu und flüsterte unentwegt: „Danke, danke, danke."

„Du musst dich vor allem bei Mila und Charly bedanken", meinte Herr Keuper. „Ohne sie hätte ich niemals von dir erfahren und Fairy wäre vor Kummer wahrscheinlich gestorben."

„Mila und Charly?", fragte Nele verblüfft. „Aber wie …? Woher wussten sie, wo Fairy ist? Mein Vater hat gesagt, er hat sie nach Saudi-Arabien verkauft."

„Nein, er hat Fairy an mich verkauft. Ich denke, er

wollte dich schützen. Er dachte bestimmt, für dich ist es noch schlimmer, wenn du weißt, dass Fairy ganz in deiner Nähe ist. Er sah keinen Weg, dein Pferd zurückzukaufen, deswegen hat er dir das Märchen von Saudi-Arabien aufgetischt, denke ich." Er ging zu Nele und strich ihr über die langen blonden Haare. „Es ist ja gut ausgegangen. Ich wünsche mir sehr, dass ihr bald wieder das Team sein werdet, das ihr vor einem Jahr wart. Du musst allerdings Geduld mit ihr haben. Wie du siehst, ist sie in keinem guten Zustand."

„Versprochen", erwiderte Nele. „Ich werde alles tun, damit es ihr bald wieder besser geht." Dann ging sie auf Mila und Charly zu.

Mila sah, dass ihr das alles andere als leichtfiel.

Zögerlich streckte Nele ihr die Hand entgegen, ohne ihr dabei in die Augen zu sehen. „Danke", sagte sie. „Tut mir leid, dass ich dich so mies behandelt habe. Anscheinend bist du doch ganz okay."

„Ich nehme die Entschuldigung an", antwortete Mila mit einem kleinen Lächeln. „Und ich freu mich wirklich, dass du und Fairy wieder zusammen seid. Sie war ein wunderschönes Pferd. Und sie wird es ganz bestimmt wieder werden."

„Mal ganz langsam", entgegnete Nele. „Auch wenn ich dich jetzt besser leiden kann. Ein paar Sachen bleiben. Keine Gespräche über ‚süße Pferde' und so einen Kram, alles klar?" Damit drehte sie sich um und ging zu Fairy zurück, die schon hufescharrend auf sie wartete.

„Nun gut, im Grunde ist es auch beruhigend, dass Nele sich treu bleibt. Beste Freundinnen werden wir wohl nicht werden“, meinte Mila seufzend.

Charly schnaubte und knuffte Mila in die Seite. „Das ist auch völlig unnötig. Schließlich steht deine beste Freundin gerade neben dir.“

Mila lachte und schmatzte Charly ein Küsschen auf die Wange. „Du hast mal wieder vollkommen recht. Wie immer. Danke fürs gemeinsame Pferdestehlen, liebe beste Freundin.“

Charly lachte und wischte sich die feuchte Wange ab. „Hat dir schon mal jemand gesagt, dass du wie ein Pferd knutschst?“

Nele und Fairy waren den gesamten restlichen Tag nur noch als Doppelpack anzutreffen. Sie spazierten gemeinsam über das Gelände und steckten die Köpfe zusammen wie zwei alte Freundinnen, die sich viel zu erzählen hatten. Mila sah zufrieden, dass Fairy alle Leckerli, die Nele ihr zusteckte, gerne aß. Hoffentlich würden ihre hervorstehenden Knochen bald verschwinden, jetzt, wo Fairys Welt wieder in Ordnung war. Mila fühlte sich selbst ganz leicht. Schon merkwürdig, dachte sie. Jemand anderem zu helfen, macht einfach total glücklich.

Ralf Keuper klopfte Mila anerkennend auf die Schulter. „Das hast du gut gemacht, Mila“, sagte er. „Fairy macht schon nach den paar Stunden einen ganz anderen Eindruck auf mich. Sie hat mehr Energie und ihre Augen sehen nicht mehr ganz so stumpf aus, findest du auch?"

„Stimmt", meinte sie. „Ich glaube, wir haben alles richtig gemacht!"

„Bis auf die Heimlichkeiten würde ich dir vollkommen zustimmen", erwiderte Herr Keuper lachend. „Marie, ich meine Frau Steinbach, hat mir alles erzählt."

Mila sah ihn zerknirscht an.

„Wir einigen uns also auf ‚fast alles richtig gemacht'? Wollen Sie und Frau Steinbach nachher zu unserer After-Turnier-Feier in den Stall kommen und mit uns auf den gelungenen Tag anstoßen?"

„Nein, nein, das ist sehr lieb von dir, Mila, aber da haben wir alten Ackergäule nichts verloren. Die Stallfeiern bleiben den Schülern des Internats vorbehalten. Außerdem bin ich verabredet. Mit der schönsten Direktorin der ganzen Welt." Er lächelte selig und ging in Richtung Haupthaus davon.

„What a day", seufzte Mila und ließ sich mit einer Flasche Cola in der Hand neben die anderen auf einen Strohballen fallen. Sofort schäumte die Cola aus der Flasche und sie musste notschlürfen, um ihre neue Jeans zu retten.

„Nicht nur die Emotionen kochten hoch, sondern auch die Cola", kicherte Charly.

„Aber am Rest hab ich nichts zu meckern", sagte Jan, der es sich neben Michel bequem gemacht hatte.

„Super Spannung, tolles Pferde-Happy-End und dann höre ich gerade auch noch einen fehlerfreien englischen Satz von Mila. Was will man mehr …"

„Mann vielleicht nicht, aber Frau wünscht sich noch was Leckeres zu essen." Franzi blickte zu Nele, die bei Fairy in der Box war und ihre Nase tief in das Fell der weißen Stute gesteckt hatte. „Alle Leckereien gehen heute an Fairy."

„Du wolltest doch nicht wirklich die alten Futterkarotten essen, oder?" Charly schüttelte sich und holte eine kleine Holzkiste hervor. „Magst du nicht lieber ein paar Sesam-Oregano-Cracker? Haben mir meine Eltern geschickt. Die sind ziemlich lecker." Sie reichte Franzi die Box, aus der ein verlockender Duft strömte.

„Ich hab doch schon immer vermutet, dass deine Eltern einen Feinkostladen haben", entgegnete Franzi, schnappte sich die Kiste und griff eine Handvoll der würzigen Kekse heraus.

„Ja, so ähnlich könnte man das sagen", meinte Charly und lachte. „Der Gedanke gefällt mir."

„Hey, Nele, falls du auch noch was abhaben willst, musst du schnell kommen!", rief Jakob.

„Die kann sich doch sowieso nicht von ihrer Klappermähre trennen", vermutete Mark und heulte gespielt los: „‚Buhu, wir waren ja so lange getrennt. Und wir können doch ohne einander nicht leben.' Bei so einem sentimentalen Quatsch rollen sich meine Zehennägel auf, echt."

„Bist du echt so ein gefühlloses Untier oder tust du nur so?", fauchte ihn Mila an. Marks Verhalten ging ihr schon den ganzen Tag auf die Nerven. Und der letzte Kommentar war einfach die Krönung. „Wenn du mich fragst, eher Letzteres, oder? Magst nicht im Schatten deines netten Bruders stehen und machst einen auf superarrogant und Megadepp. Weißt du, wie ich dich am Anfang heimlich genannt habe, als ich deinen Namen noch nicht wusste? Beastie-Boy. Und ich muss sagen, der Spitzname passt echt besser zu dir …"

Mark sprang auf und wollte auf Mila losgehen, doch Nele kam aus der Box gesprungen und drückte Mark zurück auf den Strohballen. „Lass Mila in Ruhe. Und behalte deine Scheißkommentare bei dir, wenn du keine Ahnung hast!"

Mark packte seine Jacke und brüllte: „Ich hatte sowieso keinen Bock auf eure kindische Party!" Und weg war er.

„Der spinnt manchmal. Nehmt das nicht so ernst", meinte Jakob entschuldigend. „Der hält den Druck, den unser Vater macht, einfach schlechter aus als ich. Na, egal." Er sah nachdenklich in die Ferne. Dann hob er seine Limoflasche und rief: „Heute wird gefeiert! Auf Marum, auf die Pferde, auf mutige Taten und wunderbare Wiedersehen. Und – nicht zu vergessen – auf mich, den Sieger des Turniers!"

„Ja, auf all das."

„Genau."

„Sehr richtig“, antworteten alle durcheinander und die Flaschenböden klackerten.

Mila schlich sich zu Adesso und Renate in die Box. Die beiden sahen sie neugierig an. Mila reichte jedem eine halbe Karotte, strich Renate die Mähne aus den Augen und zeichnete mit dem Zeigefinger Adessos Stern auf der Stirn nach. Dann lehnte sie sich an seinen Hals und flüsterte leise: „Und nächstes Jahr gewinnen wir das Marumer Springen, nicht wahr, mein Großer?“

Moment mal! – Um die Zeit würde sie schon gar nicht mehr auf *Inselglück* sein, sondern wieder zu Hause bei Papa, Mama und Aurelie. Doch dieser Gedanke fühlte sich gar nicht mehr rundum gut an. Sie merkte, dass das Pferdeinternat mittlerweile ihr neues Zuhause geworden war. Und Charly eine echt gute Freundin.

Und nächstes Jahr?

Das war noch lange hin.

Sehr lange.

Im Galopp zum Sieg

Pferde, immer nur Pferde!

Adessos Muskeln spannten sich, als er zum Sprung ansetzte. Das kleine alte Fischerboot, das dort am Strand lag, überwand er mühelos. Mila lächelte, als sie im nassen Sand landeten. Die Gischt der Wellen kühlte ihr Gesicht, als …

„Mila, passt du auf?"

Eine laute Stimme riss Mila aus ihren Gedanken. Sie blinzelte und sah sich verwundert um. Viele grinsende Gesichter blickten zurück. Verflixt, sie war nicht am Strand, sie saß bei Mister Green im Englischunterricht.

„Äh, wie bitte?", flüsterte sie.

Mister Green runzelte die Stirn. „Bitte übersetze uns den letzten Satz auf Seite 14."

Mila starrte auf ihr Buch. Der letzte Satz. Ach, das war dieser Kram von *Romeo und Julia: My only love sprung from my only hate; too early unknown and known too late!*

Oje, Mila hatte keinen Schimmer. *Love* hieß Liebe und … Zum Glück wisperte Jan ihr von hinten ins Ohr: *„So einzige Lieb aus großem Hass entbrannt …"*

Mila verstand nur die Hälfte und stotterte los: „So eine Liebe aus Hose sprang???“

Die Klasse prustete los. Selbst Mister Green konnte sich ein Schmunzeln nicht verkneifen. „Soso, da entspringt die Liebe also.“

Mila wurde knallrot.

Mister Green klopfte mit dem Stift auf seinen Tisch. „Please, boys and girls, wieder Ruhe. Und Mila, denk nicht so viel an Pferde. Wir haben jetzt Unterricht und du solltest wirklich mitarbeiten, wenn du deine Note bis zum Sommer noch verbessern willst!“

Mila nickte. Plötzlich ging die Tür auf. Franzi stapfte herein. Mehr als eine Viertelstunde zu spät. Sie huschte rasch auf ihren Platz. Die Tür ließ sie offen.

Mister Green hob eine Augenbraue. „Franziska, woher kommst du denn?“

Franziska stand auf. „Entschuldigung, Mister Green, ich musste noch ganz kurz zu Black Velvet …“

Mister Green seufzte. „Immer diese horses. Englisch ist wichtig, Franziska. And now, please …“, er zeigte zur offenen Tür, „shut the horse.“

Jakob und Mark prusteten laut los, der Rest der Klasse gluckste vor sich hin. Während Franzi nur erstaunt aufsah, stand Jan auf, um die Tür zu schließen. Als er ein leises Wiehergeräusch dabei machte, war es auch um Mila geschehen. Die ganze Klasse kicherte.

Mister Green seufzte erneut. „Never, never werdet ihr auch nur das kleinste bisschen Englisch lernen.“

Selbst nach fünf weiteren anstrengenden Unterrichtsstunden war Mila die gute Laune geblieben. Michel hielt ihr und Charly – wie ein echter Gentleman – die Tür des alten Backsteingebäudes auf, in dem der Unterricht stattfand. „Ihr werdet niemals Englisch lernen. Never, never!", ahmte er den verzweifelten Mister Green lachend nach und raufte sich die kurzen braunen Haare.

Mila grinste. Dann verzog sie ihren Mund. „Er hat gar nicht so unrecht. Mein Englisch ist echt mies, das wird nie was. Im ersten Test hatte ich eine Fünf. Wenn ich den nächsten auch vermassele … Ich mag gar nicht daran denken."

Charly kicherte. „Ach was. Englisch ist gar nicht so schwierig."

„Du hast leicht reden", grummelte Mila und bemühte sich, nicht auf die vielen Gänseblümchen zu treten, die ihre Köpfchen aus den Ritzen des alten Kopfsteinpflasters streckten. „Du hast das ja anscheinend mit der Muttermilch eingesogen und kannst alles fast im Schlaf. Genau wie Jan. Aber der ist wenigstens Sohn einer Engländerin. Warum bist du eigentlich so gut darin, Charly?"

Ihre Freundin wurde rot. „Quatsch, kann ich doch gar nicht", wiegelte sie ab und sah auf ihre Uhr. „Ach herrje, los, los – noch zwei Minuten bis zum Essensgong!"

Sie begannen zu rennen. Wer nicht rechtzeitig am Tisch saß, bekam einen tadelnden Blick von Frau

Käthe, der lieben, kugelrunden Internatsköchin. Und wenn man Pech hatte, musste man auch noch den Speisesaal fegen.

Nach ein paar Schritten bog Michel in Richtung der Ställe ab.

„Isst du nicht mit uns?“, fragte Mila erstaunt.

Michel schüttelte den Kopf. „Nein, ich grille heute mit meinem Vater. Wir sehen uns später. Guten Appetit!“

Michels Vater war der Stallmeister im *Pferdeinternat Inselglück*. Mila mochte ihn gern. Er war auf der Insel geboren und lebte mit seinem Sohn nun in einer der Lehrerwohnungen. Man traf ihn fast immer in den Ställen oder auf dem Gelände an und Mila wusste, dass er manchmal sogar die Mahlzeiten mit Michel im Stall einnahm. „Es geht nichts über eine Käsestulle mit dem Duft von Pferdeäpfeln in der Nase“, pflegte Michel grinsend zu sagen.

Mila lächelte, als sie daran dachte. Dann beeilte sie sich, Charly zu folgen.

Auf dem Speiseplan standen heute Spaghetti mit Lachs.

„Hm, es gibt mein Lieblingsessen“, schwärmte Charly.

Mila nahm sich eins der grünen Tabletts und stellte sich in die Schlange. „Charly, du behauptest doch jeden Tag, es gäbe dein Lieblingsessen.“

Da steckte Frau Käthe ihren Kopf durch das Fenster der Essensausgabe. „Das ist auch gut so“, sagte sie.

Ihre kunterbunte Schürze mit Pferdeköpfen darauf – ein Geschenk der Internatsschüler, vermutete Mila – spannte sich über ihrem runden Bauch, auf den sie jetzt liebevoll klopfte. „Gutes Essen hält Leib und Seele zusammen. Und ich koche doch gut oder –" Sie sah Mila entsetzt an. „Oder schmeckt es dir etwa nicht, meine Liebe?"

Mila nickte schnell. „Doch, natürlich, Frau Käthe, Ihr Essen ist wundervoll!" Und das war ihr absoluter Ernst. Sie hatte sich sehr vor fürchterlichem Kantinenessen gefürchtet, als sie vor einigen Wochen hier ins Internat gekommen war. Man hörte ja schreckliche Dinge über Großküchen. Doch alles, was Frau Käthe kochte, schmeckte stets hervorragend. Jetzt lächelte sie beschwichtigt und häufte den Mädels eine extragroße Portion Spaghetti auf die Teller.

Mit sehr zufriedenem Gesicht setzte Charly sich an einen freien Tisch. „Du magst das Essen doch wirklich, oder?", fragte sie Mila misstrauisch. Sorgfältig entfaltete sie ihre Serviette und legte sie über ihre Knie, bevor sie elegant einige Spaghetti auf ihre Gabel drehte und sie zum Mund hob.

Mila bejahte, während sie verzweifelt versuchte, die widerspenstigen Nudelfäden aufzudrehen. „Auf jeden Fall. Es ist viel besser als das Essen meiner Mutter. Sie ist zwar eine gute Ärztin, aber halt keine gute Köchin."

„Hoffentlich kocht sie nicht für die Menschen in Kenia", meinte Charly.

„Du liebes bisschen“, gab Mila entsetzt zurück. „Sie soll die Menschen dort gesund machen und nicht krank!“

Milas Eltern waren als Ärzte zu einem einjährigen Einsatz nach Kenia aufgebrochen, was der Grund für Milas Aufenthalt im Internat war. Leider war das Programm im März gestartet und Mila hatte mitten im Jahr die Schule wechseln müssen. Zunächst wollte sie nicht wirklich gern ins Internat, aber zum Glück hatte sie rasch Freunde gefunden und auch das Springreiten machte ihr inzwischen richtig Spaß.

Nach dem Essen gab es eine einstündige Mittagsruhe, die jeder nutzen konnte, wie er wollte. Mila putzte gemeinsam mit Nele ihre Reitstiefel.

„Du hast dich gut eingelebt, nicht wahr?“, sagte Nele freundlich. Das war nicht selbstverständlich, manchmal konnte Milas Zimmergenossin sehr zickig sein. Aber seit Mila Nele geholfen hatte, ihr geliebtes Pferd Fairy zurückzubekommen, war Nele ihr gegenüber wie ausgewechselt.

„Ich hab's mir viel schlimmer vorgestellt“, gab Mila zu. „Aber jetzt, wo ich alles kenne und mich an die vielen Termine gewöhnt habe, ist es viel leichter geworden.“

Nele nickte. „Apropos Termine, heute kommen Luke und Tamara zusammen zum Training, hast du das gewusst?“

Mila sah erstaunt auf. „Nein, warum denn?“ Normalerweise fand das Training nur mit einem ihrer Reitlehrer statt.

„Ich denke, es geht um die Reitprüfungen Mitte Mai“, vermutete Nele.

Mila seufzte. Sie hatte schon davon gehört. Prüfungen gehörten nicht zu ihren Stärken, sie war schrecklich nervös davor. Nele deutete ihr Seufzen falsch und meinte: „Du startest ja nicht in unserer Kategorie. Du machst ja zunächst mal die E-Klasse, weil du erst mit dem Springreiten angefangen hast. Da sind die Hindernisse noch nicht so hoch.“

Zum Glück, dachte Mila.

Nele stellte ihre glänzenden Stiefel auf den Boden und begann, sich umzuziehen. „Na komm“, sagte sie. „Auf geht's.“

Prüfungen und andere Sorgen

Als Mila in ihre Reithose geschlüpft war und die Stiefel angezogen hatte, griff sie ihre Jacke und lief zusammen mit Nele zum Stall.

Nele steuerte sofort Fairys Box an. Ihr Pferd begrüßte sie mit einem leisen Wiehern. Dagegen klang Adessos Begrüßung wie ein heiseres Husten. Mila lachte. „Na, du Witzbold?“ Sie streichelte sein warmes Fell und gab ihm einen Kuss auf die Nase. „Hast du Lust auf Training?“, fragte sie. Adesso schnaubte. „Sehr schön, jetzt geht's nämlich richtig los mit dem Springen – wir müssen gut genug für die Prüfung werden“, erklärte Mila ihm und wusste gar nicht so genau, wie sie das selbst finden sollte.

Luke und Tamara warteten schon, als Mila und die anderen sich am Reitplatz einfanden. Die elegante Reitlehrerin stand auf einem umgedrehten Eimer als Podest. Sie betrachtete ihre Schüler eingehend, bis alle still waren.

„Liebe Reitschüler“, begann sie förmlich, „schon sehr bald steht euch die nächste Springreitprüfung bevor. Ihr werdet alle in der A-Klasse antreten, bis auf Mila, die in der E-Klasse startet. Es handelt sich um ein Stilspringen, wie ihr wisst, kommt es dabei nicht nur auf Fehler und Zeit an, sondern hauptsächlich auf den Stil: korrekter Sitz, Rhythmus, Linienführung. Ab heute wird der Unterricht auf die Prüfung zugeschnitten, das heißt, wir üben die geforderten Hindernisse ausführlich. Einigen von euch wird es nicht schwerfallen“ – hier warf sie einen schnellen Blick auf Nele und die Zwillinge Mark und Jakob – „andere werden hart an sich arbeiten müssen. Denn natürlich müsst ihr nicht nur das Pferd trainieren – euch selbst müsst ihr ebenso fordern. Ohne einen guten Reiter kann das beste Pferd nicht gut springen.“

Mila kaute auf ihrer Unterlippe. Tamara konnte einem echt Angst machen. Oder sollte das etwa eine ermutigende Ansprache sein? Dann lag sie weit daneben, fand Mila. Adesso spürte ihre Anspannung und stupste ihr freundschaftlich in den Rücken. Mila stolperte einen Schritt nach vorne und wurde rot. „Ähm, 'tschuldigung!“, murmelte sie.

Tamara beachtete sie gar nicht. „Ich brauche wohl nicht extra zu erwähnen, dass die Ergebnisse der praktischen Prüfung maßgeblich für die Zeugnisnoten sind, oder? Also strengt euch an! In der mündlichen Note wird übrigens berücksichtigt, wie viel Einsatz und Trainingszeit ihr investiert habt.“

Mila seufzte. Das mit dem Einsatz hatte Tamara sicher nur für sie gesagt. Es sollte vermutlich bedeuten, dass Mila die Prüfung nicht schaffen würde und wenigstens mündlich eine gute Note bräuchte …

Tamara stieg vom Eimer hinunter und gab erste Anweisungen.

Charly flüsterte Mila zu: „Du guckst, als wärst du in Pferdemist getreten. Was ist los?"

Mila zuckte mit den Schultern. „Ach, mir graut es vor Prüfungen. Außerdem fehlt mir immer noch so viel Technik. Warum muss man eigentlich ständig Prüfungen und Tests und sonst noch was machen?"

Charly grinste. „Na komm, das wird schon. Du hast ja auch noch mich und die anderen. Wir helfen dir!"

Gleichzeitig schnaubte Adesso Mila genau ins Ohr. Das war so laut und nass, dass Mila quiekte.

„Mila, konzentrieren, bitte!" Tamara sah sie streng an.

Aber Luke lachte. „Wir fangen ja gleich an, dann verfliegt die Anspannung. Tamara und ich beobachten euch heute noch einmal gemeinsam und beurteilen dann, wer welche Dinge gesondert üben muss. Ach ja, und ihr bekommt ab nächster Woche zusätzlich Yoga-Unterricht."

Jakob rief: „Für uns oder die Pferde?"

Luke schmunzelte. „Ich würde Windfuchs zu gern im Lotussitz sehen, Jakob. Aber wir fangen mal mit den Schülern an."

Der Parcours war großzügig angelegt. Tamara sprach alles mit ihnen durch und ließ die Schüler zunächst selbst entscheiden, in welcher Reihenfolge sie über die Hindernisse reiten wollten. Dabei blieb sie mit Luke als stiller Beobachter am Rand.

Als Mila an der Reihe war, stieg sie nervös auf. Das war ja jetzt schon wie eine Prüfung! Sie konnte Prüfungen nicht leiden. Wo blieb da der Spaß an der Sache? Adesso tänzelte. „Konzentrieren, Adesso!", flüsterte Mila ihm ins Ohr. Doch es half nichts. Natürlich spürte er Milas Anspannung und zuckte nervös mit den Ohren. Zum Glück wurde es etwas besser, als sie antrabten. Mila fühlte Adessos gleichmäßigen Rhythmus und ließ sich in seinen Takt einfallen. Schon sprangen sie mühelos über den ersten Steilsprung. Dass die Landung technisch nicht gut war, merkte Mila selbst, aber es machte ihr gar nichts aus. Springen war einfach ein Riesenspaß! Lächelnd ritt sie weiter und überwand mit Adesso die anderen Hindernisse. Dann wollte Mila den Oxer nehmen. Doch was war das? Scheinbar hatte Adesso etwas Interessantes erspäht, denn plötzlich zog er zur Seite! Mila hatte nicht aufgepasst und ließ überrascht zu, dass ihr Hengst zu Vanilla trabte. Neugierig beschnupperten die Pferde sich. Mila schaute so verdutzt drein, dass die anderen Schüler zu kichern begannen.

Kleinlaut sah Mila zu den Reitlehrern hinüber. Tamara hatte die Stirn gerunzelt, aber Luke lachte nur. „Das hast du schon sehr gut gemacht, Mila, aber du solltest Adesso zeigen, dass er ein Pferd und kein störrischer Esel ist."

Mila nickte. Wie gut, dass Luke immer so locker war. Sie stellte sich an die Seite zu Michel. Eigentlich war sie ganz froh, dass Adesso verweigert hatte – seit er beim Marumer Springen eine Stange gerissen hatte, jagte der Oxer Mila einen Heidenrespekt ein. Sie wollte einfach nicht, dass Adesso sich verletzte! Gedankenverloren betrachtete sie Nele, die ihr Pferd mit ernstem Gesicht zum Parcours lenkte.

„Wie konzentriert sie immer ist", stellte Mila bewundernd fest.

Michel warf ihr einen amüsierten Blick zu. „Jeder hat seine Schwächen", erwiderte er.

„Ach, und was sind Neles?", fragte Mila, die sich wirklich nicht vorzustellen vermochte, was die perfekte Nele hier noch groß zu lernen hatte.

„Schau sie doch an", sagte Michel leise. „Sie ist viel zu ehrgeizig und verbissen. Das macht steif und verkrampft."

Mila sah zu, wie Nele den Oberkörper vorm Hindernis nach vorne bewegte und sich in den Entlastungssitz begab. War das wirklich steif? Für Mila wirkte es eher wie vollkommene Körperbeherrschung. Das würde sie niemals lernen.

„Und irgendwas stimmt auch mit Fairy nicht", brummte Michel.

„Ach was", meinte Jakob, der neben ihnen stand und Michels letzte Bemerkung offenbar gehört hatte.

„Fairy muss sich erst wieder an das Training gewöhnen. Das wird schon!“

Mila dachte an die letzten Wochen zurück. Da hatte sie herausgefunden, dass Neles Eltern ihr Pferd vor einigen Monaten wegen finanzieller Probleme hatten verkaufen müssen. Daher hatte es lange in einem Gestüt auf dem Festland gestanden, wo es nicht geritten worden war, weil es niemanden an sich herangelassen hatte. Fairy hatte unter der Trennung ebenso sehr gelitten wie Nele, die sich aus Verzweiflung verschlossen und unfair verhalten hatte. Als Mila und Charly Fairy entdeckt hatten, war sie vor Kummer ganz abgemagert gewesen. Der neue Besitzer hatte die Stute gern zur Pflege an das Pferdeinternat gegeben, wo sie schnell aufblühte. Da dies jedoch erst ein paar Wochen her war, hatte Fairy natürlich noch nicht zu ihrer ursprünglichen Topform zurückgefunden.

Doch Michel wiegelte ab. „Nein, da ist noch etwas anderes mit Fairy. Ich weiß nur grad nicht was …“

Jakob klopfte ihm lachend auf den Rücken. „Du bist und bleibst ein Pessimist, Kumpel!“

Michel sah ihn genervt an. „Vielleicht ist es einfach ein bisschen viel des Guten. So ein Pferd kann ja nicht nach zwei Wochen schon wieder olympische Leistungen bringen – man muss auch Rücksicht auf die Tiere nehmen!“, sagte er laut.

In diesem Moment tauchte Nele neben ihm auf. Sie hatte den Parcours beendet und Michels letzte Worte gehört. Nun lächelte sie spöttisch und meinte: „Weil du ja auch so ein Experte für Springpferde bist. Hast du überhaupt jemals ein Hindernis übersprungen?“

Michel wurde rot. Mila schaute ihn mitfühlend an. Er sah aus, als wisse er nicht, ob er wütend oder beschämt sein sollte. Nach einem kurzen Moment wandte er sich einfach um und ging weg. Dabei streifte er Mila mit einem Seitenblick, der sie zusammenzucken ließ. Sie wollte ihm nachlaufen, aber aus irgendeinem Grund blieben ihre Füße stehen. War er nicht tatsächlich sehr anmaßend gewesen? Er nahm gar nicht an den Reitstunden teil und wusste nicht, wie es war, mit einem Pferd zu springen. Wie konnte er da Nele so kritisieren? Aber Nele hatte sich dennoch fies verhalten und eigentlich wusste Mila nur zu genau, dass sie Michel hätte beistehen müssen. Sie seufzte. Musste denn immer alles so kompliziert sein?

Erst als die Reitstunde vorbei war, alle ihre Pferde versorgt hatten und der Stall sich langsam leerte, machte Mila sich auf, um Michel zu suchen. Ganz am Ende des Stalls gab es einen kleinen Büroraum, in dem Michels Vater sich oft aufhielt. Mila sah Licht und ging darauf zu. Da entdeckte sie Michel, der neben der Tür stand. Warum ging er nicht hinein? Er stand mit dem Rücken zu Mila, sodass sie seinen Gesichtsausdruck nicht erkennen konnte, aber es wirkte, als ob er lauschte. Jetzt hörte auch Mila die Wortfetzen aus dem Büro. Anscheinend telefonierte Herr Gründgen.

„Nein, kein Problem … die Rate wird bald überwiesen … ja, ich stehe dafür ein … nein … muss erst auf den Geldeingang warten … in zwei Tagen … bitte nicht … ich brauche das aber …"

Milas Magen zog sich zusammen. Das hörte sich nicht gut an. Es ging offenbar um Geldschwierigkeiten. Sie wollte nicht lauschen und trat leise den Rückzug an. Doch sie stieß an eine Trense, die an der Wand hing, und das leise Klimpern verriet sie – Michel drehte sich zu ihr um. Sein Gesicht verfinsterte sich.

„Du lauschst?", fragte er. Sein Blick war unerwartet kühl.

„Du doch auch", gab Mila wütend zurück.

Da wandte Michel ihr den Rücken zu und betrat das Büro. Die Tür schloss er betont kräftig.

Mila biss sich auf die Lippe. Warum stand *sie* jetzt als die Böse da? Sie hatte doch gar nichts getan!

Während Mila langsam zu ihrem Zimmer ging, grübelte sie vor sich hin. Hatte Herr Gründgen wirklich Geldsorgen? Und was bedeutete das? Michel aß schon seit Tagen nicht mehr mit in der Mensa. Ob das für die Gründgens extra kostete? Ob Michel wohl für den normalen Unterricht bezahlen musste?

Zum Glück saß Nele auf ihrem Bett.

„Nele, weißt du, ob externe Schüler für den Unterricht hier bezahlen?", wollte Mila angespannt wissen.

Nele sah verwundert auf. Dann widmete sie sich wieder ihrer Nagelfeile und murmelte: „Schulunterricht ist umsonst. Aber Reitstunden kosten. Zahlst du etwa nicht?"

Mila wurde rot. Sie hatte keine Ahnung. Ein Stipendium wie Nele hatte sie nicht, also bezahlten ihre Eltern vermutlich die Reitstunden und auch für Adesso und Renate und die Mensa – meine Güte! Mila wurde bewusst, wie teuer das alles sein musste. „Weißt du, ob die Lehrer für Wohnungen und Essen bezahlen müssten? Und die Gründgens auch?", fügte sie leise hinzu.

Nele hob eine Augenbraue. „Na, davon gehe ich doch mal ganz stark aus. Warum sollten die umsonst wohnen? Sie erhalten für ihre Arbeit einen ganz normalen Lohn, also müssen sie auch Miete zahlen. Wie jeder andere auch."

Mila seufzte. Da war wieder dieser zickige Unterton. Neles Eltern waren früher wohlhabend gewesen, dann jedoch pleitegegangen. Das nagte immer noch an Nele und man konnte wirklich sehr schlecht mit ihr über Geld reden.

Für heute reichte es Mila und sie griff nach ihrem neuen Krimi. Endlich mal an etwas anderes denken als an Pferde, Freunde und Prüfungen!

Süßes und Saures

Die nächsten Tage vergingen mit sehr viel Training. Luke und Tamara hatten Übungspläne aufgestellt, die sogar an den Wochenenden doppelte Einheiten vorschlugen. Diese waren zwar nicht verpflichtend, aber selbstverständlich wollte jeder Schüler zeigen, dass er sich anstrengte. Eines Abends ließ sich Mila erschöpft auf das Sofa im Gemeinschaftsraum fallen.

„Mir tun alle Knochen weh", seufzte sie.

Franzi plumpste neben sie. „Ach, morgen haben wir Yoga, das hilft bestimmt", meinte sie. Sie legte ihre langen Beine, die mal wieder in engen schwarzen Jeans steckten, auf den Couchtisch.

„Füße runter, Blacky!", rief Jakob und stellte einen Haufen Bücher auf den Tisch.

Mila zog erstaunt die Augenbrauen in die Höhe. „Warum schleppst du denn deine Schulbücher an?"

„Bald kommt die Klausurenwelle", sagte Jakob. „Irgendwann muss man ja mal anfangen."

Nele stimmte ihm zu: „Wer gute Noten haben will, sollte früh beginnen."

Mila sah sie zweifelnd an. „Bis dahin sind es noch zwei Wochen."

Da entdeckte sie, dass auch Mark und Nele Bücher dabeihatten. Sie sprang auf. „Stopp!", schrie sie entsetzt. „Okay, okay. Ich sehe ja ein, dass wir neben dem superanstrengenden Training auch noch den Kopf füllen müssen. Aber nicht heute, ja? Bitte, lasst uns heute noch einmal einen DVD-Abend ohne Bücher machen." Sie schlug die Hände zusammen und flehte: „Bitte, bitte, bitte!"

Jakob lachte. „Ist ja schon gut! Also los, suchen wir einen Film aus. Aber nicht schon wieder *Nordsturm*. Und wer holt das Popcorn?"

„Ich!", riefen Charly und Mila gleichzeitig und machten sich auf die Socken.

Sie waren kaum auf dem Flur, da vernahmen sie laute Schreie aus der Küche. Sofort rannten sie los. Mila öffnete die Tür – und vor ihr bot sich ein seltsames Schauspiel: Isa stand mit hochrotem Kopf vor einem großen Topf auf dem Herd, aus dem knallend Popcornkörner hervorschossen. Sie hatte den Kopf eingezogen, um nicht getroffen zu werden, und versuchte gleichzeitig, mit den Händen die aufpoppenden Bällchen zu fangen.

Mila und Charly sahen ihrem irren Gehüpfe perplex zu. Und als dann Frau Käthe sie auch noch von hinten zur Seite schob und ein empörtes „Herrschaftszeiten!" donnerte, konnten sie nicht mehr. Sie lachten und lachten, bis ihnen die Tränen die Wangen hinunterliefen. Vor ihnen sah Isa mit ängstlichem Blick zur herbeirauschenden Frau Käthe, die beherzt den Deckel auf den Topf setzte, den Topf vom Herd zog und ihn ausschaltete. Kopfschüttelnd sah sie erst Isa an, dann die vielen klebrigen Popcornbällchen und die verschmierte Küche. „Ja, hast du den Zucker schon vorher reingetan?", fragte sie entsetzt.

Isa nickte. „Muss doch süß sein", wisperte sie mit gesenktem Kopf.

Mila und Charly quietschten wieder los. Frau Käthe wedelte sie mit den Händen aus der Küche. „Raus hier. Raus, alle drei! Oh, ihr macht meine letzten Locken grau! Ihr chaotischen Mädels. Raus!"

Die Mädchen stolperten aus der Küche und japsten nach Luft. Mila konnte immer noch nicht aufhören zu lachen. Endlich stimmte auch Isa mit ein und ließ ihr ansteckendes Gekicher hören. Auf dem Weg zum Fernsehraum genügte ein gewispertes „Herrschaftszeiten", um erneut einen Lachflash zu verursachen. Während des ganzen Films gluckten sie immer wieder und bemühten sich nur um freundliche Ernsthaftigkeit, als Frau Käthe schließlich eine große Schüssel Popcorn brachte und sie streng ansah.

„Vielen Dank, Frau Käthe", sagte Isa. „Und Entschuldigung noch mal."

Frau Käthe lächelte beschwichtigt. Und bemerkte zum Glück beim Hinausgehen nicht mehr, wie Mila „Muss doch süß sein!" flüsterte und die anderen sich die Tränen aus den Augen wischen mussten.

Tags drauf begann der Unterricht tatsächlich mit einer Yoga-Stunde. Da sie zur Schulzeit stattfand, mussten alle Schüler daran teilnehmen, auch die externen. Mila war gespannt. Eine junge Aushilfslehrerin stellte sich vor und zeigte ihnen gleich eine Übungsreihe, die „Sonnengruß" hieß. Mila bemühte sich, ihre grazilen Bewegungen nachzuahmen, scheiterte jedoch meist kläglich. Den anderen erging es offensichtlich nicht besser, denn die Übungen wurden bald von einmütigem Seufzen und Stöhnen begleitet.

„Das soll helfen?", keuchte Mila, als sie versuchte, in Liegestütz-Position ihr linkes Bein wieder nach vorne zu wuchten.

Sie blickte zu Michel, doch der reagierte nicht. Mila hatte seit dem unschönen Vorfall noch nicht wieder mit ihm gesprochen. Klar, sie sagten „Hallo" und „Tschüss" zueinander, aber sie hatten kein weiteres Wort gewechselt. Er war ja schon immer eher ein stiller Typ gewesen, aber seit dem Zoff im Stall sprach er kaum noch mit jemandem. Auch nicht mit Mila. Dabei mochte sie Michel so gern – er hatte sie in den ersten Wochen oft begleitet und war stets in ihrer Nähe geblieben. In der kurzen Zeit war Michel ein richtig guter Freund geworden. Sie nahm sich vor, nach der Schule mit ihm zu reden.

Leider ging der Vormittag nicht weniger anstrengend weiter: In der zweiten Stunde musste Mila erneut aufstöhnen, denn Tante Caro überraschte alle mit einem Probetest. „Der Test dauert zwei Stunden", verkündete Milas Tante, während sie die Blätter austeilte. „Ich habe mich mit den anderen Lehrern abgesprochen: Aus jedem Fach findet ihr drei Fragen. Der Test wird auch benotet, damit ihr euch einschätzen könnt, aber die Noten fließen nicht in die Zeugnisnoten ein. Und wir gehen ihn im Unterricht hinterher in Ruhe durch. Es geht vor allem darum, dass ihr selbst merkt, wo eure Lücken sind und wo ihr noch Lernbedarf habt."

Mila begann mit einem mulmigen Gefühl und vermutlich erging es den anderen ebenso. Alle kritzelten zunächst eifrig los, bald jedoch starrten viele nur noch angestrengt auf die Fragen. Mila sah sich verzweifelt um. Nur Nele und die Zwillinge schrieben noch. Und natürlich Michel. Die anderen Schüler – auch die Inselkinder – schienen aufgegeben zu haben.

Nach eineinhalb Stunden durften die externen Schüler in die Pause gehen, nur die Internatsschüler mussten noch die Reitfragen beantworten. Mila beneidete die anderen – und sie sah Michel betrübt hinterher. Jetzt konnte sie wieder nicht mit ihm reden.

Als Mila eine halbe Stunde später den Test abgab, hatte sie zwar alle Aufgaben bearbeitet, aber sie ahnte, dass garantiert nicht alles richtig war.

„Also meine Lernlücken kenne ich jetzt sehr genau", ächzte Franzi, als sie in die Pause gingen.

„Lücken?", meinte Mila. „Bei mir sind es tiefe

Schluchten! Bei den Reitfragen wusste ich zum Teil nicht mal, worum es überhaupt ging!“

Jan stieß zu der Mädchengruppe und sah Mila aufmunternd an. „Ach was, das hast du sicher schnell drin, wenn du erst einmal anfängst.“

Mila lächelte dankbar. Jan war einer der externen Schüler des Internats. Er nahm nur am normalen Schulunterricht teil und nicht an den theoretischen und praktischen Reitstunden. Mila fand ihn nicht nur nett, sondern auch verflixt süß. Heute trug er einen weißen Wollpulli, der super zu seinem blonden Haarschopf aussah. Jetzt blitzten seine braunen Augen sie charmant an. In Milas Magen kribbelte es.

„Bei den Reitfragen kenn ich ja euren Stand nicht“, scherzte Jan, „aber in Englisch kann ich dir sicher helfen.“

Mila lachte. „Warte nur, ich werde darauf zurückkommen und du wirst noch verzweifeln an mir.“

Jan zwinkerte. „Das glaube ich kaum, my dear!“

Freunde sind füreinander da

Nun waren also nicht nur die Nachmittage mit dem Reitunterricht anstrengend, sondern auch die freien Zeiten, weil sie zum Lernen gebraucht wurden. Mila nutzte jede freie Minute, um sich zu Adesso und Renate auf die Koppel zu stehlen. Das kleine Appaloosa-Pony war stets in Adessos Nähe – ohne Renate wäre Adesso gewiss nicht glücklich im Pferdeinternat geworden. Deshalb durften sie sogar zusammen in einer großen Box stehen. Jeden Tag besuchte Mila die beiden, um ein paar Streicheleinheiten zu verteilen – oder vielleicht auch, um selbst welche zu bekommen. Der vertraute Geruch von Adessos Fell tröstete und beruhigte Mila.

„Ach, Adesso“, seufzte sie. „Ich bin ja gern hier, aber manchmal wünschte ich, dass ich wieder daheim wäre.“ Sie lehnte sich gegen ihn und spürte, wie seine Wärme ihr wohltuend in die schmerzenden Schultern kroch. Plötzlich hörte sie etwas hinter sich. Es war Tini, die Mila sorgenvoll anschaute.

„Du gehst doch nicht wieder weg?“, flüsterte sie fragend.

Lächelnd nahm Mila ihre Cousine Tini in den Arm. Eine dicke Welle Familiengefühl schwappte durch ihren Bauch und sie schüttelte heftig den Kopf. „Auf keinen Fall, Tini. Ich bin doch total gern hier. Und außerdem könnte ich nie auf unsere schönen Teestunden verzichten!“

Tinis Gesicht hellte sich auf. „Ich hab da auch was“, sagte sie und zeigte Mila, was sie mitgebracht hatte. Im Gras stand ein kleiner Korb mit zwei Tassen und einer Thermoskanne darin. „Picknick!“, rief Tini strahlend.

Rasch machten sie es sich zwischen den Blumen am Wegesrand gemütlich und knabberten Frau Käthes himmlische Schokokekse zum Tee.

„Nachher verkleide ich Renate als Kirsche!“, verkündete Tini.

Mila prustete los. Sie kannte Tinis Vorliebe fürs Pferdetheater – sie verwandelte die kleine Renate ständig in Einhörner, Drachen oder Seepferdchen. Aber in eine Kirsche?

„Ich frage mich, wie, und ich frage mich, warum“, meinte Mila. „Oder sollte ich lieber erst gar nicht nachfragen?“

Tini blickte sie erstaunt an. „Aber bald ist doch das Kirschblütenfest. Dafür muss ich üben! Machst du denn gar nichts?“

Ach, das Kirschblütenfest! Das hatte Mila ganz vergessen. Charly hatte ihr erzählt, dass es nach der praktischen Reitprüfung ein Fest geben würde, um die Schüler für ihre Anstrengungen zu belohnen.

Passend zur Jahreszeit wurde es als Kirschblütenfest zelebriert.

Milas Stimmung hellte sich sofort auf. Das war mal was anderes als immer nur üben und lernen – da konnten sie Dekorationen basteln, Überraschungen ausdenken …

„Wir beide müssen unbedingt etwas zusammen machen", schlug Mila vor. „Hast du eine Idee?"

Die hatte Tini natürlich: „Ich reite als Kirschprinzessin auf Renate und verteile königliche Geschenke – du könntest mit mir die Geschenke basteln!"

Eifrig überlegte Mila mit ihrer Cousine, was sich gut dafür eignen würde, und sie entschieden sich schließlich für Kekse in Hufeisenform mit einer angehängten Kirsche. „So was gab es sicher noch nie", freute sich Tini.

Mila streichelte ihr zart übers Haar. „Gut, dass ich dich hab, kleine Tini", murmelte sie und fühlte sich plötzlich wieder sehr behaglich auf *Inselglück*.

Nachdem Tini gegangen war, lief Mila in den Stall. Sie wollte etwas aus dem Spind holen. Da entdeckte sie Michel. Er trat aus Fairys Box, drehte sich dann aber noch mal zu Neles Pferd um und betrachtete es gedankenversunken. Fairy stand öfter in der Box, um Ruhe zu haben. Mila wunderte sich: Was machte Michel dort? Mischte er sich schon wieder irgendwo ein? Oder wollte er Nele ärgern? Mila schüttelte sich, um diese Gedanken zu verscheuchen. Ach was. Michel liebte Pferde. Er mochte sich über Nele geärgert haben, würde das aber niemals an ihrer Stute auslassen. Mila räusperte sich und ging zu ihm hinüber.

Michel sah auf. „Ach, Mila“, sagte er und lächelte. „Wir sollten uns mal wieder normal benehmen, oder?“

Mila wurde rot. „Äh, ich glaube, ja. Ich weiß gar nicht genau, warum wir nicht mehr miteinander rumhängen. Du?“

Michel grinste. „Keine Ahnung.“

„Sollen wir Eis essen gehen?“, fragte Mila. Sie wusste, dass Michel für sein Leben gern Eis aß.

Aber Michel schüttelte den Kopf. „Mein Taschengeld ist schon aufgebraucht. Lass uns doch lieber den Großen beim Training zuschauen.“

Sie liefen hinaus und stellten sich hinter den Zaun. Auf dem Reitplatz übten die „Großen“, das waren die Schüler der älteren Jahrgänge. Inzwischen konnte Mila ganz gut erkennen, welche kaum sichtbaren Hilfen sie den Pferden gaben und wo ihre Schwächen und Stärken lagen. Sie bewunderte, wie gelassen und mühelos die Älteren bei den Sprüngen aussahen. Manche von ihnen trainierten jedoch genauso verbissen wie Nele.

„Das sieht nur noch nach Drill und nicht mehr nach Spaß aus“, murmelte sie nachdenklich.

„Fühlt es sich denn an, als ob du Adesso beim Springen drillst?“, fragte Michel.

Mila zuckte mit den Schultern. „Nein, aber ich bin ja auch noch nicht lange dabei.“

Ihr Reitlehrer Luke hatte sie am Rand entdeckt und trat nun zu ihnen. „Sieht ganz schön anstrengend aus, oder?", meinte er.

Mila fühlte sich ertappt. „Ja, ich meine, dieser Umgang mit den Pferden ist doch sicher okay … oder?"

Luke betrachtete die Reiterin, die gerade zum Sprung über den Oxer ansetzte. Ihr Gesicht war konzentriert und ernst. „Manchmal denke ich, es kann kein Springreiten auf gleichberechtigter Ebene geben. Ein Pferd ist als Freund immer unterlegen." Er lächelte Mila fast entschuldigend an. „Wenn Adesso manchmal seine kleinen Fluchten und Frechheiten braucht, lass ihn nur. Ihr beide habt eine ganz besondere Freundschaft, die hält das aus." Er nickte ihnen noch kurz zu und ging dann zurück zu seinen Schülern.

Mila sagte: „Er ist schon ein guter Lehrer, was denkst du?"

„Ist es wichtig, was ich denke?", fragte Michel und Mila wusste nicht, ob das ein Scherz oder eine ernst gemeinte Frage sein sollte.

„Natürlich", erwiderte sie.

„Ja, er ist super. Er hat mal zu mir gesagt, dass Springreiten, Dressur und alle anderen Sportarten immer der Wille des Menschen sind, nicht der des Pferdes. Aber er achtet sehr auf die Pferde, Mila. Er würde niemals Barren einsetzen, damit sie höher springen."

Mila nickte erleichtert. Sie fand es grausam, den Barren eines Hindernisses im letzten Moment anzuheben, damit das Pferd mit den Hufen daran schlug und beim nächsten Mal höher sprang. Wie gut, dass das hier ausgeschlossen war. Beruhigt drehte sie sich zu Michel. „So, jetzt muss ich Mathe lernen. Du willst mir nicht zufällig die Gleichungen noch mal erklären?“

Michel lachte. „Kein Problem, aber ich will ein Eis zur Belohnung!“

Da konnte Mila natürlich nicht Nein sagen.

Tatsächlich half Michel Mila jeden Tag. Mila staunte, wie leicht ihm der Stoff fiel. Er konnte sich alles sehr schnell merken und Mila die Dinge einfach und rasch erklären. In dem Übungstest hatte er eine Zwei plus geschafft, wobei er damals noch gar nicht angefangen hatte zu lernen! Milas Testnote war erheblich schlechter: Sie bekam eine Vier minus.

Mit so einer fiesen Note im Nacken fiel ihr das Lernen noch schwerer als sonst.

Dafür hatte sie in den Reitstunden Grund zum Jubeln. Gemeinsam mit Adesso machte sie riesige Fortschritte. Adesso setzte all ihre Hilfen und Wünsche gleich um und verstand sofort, wenn sie etwas Neues versuchen wollte. Sogar Tamara, die nur selten Lob verteilte, bezeichnete sie als „gutes Team“. Und dabei machte das Ganze Mila auch noch einen Heidenspaß! Glückselig trabte Mila an den Rand, um den Parcours für Charly freizugeben.

„Meine Güte, ist das super gelaufen“, japste Mila

freudestrahlend. „Ich liebe Springen. Dass ich damit nicht früher angefangen habe. Es ist wie Fliegen!"

Da bemerkte sie Jan. Normalerweise war er bei den Reitstunden nicht dabei, aber heute stand er als Zuschauer am Zaun. Verlegen strich Mila sich die Haare aus der Stirn. Jan sah umwerfend aus. Sie dagegen hatte ihre älteste Reithose an und war sicher komplett verschwitzt und zerzaust … Aber Jans Lächeln war warm und gar nicht abwertend, sodass Mila sich entspannte. Jan schwang sich über den Zaun und strich Adesso sanft übers Fell. Adesso schien es zu genießen und stupste Jans Schulter an. Mila lächelte.

Doch da meinte Jan plötzlich: „Dir macht das Spaß. Aber wer weiß, ob Adesso das genauso sieht. Du fliegst und er hat die Arbeit. Vielleicht findet er das nicht so lustig."

Mila fiel das Lächeln aus dem Gesicht. Einen Moment lang konnte sie kaum glauben, was Jan da sagte. Dann wurde sie wütend. Sie öffnete den Mund, um Jan anzufauchen, aber dann richtete Michel sich auf und verkündete laut: „Mila weiß schon, was sie tut. Und niemand hat einen besseren Kontakt zu seinem Pferd als sie." Er starrte Jan kühl an. Jan erwiderte den Blick kurz, dann drehte er sich weg.

Mila führte Adesso vom Reitplatz. Ihre Wut war verflogen. Stattdessen war sie verwirrt – warum war Jan plötzlich so unfreundlich? Und Michel hatte sie in Schutz genommen – obwohl sie ihn neulich so blöd hatte dastehen lassen. Und was war mit Adesso? Er hatte doch Spaß, oder? Seufzend lehnte Mila sich vor und strich ihm über den Hals. „Ach, Adesso, wenn du doch mit mir reden könntest.“

Eine Weile sah Mila den anderen noch zu. Aber irgendwie steckte der Wurm in diesem Tag. Als Charly an ihr vorbeiritt, rief Mila ihr zu: „Hey, Charly, wie perfekt du dasitzt! Richtig königlich, wink mal wie Kate!“ Doch statt zu winken und mit Mila zu lachen, fiel Charly in eine bucklige Haltung, warf ihr einen genervten Blick zu und ignorierte sie anschließend.

Als Nächstes war Nele an der Reihe. Offensichtlich war auch für sie kein guter Tag. Denn nachdem Fairy eine Zeit lang enorme Fortschritte gemacht und viel aufgeholt hatte, lief es in den letzten Reitstunden eher schlecht, das hatte auch Mila deutlich erkennen können. Nele reagierte ungeduldig und zog, schob und dirigierte Fairy, die aber immer langsamer wurde und schließlich einfach stehen blieb.

„Das kann doch nicht wahr sein!“, schimpfte Nele. Ohne auf Lukes Rufe zu hören, verließ sie den Reitplatz und brachte Fairy zurück zum Stall.

Mila folgte ihr. Vielleicht konnte sie Nele trösten. Doch als sie Adesso in die Box gestellt hatte und zu Nele hinüberging, stand Luke bereits bei ihr. Mila hörte, wie er sie tadelte: „Nele, du bist zu hart im Umgang. Hab Geduld. Fairy braucht Zeit und was sie auf keinen Fall braucht, ist eine ungeduldige Reiterin, die ihr Angst und Stress macht.“

Mila schaute Nele an. Bockig sah sie auf den Fußboden und rührte sich nicht, bis Luke den Stall verlassen hatte. Dann sank sie zu Boden, lehnte sich an die Boxentür und weinte.

Mila erschrak. Nele weinte fast nie. Rasch lief sie zu ihr, setzte sich neben sie und legte ihr den Arm um die Schultern. Nele schüttelte ihn ab. Aber Mila blieb einfach neben ihr sitzen.

„Geh", schluchzte Nele. „Geh! Halt dich fern von mir! Nun habe ich endlich mein geliebtes Pferd zurück und dann behandele ich es so – ich weiß nicht, was in mich gefahren ist. Ich bin furchtbar!"

Ganz vorsichtig legte Mila ihre Hand auf Neles Arm und streichelte ihn. „Es ist alles zu viel. Das Training, der Zeitdruck, die Prüfungen. Vielleicht solltest du mal etwas für dich tun. Etwas Schönes – für dich und Fairy. Zum Spaß ausreiten, vielleicht an den Strand. Ich könnte mitkommen."

Doch Nele reagierte gar nicht. Nach einer Weile hörte sie auf zu schluchzen und stand auf. „Danke", sagte sie knapp und begann, Fairy zu versorgen.

Mila seufzte und ging zurück zu Adesso. Kurz darauf hörte sie Michels Stimme. „Hey, Nele." Es blieb still, Nele antwortete nicht. „Nele, ich muss dir was sagen", fuhr Michel fort. „Ich hab das Gefühl, mit Fairy stimmt etwas nicht. Lass uns zusammen –"

„Sei still!", schrie Nele. „Seid alle still! Lasst mich in Ruhe!" Die Boxentür schlug auf und Mila sah Nele aus dem Stall rennen.

Mila beugte sich aus der Box. „Hey, Michel, mach dir nichts draus", tröstete sie ihn. „Nele hatte einen sehr schlechten Tag."

Michel lächelte halbherzig und schloss Fairys Box ordentlich. „Den hatte Fairy auch."

Zum Glück war wenigstens Charly beim Abendessen wieder normal. Sie lud Mila in ihr Zimmer ein und Isa holte einen Karton voller Süßigkeiten unter ihrem Bett hervor.

„Fressorgie", stöhnte sie.

„Du hast doch grad erst zu Abend gegessen!", rief Mila kichernd. Dann griff sie allerdings ebenfalls in den Karton und biss herzhaft in einen dicken Nuss-Schokoriegel. „Oh, das war dringend nötig", murmelte sie glücklich.

Charly steckte sich gleich zwei Pralinen in den Mund. „Auscherdem isch dasch Nervennahrung", nuschelte sie. „Mit vielen Vitaminen."

„Vitamine?" Franzi kam herein und sah sich misstrauisch um. Dann entdeckte sie die Schokolade. „Ach so, *diese* Vitamine!"

Genüsslich schmatzend lümmelten sie auf Isas und Charlys Betten und stöhnten ausgiebig über das viele Lernen. „Sollten wir Nele nicht holen?", fragte Charly plötzlich.

„Lieber nicht", meinte Mila. „Die hatte einen furchtbaren Tag. Ich geh nachher ja wieder zu ihr in unser Zimmer. Da tröste ich sie."

Die anderen nickten.

„Jetzt reicht es aber“, schrie Charly plötzlich. „Immer diese miese Stimmung. Kissenschlacht!“ Und schon bekam Mila das Kissen auf den Kopf. Im Nu war die schönste Schlacht im Gange. Isas rosige Pferdekissen und Plüschtiere flogen abwechselnd mit Charlys bestickten Seidenkissen um die Wette. Sie kloppten und lachten so lange, bis Tante Caro in der Tür stand.

„Was ist denn hier los?“, fragte sie streng. Doch als Mila sie fröhlich angrinste, meinte sie: „Ich sehe, ihr entspannt euch. Lasst euch nicht stören.“

Sie schloss die Tür.

Mila grinste. Ihre Tante war wirklich toll. Aber sie selbst war ausgepowert. Gemeinsam mit Charly versuchte sie noch eine Weile, die Schokoflecken aus den Betten zu entfernen, dann fiel jede todmüde in ihr eigenes Bett.

Schokokater und Schmetterlinge

Am nächsten Morgen hatte Mila Kopfweh.

„Zu viel Schokolade?“, fragte Charly mitfühlend auf dem Weg zum Unterricht.

Mila zuckte mit den Schultern – und stöhnte gleich wieder auf. „Eher totale Verkrampfung“, meinte sie. „Erst in den Schultern und jetzt auch noch im Kopf.“

Charly lachte. „Achtung, sie hat einen Schokoladenkater“, flüsterte sie, als Jan sich ihnen näherte.

„Ah, ich weiß, was da hilft“, sagte er und drehte gleich wieder ab.

Charly sah ihm belustigt nach. „Also, man könnte ja meinen, dass er sich reichlich intensiv um dich bemüht.“

Mila sah ihr rasch in die Augen. „Wie meinst du das?“

Charly grinste. „Na, irgendwie schaut ihr euch schon immer sehr interessiert an, nicht wahr, my dear?“

Mila stieß ihr den Ellbogen in die Rippen. „Ach, hör auf.“ Sie rieb sich den Kopf. „Na klar ist er nett.

Aber das sind die anderen auch. Jan ist nur etwas ... einfühlsamer. Hast du gesehen, wie er gestern Adesso gestreichelt hat?“ Mila erinnerte sich an den Moment und träumte eine Weile, bis Charly sie kichernd anstupste.

„Erde an Mila!“

Mila schüttelte den Kopf und zuckte sofort zusammen, weil die Schmerzen sich dadurch verschlimmerten. „Ich wollte nur sagen, dass er den Pferden immer so nah ist, irgendwie ...“ Sie verstummte, als Jan wieder zu ihnen stieß.

„Hier, trink das“, entgegnete er und reichte ihr einen dampfenden Becher. „Hab ich Frau Käthe abgeluchst.“

Mila schnupperte. Ah, das war der gute marokkanische Pfefferminztee, den Frau Käthe immer trank. Eigentlich durfte niemand daran, aber anscheinend ließ auch sie sich gerne mal von Jans Charme einwickeln.

„Danke!“, flüsterte Mila. Damit hatte sie überhaupt nicht gerechnet. Wie lieb von Jan!

Charly grinste so sehr, dass Mila fast erwartete, dass ihr gleich die Ohren abfielen. „Ich muss noch schnell was kopieren“, plapperte sie und bog dabei schon nach links ab. „Geht ihr schon vor. Ach ja, und Jan – Mila braucht dringend Hilfe in Englisch, falls du mal Zeit hast ...“

Weg war sie. Mila rollte die Augen. Auffälliger ging es ja nicht! „So viel Hilfe brauch ich gar nicht“, brummte sie und schlürfte vorsichtig an dem heißen Tee.

„Sicher?", fragte Jan. „Shakespeares *Romeo und Julia* liegt dir inzwischen also besser?"

Mila verzog das Gesicht. „Na ja, vielleicht wäre ein bisschen Hilfe doch nicht übel …"

Jan lachte auf. „Na, dann komm ich heute Abend mal vorbei, oder?"

Mila nickte. „Hm, das tut wirklich gut", sagte sie und erschrak sogleich. „Ich meine den Tee. Nicht dein Vorbeikommen. Also schon, aber …" Sie brach verlegen ab.

„Schon klar", erwiderte Jan. Aber sein Grinsen sprach Bände.

Der Tee tat Mila wirklich gut, aber leider half er nicht gegen die Kopfschmerzen. Während der morgendlichen Yoga-Stunde wurden sie sogar noch schlimmer. Verärgert ließ sich Mila auf den Rücken fallen.

„Hund, Kobra, was weiß ich", schimpfte sie. „Zu allem anderen auch noch Yoga, ich kann echt nicht mehr."

„Yoga soll dich entspannen und entkrampfen", meinte Isa, der die intensiven Übungen offensichtlich sehr leicht fielen. In ihren rosa Leggins mit den weißen Stulpen sah sie dabei außerdem noch richtig hübsch aus.

„Für so begabte Leute wie dich gilt das vermutlich wirklich", meckerte Mila weiter. „Mich stresst das nur."

„Du musst dich fallen lassen“, meinte Jan. „Du bist zu verkrampft.“

Mila starrte ihn an. War das jetzt sein Ernst? Eben war er so nett gewesen und jetzt wieder ein blöder Spruch?

„Verkrampft?“, wiederholte sie und merkte, wie die Wut in ihrem Bauch brodelte. „Ja, vermutlich bin ich verkrampft. Mein Hirn und mein Körper haben grad sehr viel Stress. Und durch Yoga und Pfefferminztee wird der wohl kaum verschwinden.“ Mila war jetzt so in Fahrt, dass sie den Rest fast schrie: „Aber vielleicht kann ich ihn verringern, indem ich mir keine blöden Tipps mehr geben lasse!“

Wütend stampfte sie aus dem Raum. Neben der Tür ließ sie sich auf den Boden plumpsen. Und schämte sich. Selbst wenn sie furchtbar wütend war, dauerte es meist nur kurz, bis sie sich wieder beruhigte – und dann stand sie vor dem Scherbenhaufen, den sie angerichtet hatte. Mila stöhnte. Hatte sie gerade wirklich Jan angeschnauzt? Der ihr doch vorher noch so freundlich seine Hilfe angeboten hatte?

Die Tür ging auf und Charly kam heraus. „Alles okay?“, fragte sie besorgt.

Mila nickte. „Guckt Jan wie ein wütender Stier?“

Charly schüttelte den Kopf. „Eher wie ein begossener Pudel.“

Da öffnete sich die Tür erneut und Jan schob sich hindurch. Er lächelte vorsichtig. „Sorry“, sagte er. „Das war 'ne blöde Bemerkung. Manchmal rede ich, bevor ich drüber nachdenke. Dafür bin ich wenigstens immer ehrlich ..."

Mila sah ihn kleinlaut an. „Ich glaube, ich bin diejenige, die sich entschuldigen muss. Tut mir leid." Sie holte tief Luft. „Magst du trotzdem heute Abend noch kommen?"

Jan nickte versöhnlich.

Mila seufzte erleichtert.

Und Charly grinste vor sich hin.

Pünktlich um halb sieben holte Jan sie vor der Mensatür ab.

„Wo lernen wir?", fragte er.

„In der Aula", brummelte Mila schlecht gelaunt. Ihre Kopfschmerzen waren zum Glück abgeklungen. Und sie freute sich auch, Jan zu sehen, aber viel lieber hätte sie sich auf ihrem Bett mit einem guten Buch einen ruhigen Abend gegönnt. Jan schien zu erraten, was sie dachte.

„Na komm schon, Julia", flötete er und griff nach ihrer Hand, die er sich theatralisch an die Brust drückte. „Willst du Romeo nicht ein Lächeln schenken?"

Milas Knie wurden weich. Vor Glück oder weil es so peinlich war? Sie entzog Jan ihre Hand und sagte kühl: „Mal sehen, werter Herr, ob Ihre Dienste tauglich sind. Wenn nicht ..." Sie drehte sich zur Seite und lief mit tänzelnden Schritten davon.

Das Rumgealbere half Mila, sich auf das Lernen einzulassen. Bald übte sie mit Jan die Vokabeln, dann die Übersetzungen und schließlich erörterten und deuteten sie den Text noch einmal.

„Great!", lobte Jan.

Inzwischen hatte auch Franzi sich ihnen angeschlossen und massierte Mila die verspannten Schultern.

„Ah, das tut gut", stöhnte Mila. „Ich glaube, für heute reicht es wirklich. Ich will nicht die ganze Nacht durchlernen."

Jan sprang auf und kletterte auf die kleine Bühne. Sehr gekonnt beugte er sich vor und hielt eine Hand vor die Augen.

„What light through yonder window breaks? It is the east, and Juliet is the sun!"

Lachend übersetzte Mila den altmodischen Satz – einer der wenigen, den sie im Original geübt hatten: *„Doch still, was schimmert durch das Fenster dort? Es ist der Ost, und Julia die Sonne!"*

Franzi und Jan klatschten.

„Ich danke dir, Jan", sagte Mila. „Ich habe echt viel gelernt! Mit dir macht das viel mehr Spaß als sonst. Und diesen Satz vergesse ich jetzt mein Leben lang nicht mehr!"

Das liebevolle Lächeln, mit dem Jan ihr antwortete, weckte kleine Schmetterlinge in Milas Bauch. Aus dem Augenwinkel nahm sie plötzlich eine Bewegung wahr. Jemand hatte an der Tür gestanden und entfernte sich nun lautlos. War das Michel gewesen? Warum kam er nicht herein? Immer musste er sich in letzter

Zeit so absondern! Noch bevor Mila weiter darüber nachdenken konnte, öffnete sich die Tür wieder und Frau Käthe kam herein. Vor ihrem Kugelbauch trug sie eine große Platte mit Kuchen und Obst.

Begeistert sprang Franzi ihr entgegen. „Ach, Frau Käthe, Sie sind die Beste!"

Jan, der immer noch auf der Bühne stand, verneigte sich und rief: „Was schimmert dort? Es ist das Obst, und Frau Käthe die Sonne!"

Franzi kicherte.

Frau Käthe zog eine Augenbraue in die Höhe, stemmte ihre rechte Hand in die Hüfte und strich sich mit der anderen das Haar aus dem Gesicht. Sie sah Jan lange an und sagte dann: *„Good night, good night! Parting is such sweet sorrow, that I shall say good night till it be morrow."*

Unter Franzis und Milas lautem Jubel stolzierte Frau Käthe hinaus. Jan war leicht rot geworden.

„Was ist? Was hat sie gesagt?", fragte Mila lachend.

Jan räusperte sich und übersetzte grinsend: *„Nun gute Nacht! So süß ist Trennungswehe …"*

Er wurde durch Milas und Franzis Kicheranfall unterbrochen, der so lange anhielt, dass Jan irgendwann schmunzelnd mit den Augen rollte, winkte und verschwand.

Erst die Prüfungen …

Den letzten Tag vor den schriftlichen Prüfungen verbrachte jeder auf seine Weise. Mila hatte eigentlich noch einmal alles mit Michel durchgehen wollen, aber der war einfach nicht aufzufinden. Da Sonntag war, gab es auch keinen Unterricht, in dem sie ihn hätte antreffen können. Nach dem Mittagessen floh Mila aus ihrem Zimmer, weil Nele ununterbrochen lernte und dabei so konzentriert aussah, wie es Mila wohl niemals sein würde. Charly war ausgeritten und so ging Mila zu Adesso und Renate in den Stall.

„Eigentlich müsste ich euch bewegen", seufzte Mila, während sie sich an Adesso schmiegte. „Aber ich muss unbedingt noch mal die Reitmappe durchlesen."

Renate stupste ihr von hinten in die Kniekehle.

„Hey!", lachte Mila, die einknickte und beinahe das Gleichgewicht verlor. „Ja, du bist auch gleich dran, mein Schatz", flüsterte sie und kraulte Renate. Seufzend sog sie den vertrauten Duft des Ponyfells ein. In diesem Moment hob Renate den Schweif und ließ ein paar klobige Äpfel zu Boden purzeln.

„Pfui, du Ferkel", rief Mila lachend. „So etwas macht man nicht beim Kuscheln!"

Als Antwort furzte Renate.

„Na, ihr habt ja lustige Gespräche", meinte eine ruhige Stimme. Mila erkannte sie und merkte, dass der freundliche Unterton sie sofort beruhigte.

„Hallo, Michel", sagte sie und drehte sich zu ihm um. Sie war wirklich froh, ihn zu sehen. „Lernst du gar nicht?", wollte sie wissen und merkte im selben Moment, wie blöd die Frage war. Michel konnte ja schon alles.

Er lächelte. „Nein, ich gönn mir einen Entspannungstag."

„Warum bist du gestern Abend nicht zu uns gekommen?", fragte Mila. „Ich habe dich an der Aulatür gesehen."

Michels Gesicht wurde ernst. „Ich wollte nicht stören."

„Du störst doch nicht!", beeilte Mila sich zu sagen.

Michel sah sie einen Moment lang nur an. Dann antwortete er: „Es schien dir so viel Spaß zu machen, mit Jan zu lernen. Mit mir gibt es da nicht viel zu lachen. Und ich wollte dir den Spaß nicht verderben."

Mila wusste zuerst nicht, was er meinte. Doch dann fiel ihr ein, wie sehr sie Jan gedankt und gelobt hatte. Sie blickte ertappt zu Boden. „Ich meinte das doch nicht im Vergleich zu dir. Es war einfach lustig. Mathe ist eben nicht lustig."

Michel nickte nur kurz. „Heute lerne ich jedenfalls

gar nichts mehr“, erwiderte er und Mila verstand, dass das eine klare Ansage war: Sie würde heute keine Hilfe von ihm bekommen. Sie atmete tief durch. Das hatte sie wohl verdient.

Aber Michel war offenbar nicht richtig sauer, denn er bot Mila eine andere Unterstützung an: „Soll ich Adesso rausbringen, damit er toben kann? Ich kann ihn auch ein bisschen an der Longe laufen lassen.“

Überrascht sah Mila auf. „Echt, würdest du das tun? Das wäre fabelhaft. Und nimmst du Renate auch mit?“

Michel lächelte. „Klar. Vielleicht hol ich mir Tini, dann kann sie sich um Renate kümmern.“

Dankbar lächelte Mila ihn an. „Dann geh ich jetzt lernen. Danke, Michel. Was für ein guter Freund du bist!“

Michel lächelte zurück – auf eine Art und Weise, dass Mila ganz warm ums Herz wurde. Ein kleiner Schmetterling zuckte in ihrem Bauch – aber dann schüttelte Mila schmunzelnd den Kopf und lief zu ihren Lernbüchern.

Beim Abendessen war Mila nicht die Einzige, die stöhnte.

„Ich kann gar nicht mehr richtig denken“, klagte Franzi. „Je mehr Dinge ich in meinen Kopf hineinstopfe, desto mehr fallen hinten wieder heraus.“

Rasch beugte Charly sich zur Seite und durchwühlte die Haare an Franzis Hinterkopf.

„Ich sehe nichts", scherzte sie.

Mila grinste.

„Lach du nur", beschwerte Franzi sich. „Ich weiß nicht mal mehr, ob ich gerne Rührei mag oder doch lieber Spiegelei. Und wenn ich nicht vernünftig esse, kann ich morgen nicht gut abschneiden. Argh!" Ihr Kopf sank auf die Tischplatte.

Mila fütterte sie mit Rührei. „Hier. Ich weiß zum Glück, dass du Rührei magst!"

„Nein, füttere mich nicht", sagte Franzi. „Sonst purzeln hinten die unregelmäßigen Verben raus."

Mila zuckte zusammen. Ach herrje! Die unregelmäßigen Verben – die hatte sie doch noch üben wollen! Nervös schob sie das Rührei auf ihrem Teller zusammen und aß es hektisch auf.

„Was ist?", fragte Charly.

„Ich muss noch was lernen", antwortete Mila kurz angebunden.

„Ach komm", meinte Charly. „Das nützt auch nichts mehr. Jetzt hilft nur noch ausruhen und dem Gehirn gutes Futter und guten Schlaf geben."

Mila schlug mit der Hand auf den Tisch, dass es klirrte. *„Dir* mag das helfen. Aber *mir* hilft das garantiert nicht. Ich *hasse* Prüfungen!"

Im Speisesaal war es still.

Mila sackte in sich zusammen. Na super, nun hatte sie sich auch noch bis auf die Knochen blamiert.

Charly klopfte ihr auf die Schulter und sagte gelassen: „Ganz ruhig, Brauner."

Das brachte Mila zum Lachen. Und es dauerte nicht lange, bis ihre Freunde und schließlich der ganze Saal erleichtert mitlachten.

Nach dem Essen nahm Charly Mila mit auf ihr Zimmer. Isa wollte duschen, so hatten sie ein bisschen Ruhe und hörten einfach nur Musik.

„Hast du einen Glücksbringer?", fragte Charly schließlich.

Mila nickte. „Die Hufeisenkette hier. Ich habe sie von meiner Mutter bekommen."

Charly lächelte. „Hast du ein Schwein, die kannst du ja sogar mit in die Prüfung nehmen."

„Wieso?", wollte Mila wissen. „Ist dein Glücksbringer so groß?"

Charly schüttelte den Kopf und grinste. Sie deutete auf das Bettende. Dort blitzte etwas Rosanes unter der Bettdecke hervor. Mila zog daran – und hielt einen putzigen pinken Schlafanzug in der Hand. Die kleinen Pferdchen, die darauf abgedruckt waren, sprangen und galoppierten durch Blumen und Elfen.

„Was ist das?", kicherte Mila.

Charly nahm den Anzug und drückte ihn an sich. „Der ist noch von meiner Herzogin-Tante. Wenn ich ihn abends vor Prüfungen oder Turnieren anziehe, bringt er mir Glück."

„Du hast eine Tante, die Herzogin ist?", unterbrach Mila sie erstaunt.

Charly strich sich lachend die Haare hinters Ohr.

„Nein, natürlich nicht!", rief sie so übermütig, dass Mila erschrocken zusammenzuckte. „Sie heißt nur Herzog mit Nachnamen."

Mila rieb sich das Ohr. Manchmal hatte Charly wirklich einen seltsamen Humor! „Na, zur Prüfung würde ich den auch nicht anziehen", meinte sie und gähnte. „Aber jetzt muss ich schlafen."

Froh über ihren kleinen Glücksbringer huschte sie über den Flur. Sie skypte noch kurz mit ihren Eltern, die ihr viel Glück für die nächsten Tage wünschten, und lag kurz darauf im Bett. Zunächst glaubte sie, nicht einschlafen zu können, aber dann nahm sie das Hufeisen zwischen Daumen und Zeigefinger und schlummerte gleich darauf ein.

Am nächsten Morgen trafen sich alle vor dem Frühstück im Stall. Sie hatten sich nicht verabredet – es wollte einfach jeder noch einmal mit seinem Pferd knuddeln und etwas Mut sammeln.

Nele holte sich einen Kuss von Fairy, Isa schnitt Melodie eine kleine Strähne aus der Mähne und steckte sie in ihre Tasche und Mila beobachtete doch tatsächlich, wie Franzi jeden Huf von Black Velvet hob und mit der Hand seine Hufeisen berührte.

Lächelnd umarmte sie Adesso. „Wünsch mir Glück!", flüsterte sie. Da spürte sie eine kleine Hand an ihrem Arm. Es war Tini!

„Hier, Mila", sagte Tini strahlend. „Ich habe von Mama mal diesen Hufnagel bekommen. Er war ihr

Glücksbringer, als sie noch selbst Turniere geritten ist. Ich leihe ihn dir heute aus. Aber pass gut darauf auf!"

Mila umarmte Tini gerührt. „Ja, mach ich. Danke, kleine Tini", flüsterte sie.

In den Hufnagel war ein schmales Loch gebohrt worden. Mila zog ihn über ihre Kette, sodass er neben dem Hufeisen um ihren Hals baumelte. Sie spürte das kühle Metall und lächelte. Es würde schon alles gut werden.

Dann begann die Klausurenwoche.

Montag Englisch und Deutsch, Dienstag Geschichte und Erdkunde, Mittwoch Mathe und Religion, Donnerstag die Reitprüfung und am Freitag Physik und Biologie. Mila gab alles. Sie war gereizt und müde, genau wie die anderen. Die Stimmung war angespannt. Die Reitstunden waren auf ein Minimum zusammengestrichen, damit die Schüler sich konzentrieren konnten. Warum alle Arbeiten in eine Woche gestopft wurden, verstand Mila nicht – aber das war eben so im Pferdeinternat. Eine Woche lang hatte sie zitternde Finger, ein banges Herz und schreibverkrampfte Hände.

Dann waren die Klausuren endlich vorbei. Nach der letzten Arbeit in Religion rannte Mila mit ihren Freunden auf den Rasen vorm Schulgebäude.

„Juchhu!", schrie sie und ließ sich ins Gras fallen. Die Sonne schien und Mila kam es vor, als sei sie noch niemals in ihrem Leben so glücklich und erleichtert gewesen. „Geschafft – wir haben es hinter uns! Keine schriftlichen Arbeiten mehr vor den Sommerferien – das ist eine Ewigkeit!“

Jan plumpste neben sie. „Yes, my dear!“

Bald lagen alle kreuz und quer nebeneinander und ließen sich die warmen Sonnenstrahlen ins Gesicht scheinen.

„Euch ist klar, dass dies nach einer Party schreit, oder?“, fragte Franzi.

„Logisch“, sagte Jakob. „Heute Abend im alten Heustall – mit Externen. Ihr seid doch dabei, Jan und Michel? Kurz vor Mitternacht!“

… dann die Party!

Um kurz vor Mitternacht war es schrecklich leise und dunkel in den Gebäuden des Pferdeinternats. Mila war froh, dass sie gemeinsam mit Nele zum Heustall ging. Der Stall lag ein Stück entfernt von den anderen Gebäuden am Waldrand. Der lange Weg über die Koppel war schon sehr düster gewesen, aber am Wald war es so finster, dass Mila ein Schauer über den Rücken lief.

„Schneller, komm", wisperte sie und beschleunigte ihre Schritte.

Nele und sie hatten gerade noch die Reste vom Abendbrot aus der Küche stibitzt. Obwohl man eigentlich nicht von Stibitzen reden konnte.

„Unglaublich, was Frau Käthe uns alles hingestellt hat", wisperte Mila und hob die schwere Tragetasche mühsam etwas höher, damit sie nicht über den Boden schleifte.

„Ja, sie weiß immer genau, wann wir Partys machen", grinste Nele, die an diesem Abend recht unbeschwert neben Mila herlief. Sie trug die Platte mit den übrig gebliebenen Brötchenhälften vom Abendessen – alle frisch belegt und hübsch verziert. „Frau Käthe ist ein Goldstück!“

Aus dem alten Heustall schimmerte schon Licht. Die Tür knarzte, als Mila sie öffnete.

„Leise“, zischte Jakob. „Sonst werden wir noch entdeckt!“

Im alten Heustall wurde immer noch Heu gelagert. Aber außerdem standen eine Menge sehr betagter Reitutensilien herum, die schon lange nicht mehr benutzt wurden – Stangen, Cavalettis und andere Dinge. Es herrschte ein ziemliches Chaos. Mark und Jakob waren schon dabei, Heuballen in einem Kreis auszurichten. In die Mitte hatten sie eine Holzkiste mit einer Decke gelegt. Es standen Flaschen mit Cola und Saft und eine Reihe Pappbecher darauf. Nele und Mila stellten ihre Sachen dazu. Eine Aluschale mit Salzbrezeln polterte laut zu Boden.

„Pscht!“, machte Mark. „Wenn die uns erwischen, gibt's Ärger!“

Die Stalltür öffnete sich und Charly und Franzi traten ein. Hinter ihnen drängten Michel und Jan sich durch die Tür. „Hey“, rief Franzi. „Wie cool!“

„Nicht so laut, verflixt noch eins“, meckerte Mark wieder.

Alle arbeiteten schweigend weiter. Milas Partylust verflog. Wenn die alle noch so verkrampft von den Prüfungen waren, würde es gleich Streit statt Spaß geben, das war gewiss.

Isa schlüpfte durch die Tür. „Oh, wie hübsch“, meinte sie begeistert. „Ich habe Luftballons mitgebracht!“ Sie hielt ihre linke Hand auf, in der bunte Luftballons lagen. In der rechten Hand hielt sie vier bereits aufgeblasene Ballons, die sie in die Luft stieß.

„Nicht!“, rief Mark und hechtete nach vorn, aber es war zu spät. Die Ballons fielen auf das stachelige Heu und drei von ihnen platzten.

PENG – PENG – PENG!, ertönte es laut.

Isa zog den Kopf zwischen die Schultern. „Sorry!“, sagte sie entschuldigend. Dann streckte sie ihre Tasche vor. „Kerzen?“

„Im Heustall? Besser nicht“, meinte Jakob – und plötzlich wich die Anspannung von Mila. Sie lachte los. Einer nach dem anderen stimmte ein. Sollen sie uns doch entdecken, dachte Mila. Wir haben so fleißig gelernt, da ist ein bisschen Feiern doch wohl erlaubt!

Und es wurde sehr spaßig. Sie knabberten und kicherten und schließlich erzählte Jan spannende Gruselgeschichten von der Insel.

Plötzlich knarrte es auf der Rückseite des Stalls.

„Pst“, machte Jakob.

Alle waren mucksmäuschenstill.

Draußen rauschte der Wind – und irgendjemand stöhnte. Oder war es der Wind? Mila lief ein Schauer über den Rücken. Es knarzte wieder.

„Was ist das?“, wisperte Isa und klammerte sich ängstlich an Milas Arm.

Mila glaubte zwar nicht an Geister, aber immerhin waren sie alle hier – und sonst wusste keiner von der Party, es konnte ihnen also niemand einen Streich spielen …

RUMS! Etwas schlug von außen gegen die Stallwand.

„Ah!“ Franzi schrie auf. Nele wurde blass.

„Oh Mann, das ist wie in dieser Legende von der toten Frau“, stammelte Franzi.

Mila erinnerte sich. Es gab da diese alte Geschichte über die schwarze Reiterin ohne Pferd, eine Prinzessin, die vor Hunderten von Jahren auf mysteriöse Weise ihr Pferd verloren hatte und seitdem hier herumgeisterte.

Die Tür knarrte und öffnete sich langsam. Mila standen die Haare zu Berge. Ein Stück schwarzer Stoff wehte um den Türrahmen. Dumpfes Kettengerassel erklang.

Plötzlich sprang eine Gestalt im dunklen Gewand in den Stall und schrie: „Wo ist hier die Party?“

Mila gefror das Blut in den Adern. Um sie herum kreischten alle. Und keiner konnte hinterher behaupten, er hätte nicht geschrien – sie quiekten in den höchsten Tönen. Vermutlich wären alle tief ins Heu gesprungen, wenn die schwarze Gestalt sich nicht rasch die Kapuze vom Kopf gezogen hätte.

„Tamara!“, rief Jakob entsetzt.

Die Lehrerin grinste. Neben ihr trat jetzt Luke herein. Er hatte ebenfalls eine schwarze Kutte an und rasselte mit einer rostigen Kette. „Überraschung", sagte er.

Mila keuchte. Ihr Herz raste immer noch. „Ihr habt ja Nerven!", schnauzte sie. Nun begannen auch die anderen zu meckern und die beiden Lehrer mussten eine lange Schimpftirade über sich ergehen lassen, bevor sich alle endlich von dem Schrecken erholt hatten. Aber dann lud Mila sie herzlich ein mitzufeiern. Luke und Tamara steuerten Lakritze und Erdbeerbowle (natürlich ohne Alkohol!) und so manche lustige Internatsgeschichte bei.

„Die anderen Lehrer sagen, ihr habt euch toll geschlagen mit den Prüfungen", lobte Tamara.

Luke stimmte ein: „Wir wollten euch Mut machen für die praktische Reitprüfung. Ihr seid eine tolle Klasse, es macht echt Spaß, euch zu unterrichten."

Mila freute sich. Rechts von ihr strahlte Franzi vor Glück. Sie saß gleich neben Luke und man konnte sehen, wie sehr sie die ungewöhnliche Situation genoss.

Sie feierten noch eine lange Zeit und als sie endlich den Stall verließen und zu den Schlafräumen huschten, dämmerte draußen schon der Morgen.

„Es ist der Ost", flüsterte Mila Jan lächelnd zu.

Jan schaute ihr in die Augen und sagte: *„Und du bist die Sonne."* Dann eilte er zu seinem Rad und fuhr nach Hause.

Mila fiel todmüde und überglücklich ins Bett.

Irgendwie geht alles schief

In der Schule konnte Mila aufatmen. Die Lehrer ließen ihnen im Unterricht nun wirklich eine Ruhepause – es gab lockere Gruppenarbeiten und lustige Experimente. Tante Caro riet allen Schülern, die neue freie Zeit mit der Vorbereitung des Kirschblütenfestes zu füllen.

„Wir brauchen Dekorationen und Essen. Teilt euch für Aufgaben ein. Die anderen Klassen übernehmen dieses Jahr die Aufführungen und die Kinderbelustigung. Für das Essen sprecht euch am besten mit Frau Käthe ab. Ich verlasse mich auf euch!"

„Schade, wir hätten glatt *Romeo und Julia* aufführen können", wisperte Charly und zwinkerte Mila zu.

Aber Mila hatte schon andere Pläne. Sie wollte mit Charly und den anderen Mädels riesige Rosetten aus Krepppapier basteln, die sie an die Türen und Zäune binden wollten. Dann plante sie, Lampions anzufertigen, die wie Kirschen aussahen, um sie in die Bäume zu hängen. „Und auf die Tische legen wir Gummikirschen zum Naschen. Außerdem Kirschblüten in roten Vasen", schlug sie vor.

Die anderen waren Feuer und Flamme. „Du hast tolle Ideen, Mila“, lobte Nele. „Aber ohne mich. Ich bin keine Bastelfee, danke.“

Auch Franzi zog die Augenbrauen hoch. „Ich besorg die Kirschen und verteile sie auf den Tischen, da kann nichts schiefgehen. Beim Basteln habe ich zwei linke Hände.“

Mila sah sich suchend um. „Charly?“

Charly grinste. „Natürlich bastle ich mit dir. Und Isa auch. Das wird cool.“

„Ja“, quietschte Isa fröhlich. „Ich male euch die Nägel weiß an und wir kleben Kirschen drauf. Die gibt's als Nagelaufkleber!“

Charly und Mila sahen sich lachend an. Das konnte ja heiter werden!

Die nächste Reitstunde war unerwartet anstrengend. Tamara betonte, dass sich nun alle gut auf die Reitprüfungen vorbereiten sollten und dass sie heute wieder mit Luke gemeinsam auf die Schwächen der Schüler achten würde.

Mila seufzte. „Ach, ich kenn meine Schwächen doch zu gut.“

Nele stieg auf ihren Schimmel und sah auf Mila hinab. „Die kennen wir doch alle, Süße“, sagte sie.

Mila streckte ihr die Zunge raus. Nele war zwar meistens nett zu ihr, aber manchmal kam die alte Zicke doch noch durch. Besonders, wenn es ums Reiten ging. Da war Nele halt extrem ehrgeizig.

Doch heute musste sie wieder schwer mit Fairy kämpfen. So sah es zumindest aus.

„Nele, nicht so hart, reite ruhiger", mahnte Luke von der Seite.

Nele ritt mit Fairy zurück und nahm die Ecke zu knapp. Sie galoppierte scharf auf die Mauer zu und nahm das Hindernis – viel zu schnell, wie Mila fand. Fairys Hufe trafen hart auf dem Sandboden auf.

„Nele, nicht so hektisch. Mehr Rhythmus in den Galoppsprüngen!", rief Tamara.

Aber Nele schoss schon auf das nächste Hindernis zu. Sie kniff die Augen zusammen und jeder konnte sehen, wie sie Fairy mit kräftigem Körpereinsatz hinüberzwang.

„Nele!", brüllte Luke. „Nicht so hart, habe ich gesagt!"

Mila zuckte zusammen. Auch Nele sah erschrocken in Lukes Richtung. In ihrem Gesicht prangten hektische rote Flecken.

Luke winkte mit der Hand, dass sie den Platz verlassen sollte. Nele lenkte Fairy zur Seite. Mila sah ihren geknickten Gesichtsausdruck und blickte ihr mitfühlend nach. Wenn sie Nele doch helfen könnte! Auch, wenn sie manchmal zickig war – Mila hatte sie inzwischen sehr ins Herz geschlossen.

Als Nächste war Charly an der Reihe. Tamara gab konkrete Anweisungen. Charly sollte weicher in ihren Bewegungen werden und später abspringen.

„Achte auf die Bascule", forderte Luke. „Dein Pferd

braucht Freiraum zum Springen. Du engst es zu sehr ein!" Charly seufzte.

Den anderen erging es ebenso. Mila hatte Luke noch nie so viel und deutliche Kritik äußern hören. Für Franzi war es besonders schlimm. Ausgerechnet Luke, den sie so sehr bewunderte, kritisierte: „Franzi, das wirkt alles zu schwerfällig bei dir. Du gehst nicht genug in den Entlastungssitz. Hilf deinem Pferd! Mach nebenbei etwas mehr Sport und stärke deine Muskulatur!" Noch blasser als sonst und enttäuscht ritt Franzi vom Platz.

Als Mila an der Reihe war, musste sie sich innerlich einen Ruck geben. Sie hatte nun die gesamte Kritik an den anderen gehört – da fühlte sie sich schon mit ermahnt. Doch als sie aufsaß und Adessos frohe Erwartung spürte, war die Sorge wie weggeblasen.

Beschwingt ritt sie auf den Parcours zu. Den ersten Steilsprung nahm sie total locker. Die Galoppsprünge zwischen den Hindernissen gelangen flockig, sie ritt die Ecken sauber aus – es schien alles wie am Schnürchen zu klappen. Den Oxer ließ sie einfach weg und kam lachend vor Tamara und Luke zum Stehen.

Die beiden hatten ihr gar nichts zugerufen, fiel Mila auf. Ob sie wirklich so gut geritten war? Aber dann sah sie Tamaras konzentriertes Gesicht.

„Hmm", machte sie. „Mila, ich weiß, dass alles neu für dich ist. Und ich sehe ein, dass du noch den Spaß auskostest. Aber es ist beim Reiten wie beim Schwimmen: Im Wasser planschen ist nett. Aber wenn du richtig gut schwimmen lernen willst, musst du üben und Technik lernen. Dasselbe gilt für alle anderen Sportarten. Grundkenntnisse sind schön, aber dann geht es an die Ausbildung. Du und Adesso, ihr seid ein tolles Gespann. Er reagiert auf deine unbewussten Hilfen ganz fantastisch. Aber ihr reitet wie in einem romantischen Sommerfilm. Wenn du springreiten lernen willst, Mila, fang an!"

Mila schwirrte der Kopf. Ob sie springen lernen wollte? Aber das tat sie doch schon!

Auch Luke sah ernst aus. „Tamara hat recht. Es ist schön, dir zuzusehen. Aber du musst dich nun auf die Technik konzentrieren. Adesso auch. Und du solltest dich fragen, wann du endlich den Oxer angehen willst." Er wandte sich ab und winkte Jakob, dem letzten Schüler, zu.

Mila war wie vor den Kopf geschlagen. Sie musste anfangen zu lernen? Ich lern doch seit Wochen! Ich bemühe mich und strenge mich an. Was wollen die denn? Immer müssen die nur meckern!, dachte Mila wütend.

Während sie Adesso striegelte, kam Tini freudig auf sie zugelaufen. „Mila, ich habe dich aufgenommen! Du warst so super!", lobte sie.

Mila lächelte. „Danke, Liebes. Aber Tamara und Luke denken ganz anders!"

„Ach Quatsch!", rief Tini empört. „Schau doch!" Sie fummelte einen Augenblick an ihrer Digitalkamera, dann hielt sie Mila den kleinen Bildschirm entgegen.

Mila sah sich selbst auf Adesso. Sie beobachtete, wie sie die Hindernisse übersprang und selig lächelnd ritt. Ihr eigener Gesichtsausdruck war verklärt und träumerisch. Mila musste lachen. „Ich glaube, ich weiß jetzt, was sie meinen. Danke, Tini, du bist ein Goldschatz!“ Sie küsste ihre Cousine auf das geflochtene Haar.

„Wieso denn?“, fragte Tini verwundert. Sie strich sich die Haare wieder glatt und starrte neugierig auf das Video.

Mila deutete auf sich selbst. „Schau, wie gelassen ich reite. Das ist prima für den Strand. Aber ich muss Adesso mehr führen, siehst du? Die Linienführung müsste sauberer sein. Hier, die Hilfen für den Absprung. Und dort, da könnte er viel weiter springen, wenn ich mehr mitarbeiten würde.“ Mila blickte verträumt zu Adesso. „Vielleicht könnten wir dann sogar den Oxer schaffen!“

Tini umarmte sie. „Na klar schaffst du das, Mila. Wenn eine das schafft, dann du!“

Mila hielt sie ganz fest. Was war Tini doch für ein wundervolles kleines Mädchen!

Als Adesso fertig und Tini davongedackelt war, wollte Mila seine Sonderration Kraftfutter zusammenstellen. Aber der Kasten war leer! Mila suchte nach Herrn Gründgen.

„Das Sonderfutter ist leer“, sagte sie, als sie Michels Vater draußen entdeckte.

Herr Gründgen nickte gedankenverloren. „Ja, das läuft nicht mit der Lieferung, jaja. Irgendwie läuft es grad nirgendwo so richtig rund."

Da fiel Mila das Telefonat wieder ein, das sie neulich mitgehört hatte. Hatte Herr Gründgen so viele Sorgen? Oder ging es nur ums Geld? Hatte Michel nicht neulich gesagt, dass er kein Taschengeld mehr hatte? Und in der Mensa aß er auch nicht mehr …

„Aber das Kraftfutter bezahlt doch die Schule, oder?", rutschte es Mila heraus.

Herr Gründgen sah sie verblüfft an. „Ja, natürlich." Er schien zu überlegen, worauf Mila mit ihrer Frage hinauswollte. „Du brauchst dir keine Gedanken zu machen, Mädchen. Ich bring Adesso nachher das Futter. Da musst du gar nichts bezahlen!"

Mila wollte erwidern, dass sie das gar nicht meinte – aber vielleicht war es besser, nicht zu viel zu sagen. Sie wollte lieber erst Michel darauf ansprechen.

Schon kam er den Gang entlang.

„Michel!", rief Mila. „Kann ich dich was fragen?"

„Später", erwiderte Michel und lief weiter. „Ich habe mir was ganz Tolles mit Tini überlegt. Sag allen, dass wir uns heute Abend im Gemeinschaftsraum treffen."

Weg war er.

Mila lief zuerst zu Charly.

„Charly, hattest du schon mal Geldsorgen?", fragte Mila.

Charly lachte. „Nein, das haben wir nie, wieso?" Dann sah sie erschrocken auf und wurde rot. „Ich meine, doch natürlich. Aber nicht schlimm. Warum denn?"

Mila erzählte von ihrem Verdacht.

Charly nickte. „Michel ist in letzter Zeit schon sehr verschlossen", gab sie zu. „Mir ist auch aufgefallen, dass er an unseren Ausflügen gar nicht mehr teilnimmt. Er spricht ja fast nur noch mit dir. Aber ich dachte, das liegt an Nele und ihren blöden Kommentaren."

Mila zog die Nase kraus. Ja, das konnte natürlich auch sein.

Nachdem Mila allen anderen Bescheid gesagt hatte, dass sie abends in den Gemeinschaftsraum kommen sollten, verbrachte sie den Rest des Nachmittages damit, die Kirsch-Lampions herzustellen. Was allerdings nicht so einfach war.

Mila hatte einen großen Eimer Kleister angerührt. Als Isa und Charly in den ansonsten leeren Speisesaal kamen, rissen sie erstaunt die Augen auf.

„So viel Kleister?", fragte Charly entsetzt.

Mila nickte und blies einen Luftballon auf.

„Und jetzt? Erst mal Party?", fragte Isa begeistert und griff sich auch einen Ballon.

Mila knotete den Ballon zu. „Nein. Wir kleistern die Ballons ein und kleben das rote Pergamentpapier drumherum. Wenn sie getrocknet sind, kann man den Ballon platzen lassen und rausholen. Dann hat man einen Lampion."

Isa und Charly fingen eifrig mit dem Einkleistern an. Nach einer Weile fragten sie: „Mila, wo ist denn das Pergamentpapier?“

Es lag auf einem Nebentisch. Fein säuberlich zusammengefaltet. „Mist“, entfuhr es Mila. „Wir müssen es in kleinere Stücke reißen.“ Sie versuchte, einen Bogen rotes Pergament auseinanderzufalten, was mit Kleisterfingern jedoch eher schwierig war. Charly half ihr. Es dauerte nicht lange, da klebte der riesige Papierbogen.

„Igitt, was für eine Schweinerei“, stöhnte Isa.

„Du schaust doch nur zu“, motzte Charly. „Hilf uns lieber!“

In aller Seelenruhe lief Isa zum Waschbecken und wusch sich den Kleister von den Händen. Dann kam sie zurück, nahm einen neuen Pergamentpapierbogen und begann, ihn in kleine Stücke zu reißen.

Mila seufzte. „Gut, dass wir dich haben“, sagte sie und ging ebenfalls zum Waschbecken hinüber, um ihre Hände zu waschen.

Es dauerte eine Weile, bis sie einen großen Haufen roter Papierfetzen beisammenhatten.

„Auf ans Kleistern!“, rief Mila.

Sie tauchte ihre Hände in den Kleistereimer und erneuerte die Kleisterschicht um den Ballon. Dann tupfte sie mit dem Zeigefinger ein Stück Papier auf und drückte es an den Ballon. „Es klappt“, sagte sie begeistert.

In diesem Moment öffnete sich die Tür. Ein Luftzug

ging durch den Raum und verursachte einen kleinen Windstoß, der den großen Papierhaufen durcheinanderwirbelte. Hektisch versuchte Mila, den Haufen zusammenzuhalten. Isa und Charly sprangen ihr zu Hilfe – und im Nu waren sie voller Papierschnipsel. Es war ein riesiges rotes Chaos.

Mila drehte sich langsam um. „Wer war das?"

In der Tür stand Jakob. Grinsend und feixend.

Aber nicht lange. Mila nötigte ihn, die roten Fetzen wieder aufzusammeln und den Mädchen brav anzureichen. Er seufzte. „Eigentlich wollte ich mir doch nur etwas zu trinken aus der Küche holen."

Charly lächelte verschmitzt. „Kirschsaft?"

„Um Himmels willen, ganz bestimmt nicht!"

Sie lachten und scherzten und hatten nach zwei Stunden tatsächlich zehn Lampions fertig gebastelt. Sie hängten sie zum Trocknen mit Wäscheklammern an eine Leine.

„Sieht gut aus", lobte Jakob.

Genauso sah Mila das auch.

Zwei Stunden später quetschte sich Mila mit ihren Freunden auf die Sofas des Gemeinschaftsraumes.

„Was ist denn nun die Überraschung?", fragte Jakob ungeduldig.

Tini und Michel deuteten auf den Fernseher.

„Ich habe euch doch gefilmt", begann Tini.

Alle nickten. Tini bat nämlich inzwischen jedes Mal brav um Erlaubnis, bevor sie jemanden filmte.

„Ja, und als ich Mila das heute gezeigt habe, hat sie gesehen, was sie falsch macht. Da dachte ich mir, ihr anderen wollt das vielleicht auch.“ Sie sah fragend in die Runde.

Aber Mila ahnte, dass Tini keine Sorgen zu haben brauchte, denn alle waren sofort erpicht darauf, sich selbst zu sehen. Tini drückte auf „Play“ und Mila beugte sich neugierig vor. Das Video zeigte einen Schüler nach dem anderen. Alle gaben sich gegenseitig Feedback:

„Schau, deine Zehen sind zu weit oben.“

„Guck mal, da hättest du früher abspringen müssen.“

„Ach, *das* meinte Tamara, als sie von meinem Rücken sprach.“

Mila staunte. Es war ungeheuer einfach, die Fehler zu sehen, wenn man sich selbst von außen betrachtete.

Michel hatte offensichtlich Spaß an der Vorstellung. Er taute richtig auf und gab jedem kleine Tipps zu den Pferden. „Schau, da reißt er die Augen auf, da hat er Angst“, sagte er zu Mila. Und: „Vanilla dürfte mehr Hafer bekommen, denke ich, frag mal meinen Vater.“

Mila hörte ihm bewundernd zu. Am Ende war die Stimmung richtig gelöst.

„Danke, Tini, das war fantastisch“, fand Jakob. „Das hat uns echt geholfen. Oder, Leute?“

Alle jubelten und klatschten. Tini freute sich und Mila sah, wie sie Michel anstrahlte. „Wir haben noch etwas", meinte sie. „Ich habe euch ja schon ein paarmal im Stall und so gefilmt. Und jetzt hat Michel das für mich zusammengemacht – wie heißt das noch?"

„Zusammengeschnitten", half Michel. „Es sind sozusagen eure Outtakes."

Tini startete den Film.

Als Erstes sah man Jakob, der über einen Besenstiel stolperte.

„Hey", beschwerte sich Jakob. Alle lachten.

Als Nächstes rutschte Isa beim Aufsitzen seitlich wieder ab, machte eine Drehung und plumpste unsanft zu Boden. „Aua", sagte sie lachend.

Begeistert starrte Mila auf den Bildschirm. Jeder war dabei. Nele ritt blind, weil der Wind ihr das Halstuch ins Gesicht geblasen hatte. Mila hatte sich die Hand im Zügel verknotet und wurschtelte eine Ewigkeit daran herum, während Adesso versuchte, die Geranien von der Fensterbank zu fressen. Mark wurde von seinem Pferd liebevoll in den Graben gestoßen und Franzi landete beim Stolpern mit dem Gesicht im Sand. Als sie wieder aufstand, war ihr Gesicht über und über mit Sandkörnern bedeckt und sie spuckte und schüttelte sich.

„Ich erinnere mich", lachte Franzi. „Ich hatte mich gerade vorher mit Sonnencreme eingerieben!"

Als das Video beendet war, gab es wieder Beifall. Mila klatschte besonders laut. Sie war so stolz auf ihr Cousinchen!

Michel gab Tini die Kamera zurück. „Damit würdet

ihr im Netz eine Million Klicks bekommen unter dem Titel ‚Beste Reitpatzer'!"

Mila lachte. Aber Franzi meinte mit hochgezogener Augenbraue: „Für einen, der nicht mal mitreitet, prahlst du hier ganz schön rum."

Michels Gesicht wurde ernst. Mila konnte sehen, dass er die Zähne zusammenbiss. Er drehte sich um und ging hinaus.

„Mensch!", rief Mila genervt. „Musste das sein? Er hat euch doch eben tolle Tipps zu euren Pferden gegeben, oder? Mensch, Franzi!"

Sie eilte Michel hinterher. Doch er war schon verschwunden. Sollte sie ihm bis in seine Wohnung folgen? Nein, das wollte sie nicht. Das war sein Rückzugsgebiet, da wollte sie nicht stören. Sie ärgerte sich. Jetzt hatte sie Michel verteidigt und er hatte es nicht einmal mitbekommen!

Pause auf dem Islandhof

Mila war heilfroh, als Jan sie am nächsten Morgen in der Schule auf den Islandhof einlud.

„Ich wollte dir doch schon immer mal alles in Ruhe zeigen“, sagte er. „Die Ponys sind so freundlich und putzig, es ist eine ganz andere Stimmung als hier am Pferdeinternat. Komm doch nach dem Essen. Ich bitte Mama, dass sie uns ihre berühmte Apfeltorte macht.“

„Ich komm total gern“, erwiderte sie. „Endlich mal raus.“

Mila musste einfach einmal etwas anderes sehen. Hier auf dem Internat dachte sie den ganzen Tag an die vielen Probleme – Nele und Fairy, Michel und die Geldsorgen, ihre eigene Reitprüfung ... Da war ein Ausflug unbedingt nötig, um sie auf andere Gedanken zu bringen.

Gleich nach dem Mittagessen machte sie Adesso für ihren Ausritt fertig, schwang sich in den Sattel und trabte los.

Die Sonne schien warm auf Milas Arme und eine leichte Brise wehte ihr die Haare aus dem Gesicht. Es roch nach Meer und warmer Luft. Mila liebte das. Sie lächelte, während sie den Reitweg durch die Dünen nahm, und merkte allmählich, wie sie ruhiger und gelassener wurde. Ach, diese ganzen Sorgen – wie hatte ihre Oma immer gesagt? Kommt Zeit, kommt Rat.

Mila ließ sich von der Umgebung verzaubern, betrachtete Schmetterlinge und Bienen und entdeckte ein erschrockenes Häschen, das vor ihr davonflitzte. Sie spürte, wie dieser Ritt ihre Batterien wieder auflud und ihr das Atmen leichter fiel. Auch Adesso schien es so zu gehen, denn seine hektischen Trippelschritte waren inzwischen einem ruhigen Rhythmus gewichen. Mila klopfte ihm zärtlich den Hals. „Mein Guter", flüsterte sie.

Schließlich konnte sie das reetgedeckte Haus des Islandgestüts zwischen den Dünen ausmachen. Ruhig lenkte sie Adesso darauf zu und erspähte bald Jan, der am Zaun vor dem Haus lehnte und auf sie zu warten schien.

„Hey, Mila!", rief er winkend, als er sie entdeckte.

Mila saß ab. „Hey, Jan! Oh Mensch, das tut so gut, mal rauszukommen", sagte sie.

Jan nickte lachend. „Das kenne ich. Komm, wir lassen Adesso was trinken. Du musst ja großen Durst haben, was, Dicker?"

„Dicker?", wiederholte Mila empört. „Großer wäre wohl besser."

Jan führte Adesso zur Tränke. „Hast recht", meinte

er. „Das kommt von unseren Ponys. Da sind ja schon ein paar dicke dabei – ich glaube, ich sag das inzwischen zu jedem Pferd!“

Mila atmete tief durch. Hier war alles so entspannt! Sie hoffte, dass Jan sie nachher mit in die wundervolle, gemütliche Küche des Hofes nehmen würde. Und sie hoffte auf ein großes Stück der guten Apfeltorte! Aber erst einmal brachte Jan Adesso auf die Weide. Dann führte er Mila zur Nachbarweide und zeigte ihr die Ponys. Die drolligen Isländer kamen gleich neugierig näher und schnüffelten an Mila herum.

„Hey!“, kicherte sie. „Lasst mich am Leben.“

Jan sah eine Weile amüsiert zu und schob sich dann vor Mila. „So, ihr Dicken, genug geschnuppert. Jetzt stellt euch mal vor. Fenja!“

Wie auf Kommando trat das hübsche schwarze Pony vor und stupste Jan mit dem Kopf an. Jan wuschelte durch die dicke Mähne. „Fenja hast du ja schon kennengelernt, als du neulich Pferdinand hier abgeholt hast.“

Mila nickte. „Wir sollten ihnen mal wieder Gelegenheit geben, sich zu sehen, hm?“

Schließlich waren die beiden unzertrennlich und schwer ineinander verliebt.

Jan stimmte ihr zu. „Ja, vielleicht kann Nele mal mit ihm herreiten?“

„Wohl nicht“, meine Mila. „Nele reitet nur noch auf Fairy. Obwohl das auch grad nicht so klappt …“

„Oh, schade“, fand Jan.

„Ja, und noch blöder ist, dass auch Pferdinand nicht mehr ausgeritten wird. Ich sehe ja ein, dass das zu viel Arbeit für Nele ist, aber …“

Mila seufzte. Da waren sie wieder, die Sorgen. Mila schüttelte sich und sah auf. „Und wie heißen die anderen Dicken?“

Jan ging von einem Pony zum nächsten und erzählte Mila von all ihren Eigenheiten. Es war lustig, ihm zuzuhören. Außerdem staunte Mila, wie ruhig er mit den wilden kleinen Ponys umging. Sie schienen sich seinen Bewegungen irgendwie anzupassen, als wüssten sie, was er von ihnen wollte, ohne dass er es sagte.

„Reitest du auch?“, wollte Mila schließlich wissen.

„Ach, wenig“, sagte Jan schulterzuckend. „Ich schmuse und tobe lieber so mit ihnen herum. Außerdem muss sie jemand beruhigen, wenn die kleinen Besucherkinder fertig mit dem Reiten sind.“ Er lachte. „Ich mag sie ja, die Reitkinder, aber sie sind immer so schrecklich aufgeregt!“

Mila sah sich um. „Zurzeit sind gar keine hier?“

Jan schüttelte den Kopf. „Grad sind nur ein Ehepaar und eine allein reisende Frau bei uns. Nächste Woche kommt eine Familie mit Kleinkindern und in den Ferien ist es natürlich rappelvoll.“

Natürlich. Mila stellte sich vor, wie es hier vor Kindern nur so wimmelte. „Da sind die Islandponys wohl die beste Wahl, oder?“

Jan nickte. „Ja, sie sind robust und selber wild und

ungestüm, die mögen das Gewusel. Wir achten sehr darauf, dass es ihnen nicht zu viel wird und das Reiten mit den Kindern ihnen Freude macht."

Mila nickte. Das hatte sie sich schon gedacht. Nun führte Jan sie zum Haus und brachte sie direkt in die Küche, wie Mila freudig feststellte.

„Möchtest du Tee oder Kakao?", fragte Jan und stellte ihr gleich ein dickes Tortenstück vor die Nase.

„Lieber Tee, bitte", antwortete Mila und quetschte sich auf einen der gemütlichen Stühle. Sie betrachtete die kunterbunte und rustikale Landküche zufrieden. So wollte sie es auch einmal haben, wenn sie erwachsen war!

„Ihr habt es toll hier", schwärmte sie. „Reitet deine Mutter eigentlich?"

Jan wurde ernst. „Meine Mutter hält genau wie ich nichts von ambitioniertem Pferdesport. Ausreiten und mit ihnen zusammen Spaß haben, ja, natürlich. Aber ihnen den Sport aufzuzwingen, das geht zu weit. Das ist so viel Drill und Zwang, ich kann da nicht mal zusehen."

Mila verkrampfte sich. „Drill und Zwang? Ich zwinge Adesso doch nicht."

Jan lächelte schief. „Na, darüber haben wir doch schon diskutiert, oder? Ich finde nicht, dass er das freiwillig macht. Oder hast du ihn schon mal auf der Koppel präzise über einen Baumstamm springen sehen?"

Mila war sprachlos.

Jan schenkte ihr Tee ein und ließ einen dicken Kandis hineinfallen. Mila rührte um und starrte schweigend in ihre Tasse. Jans Argumente waren richtig, aber irgendwie stimmten sie auch nicht … Mila musste darüber nachdenken. Dann begann sie, sich zu ärgern. Sie hatte doch eine Auszeit gewollt! Und jetzt musste sie sich schon wieder Gedanken machen!

„Hey, jetzt mach nicht so ein düsteres Gesicht", sagte Jan und lächelte sie an. „Da sind wir eben unterschiedlicher Meinung. Kann doch mal vorkommen – ich sag ja gar nicht, dass du das mit dem Springreiten lassen musst." Er legte ihr einen Finger unters Kinn und hob es hoch, sodass sie ihn ansehen musste. „Alles okay?"

Mila lachte und schob seinen Finger weg. „Du bist eine Nervensäge, Jan", schimpfte sie fröhlich und beschloss, zu Hause weiter nachzudenken.

Sie lachten und machten Späße und der Nachmittag verging wie im Flug. Irgendwann sah Mila erschrocken auf die Uhr. „Ich muss jetzt los, sonst komme ich zu spät zum Abendessen", meinte sie. „Du hast ja sicher schon gehört, wie Frau Käthe das findet."

Jan reichte ihr den Reithelm. „Und ob. Zur Not rufst du an, dann bringe ich dir die Reste von unserem Abendbrot."

„Nur die Reste?", beschwerte sich Mila scherzhaft.

Kurz darauf winkte sie Jan und ritt zum Internat zurück. Das war wirklich ein guter Ausflug gewesen. Mila beschloss, ihn bald zu wiederholen.

Aufregung um Nele

Stangenarbeit! Das hatte sich Luke für Milas folgende Reitstunde ausgedacht. Sie musste mit ihm die Entfernungen abgehen und die Stangen selbst auslegen.

„Aber ich springe doch schon“, klagte Mila. „Warum soll ich denn jetzt über liegende Stangen hüpfen?“

Luke schüttelte den Kopf. „Nicht hüpfen, Mila. Schritttempo. Ihr müsst Basisarbeit machen. Rhythmus, Entfernungen abschätzen – nur zu, du wirst merken, dass es dir und Adesso hilft.“

Natürlich hatte er recht. Mila übte eine Dreiviertelstunde lang und wurde mit Lukes Hilfe rasch besser. Adesso war erstaunlich konzentriert und sehr geduldig. Wider Erwarten machte es Mila großen Spaß. Am Ende der Übung trabte sie stolz zu den anderen, die am Reitplatz den Parcours trainierten.

„Na, Stangenarbeit?“, fragte Jakob grinsend.

Mila nickte. „Hat aber Spaß gemacht.“

Jakob sah zu Luke. „Ja, er hat's echt drauf, dass sogar die Basisübungen nicht langweilig werden.“ Dann wandte er sich wieder zu Mila. „Und wenn du mal was nicht kapierst – ich hab 'ne Menge Tipps auf Lager!"

Das glaubte Mila sofort. „Vielleicht komme ich mal darauf zurück."

„Solltest du", fand Jakob. „Du hängst zu viel mit Michel rum, der hat doch gar keine Ahnung vom Springen."

Mila schoss plötzlich die Wut bis in die Haarspitzen. „Was –"

Doch in diesem Moment hob Tamara die Hand. „Ruhe, bitte!"

Mila warf Jakob einen zornigen Blick zu, doch der bekam das gar nicht mit. Sie wusste nicht, was sie mehr erzürnte – dass Jakob Michel beleidigt hatte oder dass er Mila vorschreiben wollte, mit wem sie befreundet war.

„So, das war eine anstrengende Stunde", erklärte Tamara. „Ich denke, wir brauchen alle eine kleine Erholung. Morgen ist daher Trainingspause. Heute räumt ihr bitte alle eure Spinde im Stall auf, ich kontrolliere sie später."

Die Schüler murrten.

Tamara lächelte. „Jaja. Als Belohnung werden wir morgen alle zusammen ans Meer gehen, schwimmen und picknicken. Einverstanden?"

Der Jubel war riesig. Auch Mila jauchzte vor Freude. Fröhlich versorgten sie ihre Pferde und machten eifrig Pläne für den nächsten Tag. Nur Nele lächelte nicht.

„Hey, Nele, alles okay?", fragte Mila.

Nele hob die Schultern. „Was sollen wir denn am Meer? Ich würde lieber noch mit Fairy trainieren. Wir können uns einfach keinen freien Tag erlauben."

Mila legte ihr die Hand auf die Schulter. „Aber manchmal kriegt man durch eine Auszeit doch Kraft und geht mit viel mehr Schwung wieder an die Arbeit." Sie dachte an ihren Ausflug zum Islandhof.

Nele schüttelte unwillig den Kopf. „Mir bringt so was nichts." Sie wandte sich ab und ging, drehte sich aber noch mal zu Mila um und sagte leise: „Trotzdem danke."

Mila lächelte zaghaft. Arme Nele. Sie hatte noch mehr Sorgen als Mila …

Mila schmuste noch ein bisschen mit Renate, die sie in letzter Zeit sträflich vernachlässigt hatte. Nur gut, dass Tini sich so eifrig um sie kümmerte. Sie fand noch eine rosa Klammer von Tinis letzter Verkleidungsaktion in Renates Mähne und schmunzelte.

Plötzlich blickte sie irritiert hoch. Irgendwo im Stall blitzte es. Mila stand auf. Fairy zappelte unruhig in ihrer Box. Mila stieg auf einen umgedrehten Eimer und schaute über den Boxrand. Tatsächlich, die Blitze kamen aus Fairys Box. Was war da los?

„Braves Mädchen", sagte eine ruhige Stimme.

Das war Michel. Was machte er da? Mila duckte sich. Sie beobachtete, wie Michel aus Fairys Box kam und die Tür sorgfältig verschloss. Dabei starrte er auf sein Handy, lächelte zufrieden und ging ins Büro.

Verwirrt setzte sich Mila auf den Eimer. Michel hatte sie nicht gesehen. Was wollte er bei Fairy? Noch dazu mit dem Handy? Und warum hatte sie ihn eigentlich nicht einfach danach gefragt? Mila seufzte. Schon wieder eine Sorge mehr!

Mila lief rasch zu Charly und erzählte ihr davon.

Charly knabberte unwohl an einer Haarsträhne. „Das musst du melden", meinte sie sofort.

„Was denn – dass Michel mit dem Handy Fotos macht?"

Charly sah sie an. „Du weißt genau, was ich meine. Das ist komisch. Fairy ist Neles Pferd. Was will er denn in ihrer Box mit dem Handy? Noch dazu heimlich, ohne Neles Wissen."

Mila verteidigte Michel. „Es war ja gar nicht heimlich. Es war nur zufällig niemand im Stall."

„Soso, zufällig, hm? Er hat Nele also gefragt, meinst du?"

Mila verstummte. Nein, gefragt hatte er sie bestimmt nicht.

„Nele ist oft fies zu Michel. Vielleicht will er sich rächen und macht Fairy nervös", vermutete Charly.

„Niemals – Michel würde nie ein Pferd quälen!", rief Mila.

„Oder er macht Videos und stellt sie ins Netz, um Nele zu ärgern", überlegte Charly weiter.

„Ärgern? Wie soll Nele das denn ärgern?", fragte Mila sauer.

Charly zuckte mit den Schultern. „Was weiß denn ich? Ich sag nur, du musst es melden. Es ist deine Beobachtung, nicht meine.“ Sie ging aus dem Zimmer.

Mila rollte mit den Augen. Na super, jetzt hatte sie auch noch Zoff mit Charly …

Der gemeinsame Spaziergang zum Strand tat allen gut. Mila hatte Jan und Michel überredet mitzukommen, denn sie fand, dass sie auch etwas Abwechslung vertragen konnten. Ab und an sah Mila nachdenklich zu Michel hinüber. Sollte sie mit ihm über die Handyfotos im Stall reden? Er war doch ihr Freund …

Aber zum Glück lenkten die anderen Mila genügend ab. Sie schubsten sich vom Weg, machten Scherze über Isas unglaublich klein geflochtene Zöpfe und erzählten Gruselgeschichten von im Meer verschollenen Schwimmern.

„Zwei Jahre später hat der alte Seebär Ole sie gesehen“, beendete Jakob seine Geschichte über eine angeblich im Meer verschwundene Frau. „Ich schwöre euch, er hat es mir haarklein berichtet. Sie tauchte direkt neben seinem Fischerboot auf – als Meerjungfrau.“

Franzi gab ihm einen freundschaftlichen Klaps auf den Hinterkopf und grinste. „Du Spinner. Das ist Seemannsgarn!“

„Ja? Bist du sicher?“, fragte Jakob geheimnisvoll. „Ich würde an deiner Stelle nicht so weit rausschwimmen. Du hast genau die gleichen Haare wie sie …“

Mila bekam eine Gänsehaut und Charly griff ihr ängstlich an den Arm. Aber Franzi lachte nur.

Mila bemerkte, dass Michel sich zu Nele gesellte. Sie hörte, wie er ein Gespräch anfing: „Du, Nele, ich wollte dir noch etwas wegen Fairy sagen …"

Doch Nele fauchte nur „Lass mich in Ruhe" und drehte sich weg.

„Aber ich habe gesehen –", begann Michel erneut.

Da blieb Nele stehen. „Gerade *du* willst mir Tipps geben?", brüllte sie ihn an.

„Jetzt entspann dich mal!" Jan stellte sich zwischen Nele und Michel. „Vielleicht solltest du ihm zuhören, er weiß, wovon er redet."

Aber Nele ging um ihn herum und nahm Tempo auf.

Mila sah Jan lächelnd an. Er hatte Michel verteidigt, das fand sie toll. In ihrem Magen kribbelte es zart.

Am Meer breitete Mila rasch ihr Handtuch aus und lief dann sofort den anderen nach ins Wasser. Nele sonderte sich als Einzige ab und spazierte barfuß am Strand entlang.

Erst nach einer guten Stunde legten sich alle auf die Handtücher.

„Wer hat etwas zu essen mit?", rief Charly.

Mila kramte in ihrem Rucksack. Natürlich hatte sie etwas für ihre immer hungrige Freundin mitgenommen! „Ich habe Salzstangen", verkündete sie.

Die anderen hatten Gummibärchen, Äpfel, Kekse

und Apfelschorle dabei. Ausgelassen futterten sie um die Wette.

„Ah, tut das gut“, seufzte Isa. Mila machte Platz, damit sie ihre langen Beine in die warme Sonne legen konnte.

Isa stupste Nele an, die immer noch im Kleid auf dem Handtuch saß.

„Zieh den Fummel aus und gönn deiner Haut ein bisschen Sonne“, schlug Isa vor.

„Lass mich“, fauchte Nele.

Daraufhin schubste Isa ihr ein bisschen Sand auf die nackten Zehen. „Na komm“, meinte sie.

Da sprang Nele auf. „Ich sagte: ‚Lass mich!‘ Ihr seid doch eine Horde durchgeknallter Maulesel ohne Ehrgeiz! Ich bin eben anders, also LASST MICH!“, schrie sie und rannte zum Wasser.

Isa war blass geworden. „Ich wollte sie doch nur aufmuntern“, flüsterte sie.

Mila lehnte sich tröstend gegen sie. „Mach dir nichts draus, Nele stresst sich immer so.“

Mila schaute Nele hinterher, die wieder durch die Wellen spazierte. Doch dann ließ sie sich von Jakobs Scherzen ablenken und versuchte, in einer Minute zehn Salzstangen zu essen und danach zu pfeifen. Natürlich gelang ihr das nicht, was alle zum Lachen brachte.

Schließlich mahnte Tamara zum Aufbruch.

Mila begann, ihre Tasche zu packen. Dann sah sie auf.

„Wo ist Nele eigentlich?“, fragte sie.

Die anderen blickten sich suchend um. Nele war verschwunden.

„Vielleicht ist sie zu weit den Strand entlanggelaufen und braucht noch eine Weile, bis sie wieder hier ist“, meinte Charly hoffnungsvoll.

Sorgenvoll sah Tamara auf ihre Uhr. „Sie ist schon recht lange unterwegs. Ich muss Frau Steinbach darüber informieren.“ Sie griff zu ihrem Handy und rief die Direktorin an.

Mila stopfte Neles Sachen in deren blaue Tasche. Ihr Magen war ein einziger Klumpen. Sie hätte Nele nachlaufen sollen, als sie so zornig abgehauen war! Sie hätte … ach …

„Mach dir keine Sorgen“, sagte Michel und nahm sie in den Arm. „Nele ist tough und passt auf sich auf. Bestimmt ist sie einfach schon nach Hause gegangen.“

Mila nickte und warf einen Blick auf das rauschende Meer. Hoffentlich war sie nicht irgendwo im Wasser … Da fing sie einen Blick von Jan auf. Rasch sah er woanders hin. Mila zog die Stirn kraus. Was war das für ein Blick gewesen? War Jan etwa eifersüchtig, weil Michel sie umarmte? Verflixt, die Welt ist einfach zu kompliziert für mich, dachte Mila.

Auf dem Rückweg durch die Dünen kam ihnen ein Spaziergänger entgegen. Mila wäre an ihm vorbeigegangen, aber Franzi rief: „Haben Sie vielleicht ein junges Mädchen gesehen?“

Der Mann lächelte freundlich. „Ja, ein Mädchen ist an mir vorbeigelaufen – das ist aber schon eine Weile her!“, sagte er und zeigte in Richtung des Internats.

„Danke“, sagte Franzi.

Und Tamara griff zu ihrem Handy, das im selben Moment klingelte.

„Ja, Frau Steinbach. Wir haben es gerade von einem Spaziergänger gehört. Schön, dass Sie Nele gefunden haben. Vielen Dank.“ Sie legte auf. Und ihrem Gesichtsausdruck konnte Mila entnehmen, dass dieser Abend für Nele nicht angenehm werden würde.

Den Rest des Weges schwiegen die Schüler oder sprachen nur sehr leise miteinander.

„Da sieht man, dass nicht nur die Pferde gestresst sind“, meinte Jan leise.

Mila runzelte die Stirn. Fing er schon wieder damit an? Aber dann fiel ihr ein, wie Jan Michel verteidigt hatte.

„Ich fand's toll, wie du Michel vorhin zur Seite gesprungen bist“, entgegnete sie. „Michel ist in letzter Zeit sehr still, ich glaub, er hat irgendwie Sorgen …“ Mila brach ab. Vielleicht sollte sie Jan nicht davon erzählen.

Doch Jan antwortete nur: „Vermutlich hält er sich zurück, weil er eben nicht am Springtraining teilnimmt. Ihr redet ja immer nur über dasselbe Thema.“ Er lachte leise. „Hast du dich schon mal gefragt, warum Michel keine Reitstunden nimmt?“

Mila dachte, dass es vermutlich zu teuer war, sagte aber nichts.

„Michel geht's da sicher wie mir", fuhr Jan fort. „Er ist stets so besorgt um das Wohl der Pferde. Pferdesport ist halt wider die Natur. Diese ganzen Turniere, der Stress … Ich mein, was ihr den Pferden da aufzwingt, das …"

„Stopp!", unterbrach Mila ihn wütend. „Hör mal auf damit, mir das madigzumachen. Du kannst ja denken, was du willst, aber musst du das jedes Mal wieder aufwühlen?" Sie funkelte ihn wütend an.

Jan schwieg. Als sie am Internat ankamen, ging er schulterzuckend zu seinem Fahrrad und machte sich auf den Heimweg.

Mila sah ihm grummelnd nach. Warum mochte sie Jan nur so? Konnte man sich überhaupt mögen, wenn man in einer Sache so unterschiedlicher Meinung war?

Nachdem Mila ihre Badesachen aufgehängt hatte, huschte sie noch einmal in den Stall. Tamara kam ihr entgegen und Mila sprach sie an.

„Tamara, was ist mit Nele, geht es ihr gut? Wo ist sie?"

Tamara lächelte halbherzig. „Als Frau Steinbach sie entdeckte, trainierte sie mit Fairy. Ganz verbissen soll sie ausgesehen haben. Frau Steinbach hat ihr ins Gewissen geredet und wir haben gemeinsam beschlossen, dass Nele eine Zwangspause braucht."

Tamara sah Mila eindringlich an. „Nele darf ein paar Tage gar nicht mehr reiten. Ihr geht es sehr schlecht mit unserer Entscheidung. Es wäre mir lieb, wenn du dich ein wenig um sie kümmern könntest, Mila."

Mila nickte. Das war doch selbstverständlich.

Sie machte sich gleich mit Charly zusammen auf die Suche, aber Nele war nicht aufzufinden.

„Sicher will sie einfach nur in Ruhe gelassen werden", vermutete Charly.

„Ja, mitleidige Blicke sind das Schlimmste, wenn es einem dreckig geht", stimmte Mila ihr zu. „Können wir nicht irgendetwas für sie tun?"

Da begann Charly zu strahlen. „Auch wenn sie nicht reiten darf, wird sie sicher trotzdem viel Zeit mit Fairy verbringen, meinst du nicht?"

Mila nickte und sah Charly verständnislos hinterher, die „Warte hier!" rief und davonsprintete.

Ein paar Minuten später kam sie zurück. Sie hielt ihren Rucksack in den Armen und zog Mila verschwörerisch in eine leere Box.

„Schau, ich habe da noch ein paar Sachen. Die schenken wir Nele und schreiben ihr einen netten Brief, was denkst du?"

Mila war begeistert und drückte Charly schnell. Unglaublich, wie selbstlos ihre Freundin immer war! Sie spähte in den Rucksack und nahm staunend eine hübsche Kardätsche in die Hand. Das dunkle Holz war glatt poliert und der Name einer teuren Marke prangte auf einem silbernen Schildchen. „Die *schenkst* du Nele?“

Charly lächelte. „Ja, meine ist noch prima.“

Hui, die haben noch mehr Geld in Charlys Familie, als mir klar war, dachte Mila. Charly hatte Textilstifte aus dem Kunstraum besorgt und nun malten sie Hufeisen, Herzen und Pferdeköpfe auf eine beige Tragetasche. „Für Nele und Fairy“ schrieb Charly darüber. In die Tasche kamen die wertvolle Kardätsche, ein paar rosa Zopfgummis, die Charly bei Isa geschnorrt hatte, ein Kamm, ein Schokoriegel und ein Trinkpäckchen. Dazu legten sie eine Karte: *Für die innige Pferdefrisierstunde – von Nele und Mila.*

„Wozu liegen hier noch Ohrstöpsel?“, fragte Mila und hob das kleine Kästchen auf, das zu Boden gefallen war.

Charly grinste. Sie nahm einen kleinen Zettel und schrieb: „Damit du das Training der anderen nicht hören musst.“ Dann klemmte sie den Zettel mit einem Haargummi an die Ohrstöpsel.

„Das ist echt eine geniale Idee“, fand Mila. „Du bist so kreativ, Charly!“

Ihre Freundin wurde rot vor Freude. „Danke. Jetzt komm aber, wir müssen die Tasche noch wegbringen, bevor Nele zurückkommt.“

Sie hängten die Tasche an die Boxentür und warteten einige Zeit, aber Nele kam nicht. Nach einer Weile gingen sie in ihre Zimmer.

Erst sehr spät, als Mila schon im Bett lag, öffnete Nele leise die Zimmertür. Mila richtete sich auf.

„Wo warst du denn nur, Nele?“, fragte sie.

Nele hatte rot geweinte Augen. Mila stand sofort auf und nahm sie in den Arm.

„Scheißtag, hmm?“, sagte sie leise.

Nele nickte. Stockend erzählte sie Mila, dass sie sich im alten Heustall verkrochen hatte. Die ganze Zeit hatte sie geweint und geflucht.

Doch dann zog sie ihre Nase hoch und lächelte Mila an. „Es war wirklich ein Scheißtag, aber weißt du, es gab auch etwas Gutes.“

„Was denn?“, fragte Mila.

„Jemand hat mir eine Überraschung an Fairys Boxentür gehängt.“ Sie griff nach einem Taschentuch und schnäuzte sich. „Danke, Mila.“

„Schon gut“, meinte Mila. „Es war Charlys Idee. Wir fanden, du brauchst ein bisschen Trost von deinen Freunden.“

Nele nickte. „Es ist das erste Mal seit Langem, dass ich wieder Freunde habe, Mila. Aber sag es keinem, ja?“

Statt einer Antwort umarmte Mila Nele noch einmal. Und dann schüttelte sie ihre Bettdecke auf, wartete, bis Nele sich umgezogen hatte, und deckte sie gut zu.

„Alles wird wieder gut“, flüsterte sie.

Michel verblüfft alle

Mila war sehr erstaunt, als Nele sie am folgenden Morgen bat, mit ihr in den Stall zu kommen.

„Ich möchte mit Michel reden", sagte sie nur.

Mila ahnte, dass Nele sich bei ihm entschuldigen wollte, und ging selbstverständlich mit.

Sie fingen Michel ab, bevor er zum Unterricht ging. Er war ja morgens immer im Stall bei den Pferden.

„Michel …", begann Nele zaghaft.

Michel war nicht nachtragend. Er blieb stehen und sah Nele freundlich an. „Ja?"

Nele stotterte. „Tut mir leid, dass ich … dass … ich meine …"

„Schon gut", sagte Michel. Er klopfte ihr sachte auf die Schulter und wollte gehen, aber Nele hielt ihn am Ärmel fest.

„Michel … ich habe noch was anderes. Du hast doch gesagt, es stimmt was nicht mit Fairy. Ich hab's wohl übertrieben und … und eigentlich will ich doch nur, dass es ihr gut geht. Würdest du mir jetzt doch sagen, was du gemeint hast?"

Sie sah ihn hoffnungsvoll an. Mila trat näher, um ihr Mut zu machen.

Michel lächelte. „Sicher. Es sind die Hufe, Nele."

Nele überlegte fieberhaft. „Die Hufe?"

Auch Mila wusste nicht, worauf er hinauswollte.

„In ihrem alten Gestüt haben sie offenbar einen sehr schlechten Hufschmied. Und ich vermute, dass Fairy unseren Hufschmied noch nicht gesehen hat, seit sie hier ist?"

Nele wurde rot.

Mila erinnerte sich an eine unschöne Szene, als Herr Gründgen Nele gebeten hatte, ihr Pferd zur Kontrolle in den Stall zu bringen, als der Hufschmied da war. Nele hatte ihm sehr unfreundlich geantwortet, dass Fairy das zurzeit nicht brauche, sondern jede Minute fürs Training benötige. Herr Gründgen hatte damals etwas von „unverantwortlich" und „dann aber in vier Wochen" gemurmelt und war gegangen.

„Hm, das war wohl meine Schuld", gab Nele kleinlaut zu.

„Egal, ist schon gut", meinte Michel. „Ich hatte immer den Eindruck, als liefe Fairy wie auf Steinchen, sie setzt so vorsichtig auf. Zuerst habe ich es für eine Stressreaktion gehalten, aber irgendwann bin ich auf die Hufe gekommen und hab nachgeschaut. Ich habe gleich ein Foto davon an den Hufschmied geschickt, ich hoffe, du verzeihst mir, dass ich nicht vorher gefragt habe?"

Er sah Nele schuldbewusst an.

Mila wurde knallrot vor Scham. Sie hatte Michel verdächtigt und nur Schlimmes gedacht. Und nun stellte sich heraus, dass er nur Gutes im Sinn gehabt hatte! Nele nickte nur.

„Ich kann einfach nicht anders", sagte Michel. „Wenn es den Pferden nicht gut geht, muss ich etwas unternehmen. Jedenfalls kommt der Hufschmied morgen."

Nele sah erleichtert aus. „Wirklich? Morgen schon?"

Michel drehte sich um. „Komm, ich zeig dir, was ich mit den Hufen meine", erwiderte er und führte Nele und Mila in Fairys Box.

Drei Stunden später standen Nele, Mila und Michel wieder im Stall. Und diesmal waren auch alle anderen Schüler der Klasse dabei. Herr Gründgen hatte sie extra aus dem Unterricht holen lassen, um ihnen das Unglück zu zeigen.

Der Hufschmied wies auf den linken Hinterhuf. „Hier wurde viel zu steil gekappt. Seht ihr, wie sie im Gelenk nach hinten wegknickt, wenn der Huf gerade auf dem Boden steht? Die Stute steht quasi ständig mit gebeugten Gelenken. Das überdehnt die Sehnen und schadet den Gelenken – aber nicht nur im Bein. Es wirkt sich auf die gesamte Körperhaltung aus. Ich weiß nicht, wer das verbrochen hat, aber es ist wirklich eine Schande."

„Ähm, wieso haben wir das alle nicht bemerkt?", fragte Mila leise.

Herr Gründgen schaltete sich ein. „Ich hätte es früher sehen müssen. Doch ich dachte, ich lasse Fairy und Nele allein. Fairy sollte sich erst eingewöhnen. Ich habe einfach nicht genau genug hingeschaut. Wir verdanken es nur Michel, dass es endlich entdeckt wurde."

Nun starrten alle auf Michel.

Dem war das sichtlich unangenehm und er winkte ab: „Ach was, Zufall. Das hätte jeder entdecken können."

Doch Nele fiel ihm wortlos um den Hals. Mila sah, dass ihr die Tränen über die Wangen rannen. „Danke", flüsterte sie schließlich und trat wieder zu Fairy, um sie zu beruhigen.

Die anderen Schüler schwiegen betreten.

„Nein, dafür muss man ein Auge haben", erklärte der Hufschmied. „Solche Dinge sehen nur Menschen, die wirklich ein gutes Gespür für Pferde und ihr Wohlbefinden haben. Gratulation, mein Junge. Wenn du mal Hufschmied werden willst ..." Er reichte Michel die Hand.

Michel schüttelte sie lachend. „Wer weiß!"

Der Hufschmied wandte sich noch einmal an Herrn Gründgen. „Wissen Sie, woher das Pferd kommt? Man sollte dem Hufschmied dort mal auf die Finger sehen ..."

Herr Gründgen rieb sich das Kinn. „Das Gestüt, auf dem Fairy lebte, ist hervorragend. Ich habe schon dort angerufen. Sie hatten selbst in letzter Zeit sehr viel

Ärger mit dem neuen Hufschmied und werden sich darum kümmern."

Der Schmied nickte zufrieden. „Und jetzt raus mit euch", sagte er dann zu den Schülern. „Ihr könnt das Pferdchen nachher mit seinen manikürten Nägeln bewundern."

Lachend liefen sie hinaus. Nur Nele bewegte sich nicht von Fairy weg.

Vorm Stall blieb Mila stehen. Die anderen auch. Als hätten sie es abgesprochen, bildeten sie einen kleinen Kreis um Michel.

„Sorry, Kumpel, ich habe da ein paar blöde Sachen losgelassen", murmelte Jakob und boxte Michel leicht am Arm.

„Mir tut's auch leid", meinte Franzi. „Mir war nicht klar, *wie* gut du dich mit Pferden auskennst."

Auch Charly sah zerknirscht aus. „Meine alte Deutschlehrerin hat mal gesagt: Ich kann zwar nicht Geige spielen, aber ich höre, wenn jemand falsch spielt. Wenn du also nicht springreitest, kannst du trotzdem eine Menge darüber wissen. Sorry, also."

Michel winkte lachend ab. „Jetzt ist es aber genug. Lasst uns schnell zurück zu Mister Green gehen, sonst müssen wir den ganzen Hufkram noch auf Englisch wiederholen!"

Sie liefen zum Klassenzimmer.

Mila hielt sich dicht neben Michel.

„Das war unglaublich", raunte sie ihm zu. „Du bist genial."

Michel grinste. „Merkst du das jetzt erst? Ich dachte, das sei schon beim Mathelernen deutlich geworden."

Mila knuffte ihn in die Seite.

„Nein, ehrlich, ich habe ja nichts gemacht. Ich habe nur den Hufschmied angerufen und Nele ein bisschen auf den richtigen Weg geschubst."

Mila lachte: „Gut formuliert!" Sie war so erleichtert wie noch nie und drückte glücklich seinen Arm. Endlich waren die Sorgen um Fairy vorbei!

Kampf mit dem Oxer

Aber es gab für Mila noch mehr Überraschungen. Zuerst überreichte Frau Steinbach ihr ein Paket ihrer Eltern aus Kenia.

„Fressorgie“, quiekte Charly voller Vorfreude. Auch Tini, die mit ihnen in Milas Zimmer hockte, sah begeistert aus.

„Wohl kaum“, meinte Mila. „Wäre doch reichlich blöd, ein teures Paket zu schicken nur mit Süßkram drin, oder?“

„Ach, find ich nicht“, meinte Charly. „Süßes ist wichtig. Oder, wie Isa gern sagt: ‚Muss doch süß sein!‘“ Sie kicherten.

Tatsächlich waren in dem Paket auch ein paar Süßigkeiten, aber außerdem noch ein langer Brief ihrer Eltern und ein T-Shirt.

„Was steht denn da drauf?“, fragte Charly neugierig.

Mila hielt es hoch. „My parents went to Nairobi. And all I got was this lousy T-Shirt.“

Mila und Nele lachten.

„Was ist denn so komisch?“, wollte Tini wissen.

„Hier steht: Meine Eltern waren in Nairobi. Und alles, was ich bekommen habe, ist dieses blöde T-Shirt."

Tini fand das nicht witzig. „Wieso schickt Onkel Chris dir denn so was? Ist doch toll, ich hätte gern ein T-Shirt. Und wieso Narohbi? Sind die nicht in Kenia?"

Da mussten Mila und Charly schon wieder lachen. Tini verschränkte beleidigt die Arme.

„Ach, Süße, Nairobi ist die Hauptstadt von Kenia. Eine riesige Stadt mit Hochhäusern und allem."

„Hochhäuser in Afrika?", fragte Tini erstaunt.

„Na klar, da gibt es auch Großstädte. Wir schauen nachher mal ein bisschen im Internet, okay?", meinte Mila. Sie hatte das Gefühl, dass Tinis Bild vom großen Kontinent Afrika nur Holzhütten und Elefanten beinhaltete. Das musste sie dringend ändern!

„Ist noch etwas drin?", wollte Tini wissen.

Mila griff nach dem letzten in Stoff eingewickelten Päckchen. Sie rollte es auf und mehrere Armbänder fielen auf die Bettdecke.

„Wow", staunte Charly. „Das sind handgemachte Perlenarmbänder. Die sehen ja supercool aus!"

„Für dich und deine neuen Freundinnen – und Tini!" stand auf einem kleinen Zettel.

Mila lächelte. „Sucht euch eins aus!", rief sie. „Jetzt haben wir echte Freundschaftsarmbänder!"

„Afrikanische!", strahlte Tini stolz, auch wenn ihr das Armband fast vom Handgelenk rutschte.

„Das machen wir noch enger", versicherte Mila ihr. „Wie hübsch du damit aussiehst!"

Tini sprang auf. „Ich bastle gleich noch eins für Renate aus Perlen!“ Schon war sie verschwunden.

Dafür tauchte Franzi plötzlich in der Tür auf.

„Hier seid ihr“, stöhnte sie. „Das war ja schon die halbe Strecke!“

Mila machte ihr Platz und Franzi ließ sich auf das Bett fallen.

„Was für eine Strecke?“

Franzi zog eine Schnute. „Na, Luke hat doch gesagt, ich muss fitter werden. Und ich habe auch versucht zu joggen. Aber es ist sooo öde allein, deshalb lass ich es ständig ausfallen. Ich brauch jemanden, der mitkommt.“

„Japsend um das Internat hoppeln? Ohne mich“, rief Charly rasch.

Doch Mila zuckte mit den Schultern. „Kann ja nicht so schlimm sein. Sollen wir jetzt gleich?“

Franzi rollte mit den Augen. „*So* motiviert musst du nun auch nicht sein. Morgen früh reicht allemal!“

„Hier, schau, was du von Mila bekommst!“ Charly reichte Franzi ein Armband.

„Wow, danke!“, freute Franzi sich.

Die Armbänder reichten auch für Nele und Isa. Und dann war noch eines übrig. Mila grübelte. Sollte sie das Michel geben? Oder lieber Jan? Würde einer von ihnen sauer werden, wenn er keines bekam? Sie seufzte. Schon wieder kompliziert! Am besten, ich behalte es erst einmal, dachte Mila.

Am nächsten Morgen holte Mila Franzi um sechs Uhr ab. Sie schlichen leise aus dem Haus und rannten den kleinen Reitweg entlang, auf dem sie sonst mit den Pferden einen kurzen Ritt um das Internat machten.

„Der Weg kommt mir sonst viel kürzer vor", keuchte Franzi.

Auch Mila ächzte. Sie stemmte eine Hand in die linke Seite. „Ich habe Seitenstechen", stöhnte sie.

„Wow, fit sind wir wirklich nicht", meinte Franzi, als sie sich kurz im Gras ausruhten.

„Versteh ich nicht, dabei reiten wir doch jeden Tag," sagte Mila.

Franzi wischte sich den Schweiß von der Stirn. „Vermutlich ist Joggen einfach ein anderer Sport, der andere Muskeln beansprucht", riet Franzi. „Oder mehr auf die Ausdauer geht. Ist ja auch wurscht."

„Oh, Wurst", seufzte Mila. „Ich habe Hunger!"

Und der trieb sie unverhofft rasch den Rest des Weges zurück.

Die Sorgen um Michels merkwürdiges Verhalten bei Fairy war Mila los. Mit Nele war auch alles wieder okay. Aber eine Sache war geblieben: der Oxer.

Nachdem Mila beim Marumer Springen schon die Mauer angegangen war und nach langem Training und mit einem kleinen Trick auch bewältigt hatte, stand ihr in der Prüfung der Oxer bevor. Sogar ein noch größerer, als sie ihn beim Marumer Springen bezwungen hatte.

Mila hatte durch die Videoaufnahme von Adesso und sich zwar Zuversicht gewonnen – aber als sie nun hoch zu Ross auf das enorme Hindernis blickte, schwand ihr Mut.

Tamara sah es ihr an. „Mila, nicht schon vorher zweifeln“, mahnte sie.

Mila lächelte schief. Sie klopfte Adesso aufmunternd an den Hals – und wünschte, jemand würde auch *sie* aufmunternd tätscheln. Sie seufzte und trabte los. Erst den Steilsprung, dann die Mauer ... Mila überwand die anderen Hindernisse hervorragend. Dann ritt sie die Kurve zum Oxer. Sie starrte auf die Stangen, ihr Magen krampfte. Sie trieb Adesso an – und zügelte ihn.

„Ach, Mila“, rief Tamara. „Lass es ihn doch mal versuchen. Adesso kann das. Vertrau ihm einfach!“

Mila war den Tränen nahe.

Als die Stunde vorüber war, rief Tamara alle noch einmal zu sich. Sie lächelte freundlich.

„Ich glaube, heute konnten wir alle sehen, dass ihr euch sehr verbessert habt. Doch jeder von euch hat noch einige Kleinigkeiten zu bearbeiten. Damit ihr mal eine andere Sichtweise zu hören bekommt, werden euch morgen die Schüler der höheren Jahrgänge trainieren. Jedem habe ich einen Schüler zugewiesen. Ihr könnt ihnen jede Frage stellen und das Training selbst mit ihnen gestalten. Ich bin sicher, das hilft nicht nur sehr, sondern macht euch auch viel Spaß.“

Neugierig schob Mila sich vor. Alle drängten sich um Tamaras Liste.

„Ich habe Thomas, ach, du meine Güte“, staunte Jakob. Thomas war der beste Reitschüler der Abschlussklasse.

„Ich habe Grit. Warum hab ausgerechnet ich Grit?“, fragte Isa verzweifelt. Das Mädchen aus dem Jahrgang über ihnen war bekannt für ihren Ernst und ihre Konzentration. Also genau das Gegenteil der quirligen Isa. „Die trägt nur Braun!“, beschwerte Isa sich.

Mila lachte. Dann sah sie auf ihren Namen. Daneben stand *Elisa*. „Wer ist das? Die kenne ich gar nicht.“

„Ach, menno – die ist total nett“, meckerte Isa. „Wollen wir tauschen?“

„Hier wird nicht getauscht“, sagte Tamara streng. „Ich habe die Schüler genau ausgewählt. Hört ihnen einfach zu. Ihr könnt von ihren Erfahrungen profitieren. Aber ihr müsst ihnen schon offen begegnen, nicht wahr, Isa?“

Isa wurde rot und nickte.

Aufgeregt begab Mila sich am nächsten Tag zum Reitplatz. Sie hatte Adesso vorbereitet, aber noch nicht mitgebracht. Vermutlich sollten sie und Elisa sich erst einmal kennenlernen, oder?

Das große Mädchen mit dem braunen Pagenkopf kam lächelnd auf sie zu und stellte sich vor: „Hey, Mila, ich bin Elisa.“

Mila biss sich schüchtern auf die Lippe. Elisa war immerhin zwei oder drei Jahre älter als sie. Mila kam sich vor wie ein kleines Mädchen.

„Ich weiß, es ist ein bisschen seltsam", beruhigte Elisa sie. „Aber wir reden einfach und machen nicht so ein Lehrer-Schüler-Ding draus, okay?"

Mila freute sich. Das schien ja doch recht unkompliziert zu werden.

„Mit uns hat Tamara das auch gemacht", erzählte Elisa freundlich. „Ich hatte damals echte Probleme mit der Rückenhaltung. Aber Sonja hatte tolle Tipps, an die Tamara gar nicht gedacht hatte. Manchmal denken Lehrer eben zu komplex."

Mila lächelte. Und dann berichtete sie Elisa von ihrer Furcht vor dem großen Oxer.

Elisa hatte gleich eine Idee. „Komm mit", sagte sie.

Sie liefen in die große Reithalle, die glücklicherweise gerade ungenutzt war. Genau in der Mitte prangte – der blaue Oxer!

„Hast du den hier aufgestellt?", fragte Mila verblüfft.

Elisa schmunzelte. „Nicht allein. Luke hat mir geholfen. Na los, komm näher!"

Mila lief auf das Hindernis zu. Hier, mitten in der Halle, wirkte er noch einschüchternder auf sie.

„Ein Riesenteil", seufzte Mila.

Elisa stellte sich auf die andere Seite und rief: „Heb mal die Stangen mit mir raus!"

Mila gehorchte. „Wozu denn? Ich denke, den hast du extra aufgebaut!" Sie hoben die vier Stangen heraus und legten sie an die Seite.

„Und jetzt?", fragte Mila.

„Jetzt springst du drüber", antwortete Elisa.

„Aber Adesso ist noch …"

„Nicht Adesso. Du!"

Mila hob eine Augenbraue. Wollte Elisa sie veräppeln? Mila sah sich rasch um. Schauten die anderen vielleicht zu?

„Na los!", rief Elisa und machte es selbst vor. Sie nahm Anlauf und sprang durch die Seitenteile.

Mila lachte und rannte los. Natürlich war es kein Problem, die kleine wellenförmige blaue Latte zu überspringen.

„Warum machen wir das denn?", wollte Mila wissen.

Elisa deutete auf das Hindernis. „Aus irgendeinem Grund hast du dir Panik vor dem Oxer eingeredet. Ist da mal was passiert?"

Mila zuckte mit den Schultern. „Nicht wirklich. Ich habe immer das Gefühl, dass Adesso sich an den Hinterbeinen verletzen könnte, wenn das Hindernis so breit ist."

Elisa nickte. „Du hast Angst. Und Adesso spürt das. Ich habe euch beobachtet. Adesso hat unglaubliche Anlagen. Ihm bereitet das Springen nicht wirklich Sorgen. Aber ihr habt so eine enge Beziehung. Du prägst ihn total. Da wird er natürlich nervös, wenn er spürt, dass du Angst hast."

Mila nickte. Daran hatte sie auch schon gedacht.

Beim zweiten Mal hängte Elisa mit Mila die unterste Stange ein. „Noch mal!", rief sie.

Mila stellte sich vor den Oxer, nahm Anlauf und sprang hinüber. Es machte Spaß!

Nun hob Elisa die Stange wieder heraus und hängte sie mit Milas Hilfe ganz unten zwischen die hinteren Elemente.

„Jetzt musst du ein bisschen hochspringen und gleichzeitig fast einen Meter weit", erklärte Elisa.

Natürlich war auch das kein Problem, aber plötzlich ergriff Mila der Ehrgeiz. So elegant und hoch wie sie konnte, sprang sie über das Hindernis!

„Bravo!", lobte Elisa. „Mila überwindet den Oxer mühelos!"

Sie lachten.

„Ich will dich ja nicht als Springerin trainieren, daher genügt das erst mal", meinte Elisa. „Jetzt bauen wir alles vollständig zusammen."

Nach kurzer Zeit stand das Hindernis in seiner ganzen Pracht vor ihnen.

„Jetzt sieht es wieder so riesig aus", meinte Mila.

Aber Elisa lief mit ihr um das Hindernis herum. Sie strichen über die Stangen, ließen sie zu Boden fallen. Sie betrachteten den Oxer ausgiebig – erst auf dem Boden liegend. Dann im Sitzen. Von links, rechts, vorne, hinten. Dann holte Elisa eine Trittleiter und Mila musste sich oben draufsetzen. Kaum betrachtete Mila das blaue Hindernis von oben, begann ihr Herz wieder schneller zu schlagen.

„Einfach sitzen bleiben", riet Elisa. „Ich hol uns mal was zu trinken."

So saß Mila ganz allein auf einer Trittleiter in der Halle. Und weil so gar nichts passierte, wurde ihr

Herzschlag wieder langsamer. Irgendwann konnte Mila den Oxer ganz ohne Herzklopfen ansehen. Und plötzlich war die große Angst verschwunden.

Als Elisa zurückkam und Mila ein Glas Orangensaft reichte, lächelte Mila sie an.

„Hast du noch Zeit, um mit Adesso zu üben?", fragte sie.

Elisa strahlte. „Aber hallo!"

Mila ließ Adesso zuerst mal das Hindernis umrunden und beschnuppern. Anschließend ritten sie sich warm und sprangen danach – erst ohne Stangen, dann mit einer, zwei –, und schließlich hörte Mila sich sagen: „So, Elisa, jetzt auch die hintere." Sie legten die Stange ein.

Mila schwang sich auf Adessos Rücken und spürte zufrieden, wie gelassen sie war. Adesso fühlte es offenbar auch, denn er trabte los, als wäre es ein Sonntagsspaziergang. Ruhig und rhythmisch ritten sie eine Wendung. Doch plötzlich fühlte Mila wieder ihren schnellen Herzschlag. Sie überlegte, ob sie dennoch springen sollte, entschied sich aber dagegen. Sie lenkte Adesso zu Elisa an den Rand.

„Absolut okay", fand Elisa. „Es kann nicht alles in der ersten Stunde klappen. Du weißt ja jetzt, wie du üben kannst."

Mila nickte, aber sie fühlte sich geknickt.

Elisa griff Adesso in die Mähne. „Braves Pferdchen. Deine Reiterin lernt das noch, keine Sorge."

Da musste Mila lachen. Und dann wurde ihr klar, dass sie heute einen großen Schritt geschafft hatte. „Pass auf", sagte sie grinsend. „Bald kannst du Geld für Nachhilfestunden nehmen!" Sie bedankte sich ausgiebig für Elisas Hilfe und versprach, ihr bald von den Fortschritten zu berichten.

Ein wenig später sah Mila Elisa beim Training zu. Sie stellte bewundernd fest, wie viel erfahrener und sicherer die ältere Schülerin ritt. Es wirkte sehr professionell und Elisa hatte eine perfekte Körperhaltung.

Als sich Michel neben sie stellte, war Mila froh, jemandem von ihrer Reitstunde erzählen zu können. Michel hörte geduldig zu.

„Wenn ich aber meine Angst auf Adesso übertrage …", endete Mila, „das ist doch schrecklich!"

Michel schwieg kurz, bevor er antwortete.

„Ich denke nicht, dass du bei Adesso Angst auslöst. Eher spürt er deine Furcht und ist dadurch angespannt. Er nimmt mehr wahr und achtet auf alle Kleinigkeiten. Deine Nervosität ist für ihn ein Signal, dass vielleicht Gefahr droht. Das ist doch okay." Er sah Mila in die Augen. „Vielleicht würden Pferde sich nicht für ständiges Training entscheiden. Eigentlich wollen wir ja auch nicht jeden Tag in die Schule, oder? Aber die Pferde haben auch Spaß." Michel deutete auf den nächsten Reiter, der galant ein Hindernis nahm. „Siehst du Thomas dort? Schau dir nur an, wie sein Pferd springt. Es hat eindeutig Lust dazu. Es sprüht ja geradezu vor Muskelkraft und Vergnügen. Wir haben die Verantwortung, auf die Pferde zu achten und sie nicht zu überfordern oder zu irgendetwas zu zwingen."

Das war eine lange Rede für Michel gewesen. Mila lächelte ihn dankbar an. Sie blickte zu Luke, der aufmerksam jede Bewegung seiner Schüler beobachtete. Mila kam zu dem Schluss, dass die Pferde es auf dem Internat sehr gut hatten.

Dann fiel ihr ein, dass sie Michel noch nach den Geldsorgen fragen wollte. Und warum er nicht an den Reitstunden teilnahm. Sie holte Luft – da kam Charly.

„Hey, ihr zwei!", rief sie fröhlich. „Macht ihr immer noch Schau-Lernen? Jetzt ist aber mal Schluss. Spielen wir ein bisschen Federball?"

Michel schüttelte den Kopf. „Macht ihr mal, ich habe noch zu tun", sagte er.

Mila legte kurz die Hand auf seinen Arm. „Danke noch mal."

Als Michel ein Stück weit weg war, grinste Charly bis über beide Ohren. „Na, der ist für den Rest des Tages glücklich, was?"

Mila sah sie verständnislos an. „Warum?"

„So wie der strahlte, als du seinen Arm berührt hast …"

Mila fühlte verwirrt in sich hinein. War sie auch glücklich? Ja, wegen des Oxers. Und weil sie für sich die Entscheidung getroffen hatte, dass Springreiten für die Pferde okay ist. Aber wegen Michel?

Nein, da war nichts.

Kleine Glücksmomente

Dagegen flatterte es sehr in ihrem Magen, als sie am nächsten Tag einen Ausritt ans Meer machte. Nach einem gemächlichen Hinritt trieb Mila Adesso in die Wellen. Der Wind blies heftig und wuschelte Milas offene braune Haare ebenso durcheinander wie Adessos Mähne. Sie trieb Adesso an und sie galoppierten durch den nassen Sand. Gemeinsam flogen sie nur so dahin, kühle Tropfen spritzten Mila ins Gesicht. Sie waren wie ein einziges Lebewesen, das die Kraft des Lebens in sich spürt – Mila fühlte sich frei und glücklich bis in die Haarspitzen.

Schließlich wurden sie langsamer und atmeten tief durch.

Ein Rufen drang an Milas Ohr und als sie den Kopf wendete, entdeckte sie Jan am Rand der Dünen. War sie schon so weit geritten? Tatsächlich, das war der Holzbohlenweg, der zum Islandgestüt führte!

Langsam trabte Mila mit Adesso auf Jan zu. Er war dabei, einige Bohlen des Holzweges durch neue zu ersetzen.

„Hey, Mila!“, rief er erfreut.

„Hi! Was machst du denn?“

Jan reckte sich. „Ich tausche die alten Bretter aus, bevor die Sommergäste zu uns kommen. Es soll ja keiner Splitter in die Füße bekommen. Und du?“

Mila zuckte mit den Schultern. „Ach, ich bin einfach so ausgeritten.“

Jan schmunzelte. „Ja, das habe ich gesehen. Das war echt beeindruckend, Mila. Es sah aus, als würdet ihr gleich losfliegen. Richtig schwerelos!“

Milas Herz hüpfte vor Freude. Was für ein Kompliment!

„Komm, wir gehen rüber zum Gestüt“, sagte Jan. „Ich kann eine Pause gebrauchen.“

Sie ruhten sich an einem Gartentisch aus, der direkt neben der Haustür stand. Mila blickte zu Adesso, der auf der Weide friedlich am Gras zupfte.

Jan grinste. „Also, nach dem, was ich da eben gesehen habe, gebe ich zu: Manches scheint den Pferden doch zu gefallen. Der Meeresgalopp sah sehr nach Spaß für Adesso aus.“

Mila nickte. „Ja, er mag es gern, wenn er sich so richtig auspowern kann. Wenn Pferde tanzen könnten, wäre er der Star jeder Disco.“

Jan lachte schallend. „Das ist ja mal ein toller Vergleich!“

Anna kam heraus. „Hallo!“ Jans Mutter hatte die gleichen braunen Augen wie Jan und strahlte Mila an. „Schön, dass du uns besuchen kommst. Maracujaschorle?“

Mila nickte. „Ich wäre gern ein Sommergast bei dir, Anna. Es sieht so einladend aus!“

„Danke“, meinte Anna. „Es dauert ja noch bis zu den Ferien. Obwohl – Familien mit Kleinkindern kommen schon eher und es ist dieses Jahr ziemlich warm. Mal sehen, wann es so richtig losgeht.“

Jan erzählte seiner Mutter von dem grandiosen Ausritt am Strand.

Anna lächelte. „Ich würde es zu gern auch einmal sehen. Du scheinst wirklich eine tolle Freundschaft mit deinem Pferd zu haben. So etwas habe ich erst einmal erlebt. Ich bin ja nicht so für Pferdesport, genau wie Jan – aber das hat er dir sicher schon erzählt? Er nervt ja sogar Nicht-Reiter damit!“

Jan rollte mit den Augen und Mila musste kichern.

„Auf dem Internat machen sie es weitgehend optimal, soweit ich das mitbekomme“, versicherte Anna. „Ich finde, es geht noch besser – nämlich indem man die Pferde einfach als Familienmitglieder sieht. Sie dürfen ihre Meinung haben und selbst entscheiden, was sie tun möchten.“

Mila sah zu der Weide mit den Islandponys hinüber. Es war keine langweilige Wiese, sondern es gab für die neugierigen Tiere viel zu entdecken, Baumstämme zum Anknabbern, Hecken und Sträucher, durch die Wege führten, und so manches Pferdespielzeug. Außerdem war die Weide riesengroß.

„Ein richtiger Pferdespielplatz", meinte Mila.

Sie redeten noch eine Weile miteinander, dann verabschiedete Mila sich. „Ich muss heute Abend mit meiner kleinen Cousine Tini eine Überraschung für das Kirschblütenfest vorbereiten. Kommst du auch zum Fest?"

Anna wiegte den Kopf hin und her. „Ich werde versuchen, es einzurichten", sagte sie.

„Ich auch", meinte Jan großmütig.

„Von wegen!", lachte Mila. „Du hilfst gefälligst kräftig bei den Vorbereitungen mit!"

Dann ritt sie zurück ins Internat.

Beim Stall empfing Mila eine aufgeregte Tini.

„Da bist du ja", rief sie und stürmte auf Mila zu. „Wo warst du denn? Wir müssen anfangen – JETZT!"

„Warte", wehrte Mila lachend ab. „Ich muss erst mal Adesso versorgen und mich umziehen."

„Aber das wird zu spät", jammerte Tini.

„Ach was. Du hast es doch mit einer echten Meisterbäckerin zu tun", versicherte Mila ihr. „Da sind ein paar Plätzchen kein Problem."

„Echt?"

„Aber ja. Backen im Handumdrehn – du solltest mal die Mila seh'n!"

Tini zog die Nase kraus. „Na, hoffentlich werden die Kekse besser als die Reime", murmelte sie und stapfte in Richtung Wohnhaus.

Als Mila in die Küche kam, stand Tini schon mit Schürze auf einem kleinen Hocker und angelte im Hängeschrank nach dem Backpulver.

Mila half ihr. Dann betrachtete sie staunend, was Tini schon alles bereitgestellt hatte.

„Fünf Kilo Mehl, fünf Kilo Zucker, dreißig Eier – dreißig Eier, Tini? Wie viele Kekse willst du denn backen?"

Ihre Cousine zuckte mit den Schultern. „Wer weiß. Außerdem geht bestimmt was schief und wir müssen neuen Teig zusammenmischen."

„Ach, was soll denn da schiefgehen?", fragte Mila und griff nach der Schürze. Die Schürzentasche blieb an einer Mehltüte hängen und als Mila sich die Schürze über den Kopf zog, fiel die Tüte zu Boden und platzte – POFF!

„Ups", machte Mila.

„Siehste", meckerte Tini.

Sie lachten und fegten das Mehl wieder auf. Und danach ging es endlich los. Mila wog die Zutaten ab, die Tini ihr reichte. Sie nahmen gleich die doppelte Portion. Jede von ihnen knetete eine dicke Teigkugel daraus, die sie in den Kühlschrank legten. Dann machten sie gleich noch zwei Portionen fertig – diesmal mit Kakao.

„Das werden Schoki-Hufeisen", jubelte Tini und naschte beim Kneten so fleißig, dass Mila mit ihr schimpfen musste. Auch diese Teige kamen in den Kühlschrank.

Die Tür ging auf, als Mila und Tini den ersten Teig ausrollten.

„Nein“, rief Tini. „Das ist eine Überraschung!“

Frau Käthe stemmte die Hände in die Hüften. „Aber, Süße – ich werd doch wohl mal probieren dürfen?“

Tini lief rasch zu ihr hinüber und umarmte sie. „Du darfst alles, Tante Käthe!“ Sie knüllte ein Stück Teig zur Kugel und steckte es in den Mund der gutmütigen Köchin. Frau Käthe kaute und kaute – und schmunzelte. „Mmh, der ist ausgezeichnet! Weiter so!“ Dann ging sie wieder.

Den Rest des Abends blieben Mila und Tini allein und backten und backten und backten – bis sie wirklich keine Lust mehr hatten. Den letzten pflaumengroßen Teigklumpen naschten sie gemeinsam. Ihre Hände waren klebrig, die Haare auch. Ihnen war heiß und schwitzig und überall war Mehl. Aber sie hatten zweihundert Hufeisenkekse gebacken.

„Toll, oder?“, schmatzte Tini.

Mila nickte. „Wenn nur das Aufräumen nicht wäre …“ Sie gähnte und reckte sich. „Ich würde am liebsten nur noch duschen und ins Bett fallen.“

„Dann dürft ihr das jetzt tun“, sagte Frau Käthe, die genau im rechten Moment zur Tür hereinkam. Sie schob die beiden Mädchen hinaus und rief: „Ab ins Bett, ihr fleißigen Bienchen!“

Lachend liefen Mila und Tini davon. Ach, die gute Frau Käthe!

Inzwischen durfte Nele wieder an den Reitstunden teilnehmen.

Mila hatte gesehen, wie aufmerksam sie sich in der Zwangspause um Fairy gekümmert hatte: Nele hatte sie gepflegt und umsorgt und ganz viel nachgeholt, wozu vorher keine Zeit gewesen war. Nun ritt sie bei ihrem ersten Training nach der Pause erstaunlich schüchtern heran und sah kaum auf.

„Hallo, Nele, schön, dass du wieder mitmachst", meinte Luke.

Nele nickte stumm.

„Dass der mal was peinlich ist", murrte Mark.

„Psst!" Charly stieß ihn in die Seite.

„Nele, du reitest heute bitte sehr langsam", riet Luke. „Ein bisschen wie in Zeitlupe. Für die kommenden Trainingsstunden gilt das auch. Wir werden den Druck bei dir und Fairy komplett rausnehmen, damit ihr euch von Grund auf regenerieren könnt. Solltest du mit uns zu dem Schluss kommen, dass du nicht an der Prüfung teilnehmen möchtest, kannst du sie später machen."

Nele nickte und trabte los. So entspannt war sie selten geritten.

„Man kann merken, dass sie Zeit mit ihr verbracht hat", raunte Mila Charly zu.

„Nele mit Fairy oder die Stute mit ihr?", fragte Charly grinsend zurück.

Mila fand, Nele war wie ausgewechselt – und Fairy ebenso. Sie ritten fast gemütlich durch den Parcours, nahmen die Hindernisse locker und Nele lachte sogar, als Fairy eine Stange riss.

Die anderen rissen ungläubig die Augen auf.

„Nele, das sah super aus!“, rief Mila, als die beiden fertig waren.

„Das würde ich auch sagen“, stimmte Luke zu.

Gelöst sprang Nele von Fairys Rücken. „Danke, es hat sich auch gut angefühlt“, meinte sie.

„Slow Motion“, neckte Jakob sie. „Hab ich dich nicht sogar gähnen sehen, Nele?“

Mila zog den Kopf ein. Gewiss würde Nele jetzt ihre spitze Zunge ausfahren. Doch nanu? Nele grinste! „Gähnen muss ich nur, wenn ich dir zusehe!“, gab sie zurück.

Alle sahen Nele verdutzt an. Dann lachten sie befreit auf.

Neue Sorgen um Michel

Voller guter Vorsätze lief Mila einen Tag später in den Stall – sie hatte beim Spindaufräumen neulich entdeckt, dass dort dringend ausgemistet werden musste. Wer auch immer so viel Schokoriegelverpackungsmüll dort hineingelegt hatte … von ihr konnte das unmöglich stammen! Auf dem Weg zum Spind entdeckte sie, dass die Tür zu Adessos und Renates Box nicht korrekt geschlossen war. Erschrocken huschte sie hinüber – da kam Michel aus der Box!

Mila zuckte zusammen.

„Meine Güte, hast du mich erschreckt“, keuchte sie. „Was machst du denn hier?“

Michel grinste.

„Sag ich nicht.“

Mila bohrte weiter. „Hast du Adesso gefüttert?“

„Nein. Das mach mal schön selber“, lachte Michel. Dann schob er sich an Mila vorbei und ging pfeifend davon.

Mila zog die Augenbrauen zusammen. Rasch sah sie Adesso und Renate an. Dann betrachtete sie die

Box gründlich. Was hatte Michel nur hier gewollt? Bei Mila schrillten alle Alarmglocken. Immer musste Michel so eine Heimlichtuerei veranstalten! Mila war das nicht geheuer. Adessos Hufe waren jedenfalls in Ordnung – und Renates auch. Unruhig schloss Mila die Boxentür und widmete sich danach ihrem Spind. Dabei konnte sie nicht aufhören, sich zu wundern. Was hatte Michel nun schon wieder vor?

Nach einer halben Stunde Spindaufräumen und gleichzeitigem Grübeln rauchte Mila der Kopf. Sie hatte auch über die Geldsorgen nachgedacht. Zum Glück lief ihr jetzt Herr Gründgen über den Weg.

„Na, Mila, alles in Ordnung?", fragte er und stellte seine Schubkarre ab.

„Ja, das heißt ..." Mila überlegte, ob es unfair gegenüber Michel war, Herrn Gründgen auszufragen – machte es dann aber doch: „Herr Gründgen, warum nimmt Michel eigentlich nicht an den Reitstunden teil?"

Herr Gründgen hob seufzend die Schultern. „Ach, Mila, leider können wir uns das einfach nicht leisten. Weißt du, das Internat ist eben keine normale Reitschule. Es ist eine Elite-Akademie für besonders begabte Reiter. Die Trainer und der Unterricht, die Ställe, das Futter – alles von höchster Qualität. Und Qualität kostet nun einmal Geld." Er strich Mila freundlich über den Arm. „Ich gönne euch das von Herzen – aber meinem Michel kann ich das leider nicht ermöglichen. Manchmal laufen die Dinge anders, als ich es mir wünsche. Besonders zurzeit."

Mila wusste nicht, was sie dazu sagen sollte.

„Schon gut, Mila", meinte Herr Gründgen. „Michel kennt alles hier von klein auf. Er darf in der Nähe so vieler toller Pferde sein, beim Pflegen und Füttern helfen – da hat er ein goldenes Händchen, wie du ja weißt." Er schmunzelte. „Und er reitet ja auch die Schulpferde ab und zu. Das genügt ihm, ehrlich. Mach dir keine Gedanken."

Damit griff er nach seiner Schubkarre und schob sie zum Stallausgang.

Mila stöhnte. Das klang ja schrecklich! Sie war sich sicher, dass Michel das nicht genügte. Nur würde er seinem Vater gewiss niemals ein schlechtes Gewissen deswegen machen. Er war eben ein echt feiner Kerl. Sie seufzte. Am liebsten hätte sie das alles gar nicht so genau gewusst.

Bis zum Abend ließen Mila die vielen Gedanken über Michel nicht los. Sie hatte das Gefühl, sie abschütteln zu müssen, um schlafen zu können. Aber mit wem sollte sie darüber reden? Michel selbst wäre sicher enttäuscht, dass sie nicht gleich zu ihm gekommen war. Und den anderen wollte Mila nichts erzählen, das käme ihr wie Verrat vor.

Schließlich besuchte Mila den einzigen Menschen, der ihr als stets verständnisvoller und kluger Ratgeber einfiel: Frau Steinbach.

Die Direktorin sah überrascht auf, als Mila nach dem Abendessen ihr Büro betrat.

„Hallo, Mila", sagte sie. „Setz dich doch." Sie erhob sich und wies auf das kleine Ledersofa vor dem Bücherregal, auf dem sie nun auch selber Platz nahm. Mila setzte sich neben sie.

„Was ist denn, hast du Sorgen?", fragte Frau Steinbach.

Mila versuchte, ihre Gedanken zu ordnen – und dann sprudelte alles aus ihr heraus. Sie erzählte von Michels schwerem Stand zwischen den anderen Schülern. Von seinem guten Riecher bei Fairys Hufen. Von den Geldsorgen, von ihrem Verdacht, als er damals Fotos in Fairys Box gemacht hatte. Dann begann sie zu weinen.

„Und nun habe ich ihn bei Adesso in der Box gesehen und misstraue ihm schon wieder", schluchzte Mila ganz verzweifelt. „Dabei ist er immer so nett und tut niemandem etwas. Warum ist das nur alles so kompliziert?"

Frau Steinbach nahm Mila tröstend in die Arme.

Erst, als ihr Schluchzen abebbte, ließ Frau Steinbach Mila los und reichte ihr ein Taschentuch.

„Es ist gut, dass du mit mir darüber sprichst", meinte Frau Steinbach. „Solche Sorgen sollte niemand allein mit sich herumtragen."

Mila nickte und trötete in das Taschentuch.

„Michel ist ein ruhiger Junge", begann Frau Steinbach. „Ruhige Menschen verraten nicht viel über sich.

Deshalb suchen wir selber nach Erklärungen für ihr Verhalten. Am besten wäre es sicher, wenn du Michel selbst fragen würdest. Ich kenne Michel nun schon sehr lange und habe nicht den leisesten Zweifel an seiner Aufrichtigkeit. Du kennst ihn erst seit Kurzem. Es dauert, bis eine Freundschaft fest und sicher ist. Du musst Geduld haben." Frau Steinbach sah Mila in die Augen. „Was sagt dein Bauchgefühl zu Michel? Seinem Bauchgefühl kann, man immer vertrauen."

Mila lächelte. „Mein Bauch sagt, dass er der beste Freund ist, den man sich wünschen kann und dass alles okay ist", antwortete sie.

„Das glaube ich auch", erwiderte Frau Steinbach lächelnd. „Übrigens habe ich Michel schon sehr oft vorgeschlagen, an den Reitstunden teilzunehmen. Es gibt Förderprogramme und viele Möglichkeiten, die Finanzierung zu regeln. Aber er möchte das nicht. Ich glaube fast, er ist zu stolz, mein Angebot anzunehmen. Genau wie sein Vater."

Mila nickte.

„Von Geldproblemen weiß ich nichts", fuhr Frau Steinbach fort. „Ich werde mit Herrn Gründgen darüber sprechen. Sollte es der Fall sein, werde ich mit ihm eine Lösung finden – aber da musst du dir keine Sorgen machen. Für irgendetwas müssen Erwachsene ja auch gut sein, nicht wahr?"

Frau Steinbach stand auf und sah aus dem Fenster zu den Koppeln hinüber. „Michel ist ein Glücksfall für das Internat", erklärte sie. „Wusstest du, dass er sich in den Ferien um die Schulpferde kümmert? Wenn alle Schüler bei ihren Eltern daheim sind, reitet er die Pferde aus, entwöhnt sie vom harten Training. Dann pflegt er sie und gönnt ihnen Erholung – und kurz vor Schulbeginn bringt er sie wieder auf Trab." Frau Steinbach lachte. „Ups, Pferde-Wortspiel!"

Mila lachte mit – und staunte. Über das, was Frau Steinbach da erzählte, hatte sie noch gar nicht nachgedacht. Und plötzlich hatte sie eine Idee.

„Kann Michel nicht Pferdinand bekommen?"

Frau Steinbach sah sie fragend an.

„Na, Pferdinand ist doch noch keinem Schüler zugewiesen, seit Nele wieder auf Fairy reitet. Michel könnte ihn doch in den Springstunden trainieren – zumindest bis zu den Sommerferien!" Mila strahlte so sehr, dass Frau Steinbach lachen musste.

„Ich habe nichts dagegen", meinte sie. „Aber ob Michel da mitmacht, weiß ich nicht!"

Mila knabberte auf ihrer Unterlippe. „Ich denke, ich habe schon einen Plan." Sie ergriff stürmisch Frau Steinbachs Hand. „Vielen Dank, Frau Steinbach. Sie sind die beste Direktorin aller Zeiten!"

Und schon rannte sie aus dem Büro hinaus.

Doch an diesem Abend wurde nichts mehr aus ihrem Plan. Mila hatte nicht bemerkt, wie die Zeit vergangen war. Jetzt war schon Ruhestunde – auf den Fluren war es still und niemand begegnete ihr auf dem Weg in ihr Zimmer. Mila konnte nur noch zu Bett gehen.

Schlafen konnte sie jedoch lange nicht.

Mila explodiert

Der nächste Morgen begann daher mit viel Gegähne.

„Meine Güte, hast du gestern Nacht noch eine Party gefeiert?“, ärgerte Charly Mila beim Frühstück.

„Ja, mit Frau Steinbach“, antwortete Mila.

Alle lachten, doch niemand glaubte ihr. Na, eine Party war es ja auch nicht gewesen.

„Gleich bist du sicher schlagartig hellwach“, feixte Franzi.

„Warum?“ Mila aß von ihrem Müsli.

Franzi grinste. „Sie hat es vergessen.“

„Sie hat keine Ahnung“, meinte auch Charly. „Mensch Mila, heute bekommen wir doch die Tests zurück!“

Mila wurde blass. Ach du liebes bisschen! Das hatte sie wirklich vergessen. Sogleich drehte sich ihr Magen wie eine Waschtrommel und sie schob die volle Müslischale fort. Ebenso, wie sie Prüfungen nicht ausstehen konnte, hasste sie die Verkündung von Testergebnissen. Welche Qual!

In der Schule saß Mila mit zitternden Knien an ihrem Tisch.

„Ach komm, Mila“, tröstete Charly sie. „Du bist doch gut. Deutsch ist total dein Fall.“

„Ja, aber Mathe und Englisch“, stöhnte Mila.

Tante Caro hob ihre Hand und bat um Ruhe. „Die einzelnen Arbeiten bekommt ihr in der jeweiligen Unterrichtsstunde zurück“, erläuterte sie. „Um euch jedoch nicht unnötig auf die Folter zu spannen, haben wir für jeden Schüler alle Noten auf einem Ergebnispapier zusammengefasst – diese Zettel werde ich jetzt austeilen.“

Sie hob einen Zettel hoch und nannte den ersten Namen. Ein Schüler aus dem Dorf stand auf und ging nach vorn.

Mila sank das Herz in die Hose. Als sie schließlich an der Reihe war, starrte sie auf ihr Blatt. Die Zahlen verschwammen vor ihren Augen. Dann, endlich, fing ihr Gehirn an zu lesen:

Mathematik:	*3+*
Deutsch:	*1-*
Englisch:	*2*

Mila sprang auf. „Englisch zwei – ich habe in Englisch 'ne Zwei!“, jubelte sie. „Und in Mathe sogar eine Drei plus! Tschakka!“ Sie reckte die Faust. Dann hielt sie inne. Alle starrten sie an. Mila wurde rot. „Ups, Entschuldigung!“ Sie setzte sich rasch wieder. Aber nun fingen auch die anderen Schüler an zu reden und sich zu freuen. Oder ihrer Enttäuschung laut Luft zu machen.

Mila nahm ihren Zettel wieder zur Hand.

Physik:	3
Geschichte:	2
Chemie:	3 -
Reli:	2+
Reitprüfung:	4 -

Mila schluckte. Eine Vier? Ach herrje. Das war nicht so prima. Immerhin war dies ein Pferdeinternat. Aber sie wusste, dass sie dafür am wenigsten gelernt hatte. Jemand legte ihr die Hand auf den Arm. Es war ihre Tante. Sie kniete sich neben Mila.

„Mach dir nichts draus, Mila", sagte sie aufmunternd. „Dir fehlt eine Menge theoretischer Unterricht, das holst du bald auf."

Mila schaute sie zweifelnd an. „Meinst du?"

„Natürlich. Du bist immerhin *meine* Nichte!", antwortete Tante Caro.

Sie ließ ihre Schüler den Rest der Stunde miteinander diskutieren und Ergebnisse austauschen. Dafür hätte Mila sie knuddeln können. Aber sie ging lieber rasch zu Michel.

„Danke für die Nachhilfe", sagte sie. „Eine Drei plus hatte ich das letzte Mal in der dritten Klasse, glaube ich."

Michel grinste. „Ach, du hast doch bloß bei mir abgeschrieben!“

Mila lachte und gab ihm eine Kopfnuss. Eine ganz kleine natürlich. Sie linste auf Michels Blatt. „Da stehen ja nur Einser drauf!“, rief sie fassungslos.

„Das stimmt nicht“, gab Michel zurück. „In Chemie habe ich eine Zwei.“

Mila starrte das Blatt an. „*So was* habe ich noch nie gesehen!“

Rasch lief sie weiter – waren die etwa alle so gut? – und wurde schnell beruhigt. Nele war natürlich perfekt – sie hatte ebenfalls lauter Einsen und nur eine Zwei in Religion. Charly hatte ähnliche Zensuren wie Mila – aber in der Reitprüfung eine Zwei. Franzi war überwiegend gut, Jakob und Jan auch. Nur Mark hatte lauter Dreien und Vieren, was Mila erstaunte – sie hatte immer gedacht, er sei genauso gut wie sein Zwillingsbruder Jakob.

Mila seufzte. „Ich bin die Einzige, die eine Vier in der Reitprüfung hat. Eine Vier minus!“

„Ach, das ist doch nicht so wichtig“, meinte Jan. „Ist doch wurscht, ob du alle Fachbegriffe kennst – solange es dem Pferd gut geht!“

Aber da hatte er Mila auf dem falschen Fuß erwischt. Sie drehte sich zu Jan um. „Nicht so wichtig? Na klar, *dir* ist es nicht wichtig! Aber du hast ja auch keine Ahnung – von überhaupt gar nichts!“ Sie spürte, wie die Wut in ihr hochwallte, und funkelte ihn zornig an.

Jan funkelte zurück. „Ah, das ist doch typisch. Dieses ganze technische Zeug, das ist dir wichtig. Aber Pferde sind lebendige Wesen, da kommt es auf die Gefühle an! Nur mit Gefühlen kennst du dich wohl nicht so aus!"

Da flippte Mila aus. Sie brüllte: „Was weißt du schon von mir!", und schlug zornig gegen Jans Griffelmappe, die auf dem Tisch lag und nun durch die Luft sauste – mitten in Jans Gesicht.

„Mila!", donnerte es so laut von der Tafel, dass Mila sich erschrocken umdrehte.

„Das wollte ich nicht!", rief sie und hob abwehrend die Hände. Dann wandte sie sich wieder zu Jan, um sich zu entschuldigen. Doch der war bereits aus der Klasse gestürmt. Mila wollte ihm nachlaufen, aber Tante Caro hielt sie zurück.

„Lass ihn sich erst einmal beruhigen", meinte sie. „Geh bitte sofort zu Frau Steinbach, solches Verhalten dulde ich nicht. Ich muss mich jetzt um die Klasse kümmern."

Zerknirscht schlich Mila aus dem Klassenraum.

Wie ein Häufchen Elend saß sie kurz darauf in Frau Steinbachs Büro.

Die Direktorin war bereits telefonisch von Milas Tante informiert worden. Sie sah Mila ernst an. „Ich gehe davon aus, dass das keine Absicht war?", hakte sie nach.

„Natürlich nicht", antwortete Mila leise. „Ich bin manchmal so … wütend. Es tut mir schrecklich leid und ich würde gerne zu Jan und mich entschuldigen. Es … es kommt ganz bestimmt nicht wieder vor!“

Frau Steinbach wiegte den Kopf. „Ja, ich glaube, du wirst dich bemühen. Du scheinst ein aufbrausendes Temperament zu haben und du solltest lernen, es zu zügeln, damit du niemandem wehtust. Ob mit Federmappen oder mit Worten.“

Mila nickte.

„Ich denke, Jan braucht etwas Ruhe. Und ich denke ebenso, dass *du* Ruhe brauchst – und etwas, was dich eine Weile beschäftigt. Bitte geh nach dem Mittagessen direkt zu Herrn Gründgen. Er muss einige Zäune streichen, dabei kannst du ihm helfen. An der Reitstunde nimmst du heute nicht teil – aber du darfst nach dem Zaunstreichen zu Jan reiten. Einverstanden?“

Mila lächelte zaghaft. „Danke, Frau Steinbach.“

Sie ging aus dem Büro und schloss leise die Tür.

Was hatte sie sich da wieder eingebrockt!

Und warum zum Pferdemist hatte Jan eigentlich kein Handy? Blöder Naturbursche!

Sehr schweigsam und kleinlaut ging Mila in den Unterricht zurück. Sie wagte kaum, die anderen anzuschauen – obwohl die meisten ihr aufmunternd auf die Schulter klopften und Charly ihr nicht von der Seite wich.

Hunger hatte Mila gar nicht, deshalb lief sie gleich nach der Schule zu Herrn Gründgen.

Der reichte ihr ohne viele Worte einen Pinsel und einen Topf mit grüner Farbe. Er zeigte ihr, welchen Zaun sie streichen sollte – und schon bald hockte Mila auf einem alten Eimer und zog langsam eine Farbbahn nach der anderen.

Frau Steinbach sollte recht behalten: Es war unglaublich beruhigend – und schon bald ging es Mila besser. Sie schämte sich immer noch für ihr Verhalten, aber ihr Herz war nicht mehr ganz so schwer.

Und als Herr Gründgen eine Stunde später zu ihr kam und ihr mit den Worten „Na, du siehst ja schon deutlich besser aus“ eine Brezel reichte, biss sie gierig hinein.

„Ja, danke.“

Inzwischen hatte sie reichlich Hunger bekommen und Frau Käthes frische Brezeln schmeckten einfach wundervoll.

„Wir machen alle mal Fehler“, meinte Herr Gründgen. „Das gehört zum Leben dazu.“

Mila lächelte ihn dankbar an. Und als er sie fragte, ob sie genügend gestrichen hatte, um sich besser zu fühlen, nickte sie lachend.

„Dann lauf los und mach irgendwas Gutes“, sagte Herr Gründgen freundlich.

„Worauf Sie sich verlassen können“, versicherte Mila.

Und schon kurze Zeit später ritt sie auf Adesso den Weg zu den Dünen hinauf.

Leider war Jan nicht da. Mila brauchte eine Weile, um seine Mutter zu entdecken, die eine Ferienwohnung sauber machte.

„Nein, ich weiß auch grad nicht, wo er steckt", meinte Anna. „Möchtest du mit mir einen Tee trinken?"

Mila schüttelte betrübt den Kopf. „Nein danke. Aber ich schreibe ihm in der Küche einen Zettel, wenn das in Ordnung ist?"

„Natürlich. Du weißt ja, wo alles ist – bedien dich!"

Mila lief in die gemütliche Hofküche und griff sich einen Stift und einen bunten Notizzettel. Sie überlegte kurz, dann schrieb sie einfach drauflos:

Hey, Jan,
Gefühle kenne ich sehr gut.
Meist sind es allerdings zu heißblütige.
Verzeih mir.
Mila

Mila faltete den Zettel, schrieb „an Jan" darauf und legte ihn mitten auf den Küchentisch. Sie war sich sicher, dass Anna ihn nicht lesen würde. Dann ritt sie bedrückt ins Internat zurück.

Überall Mauern und Geheimnisse

Michel hatte Mila über all ihre Jan-Sorgen vergessen. Während sie Adesso absattelte, fiel er ihr wieder ein.

Sie beeilte sich, Adesso zu striegeln, und machte sich dann rasch auf zum Büro – vielleicht war Michel ja dort? Aber im Büro saß niemand. Dafür hörte Mila ein Geräusch hinter sich. Sie lief wieder in den Gang und sah Michel in schnellem Schritt davoneilen. Gleichzeitig fiel ein Brief aus Herrn Gründgens Kittel, der an der Garderobe hing.

Mila hob den Brief auf und wollte ihn in die Tasche zurückstecken. Doch sie hielt inne. War Michel so rasch fortgelaufen, weil er den Brief gelesen hatte? Mila biss sich kurz auf die Lippe – eigentlich hütete sie stets das Postgeheimnis und las keine fremden Briefe –, doch das hier war ein Notfall. Mit schlechtem Gewissen öffnete sie rasch den Umschlag. Es war eine Art Rechnung … nein, eine Mahnung! Mila überflog den Text: *… den Betrag von 8.000 plus Mahnkosten umgehend auf unser Konto zu überweisen. Ansonsten sehen wir uns* *gezwungen* … bla, bla, bla … *Inkassounternehmen* … bla, bla, bla … *Anwalt* …

Mila verstand. Das hier war schlimm. Sehr schlimm. Eine ernste Sache. Schnell steckte sie die Mahnung wieder in den Umschlag und stopfte diesen in den Kittel zurück. Achttausend Euro – puh! Mila lief es kalt den Rücken hinunter. Arme Gründgens!

Am nächsten Morgen war Mila richtig froh, als Franzi endlich leise an die Tür klopfte. Mila war spät eingeschlafen und früh wach geworden und freute sich, ihre Anspannung beim Joggen loszulassen. Die Mädchen schlichen aus dem Haus und liefen los. Es war früh, nur die ersten Vögel zwitscherten. Die Luft war kühl und frisch. Mila atmete tief ein. Sie bogen auf den Reitweg ab, als Mila aus dem Augenwinkel eine Bewegung wahrnahm. Irgendjemand fuhr ein Stück weiter vorn mit dem Fahrrad vom Pferdeinternat weg. War das Michel? Mila sah noch einmal hin – da war die Person verschwunden. Mila gähnte. Offensichtlich hatte sie zu wenig geschlafen. Jetzt hatte sie schon Halluzinationen!

Franzi und Mila waren inzwischen recht zeitig von ihrer Joggingrunde zurück.

„Wir sollten demnächst zwei Runden laufen", meinte Franzi und schnürte sich die Schuhe auf. Ihre Sneakers waren nach dem Sport immer voller Matsch, die konnte sie nicht in den Fluren anlassen.

„Ja, oder wir laufen durch die Dünenwege“, schlug Mila vor und zog ebenfalls die Schuhe aus.

Franzi klopfte die Sohlen aneinander. „Ich hätte nie gedacht, dass mir das Spaß machen würde“, sagte sie.

Mila ging es ebenso. „Wir werden noch richtige Sportlerinnen!“

Was so richtige Sportlerinnen sind, die haben auch richtigen Hunger. Milas Magen knurrte und sie futterte mit Franzi einen Berg Frühstück, bevor sie sich lachend zum Unterricht aufmachten.

Doch in der Schule verflog Milas gute Laune. Jan fehlte.

„Ist er krank?“, fragte sie ihre Tante.

„Ich weiß nur, dass er fehlt“, antwortete Frau Hofer.

Mila ließ die Schultern sinken. Oje – vermutlich war Jan gar nicht krank, sondern wollte sie einfach nicht mehr sehen …

Die nächsten Tage vergingen rasch und bald dauerte es nur noch drei Tage bis zur großen Reitprüfung. Mila wurde langsam kribbelig – aber die anderen Schüler auch, das konnte sie deutlich erkennen. Vom jüngsten bis zum ältesten Jahrgang wuselten alle nervös herum. Mila hörte, wie die älteren Schüler sich über ihre Aufführungen unterhielten, und war froh, wenigstens davor kein Lampenfieber haben zu müssen. Sie hatte auch schon mitbekommen, wie der

Chor probte – das allerdings hätte ihr gefallen, denn sie übten ein lustiges Stück mit Schnauben, Wiehern und Hufgeklapper. Hoffentlich war ihre Klasse im nächsten Jahr damit an der Reihe.

Bei Mila und ihren Freunden setzte ebenso hektische Betriebsamkeit ein. Es mussten noch eine Menge Dinge für die Dekoration des Festes vorbereitet werden. Ihre Kirschlampions waren wundervoll geworden. Mila und Isa hatten alle roten Lampions mit den gebastelten grünen Stielen an eine große Lichterkette gehängt. Wenn man sie anknipste, leuchteten die Kirschen richtig hübsch. Das Kirschblütenfest fand auf der alten Obstwiese statt. Die Lampions würden abends in den Obstbäumen fantastisch aussehen!

Inzwischen hatten sie noch weißen Stoff besorgt, auf den sie mit Stempelfarben und Kartoffeldruck Kirschen gedruckt hatten. Sie hatten auch leere Flaschen rot angemalt, damit sie als Vasen die Tische verzierten, und riesige Rosetten gebastelt.

Von Michel wusste Mila, dass die Jungen der Klasse mit Frau Käthe besprochen hatten, was sie für das Essen vorbereiten sollten. Immerhin kamen eine Menge Eltern zu den Prüfungen und dem anschließenden Fest. Frau Käthe hatte einen ausführlichen Plan erstellt und die Jungen für die Vorbereitungen eingeteilt.

„Ich soll Wackelpudding kochen“, erzählte Mark. „Das kann ja nicht so schwer sein.“

Jakob lachte. „An das meiste lässt Frau Käthe uns sowieso nicht ran, das macht sie lieber selber. Wir dürfen hauptsächlich die Platten und Schüsseln nach draußen tragen."

„Ich soll immerhin beim Brezelbacken helfen. Frau Käthe hat doch tatsächlich gesagt, ich solle am besten vorher mit Knetgummi üben", berichtete Michel.

Alle lachten. Frau Käthe war sehr anspruchsvoll, wenn es ums Essen ging!

Mark grinste. „Also, ich werde beim Kuchenbacken dabei sein. Bestimmt darf ich alle Schüsseln ausschlecken."

Da war Mila sich sicher. Aus irgendeinem Grund hatte Frau Käthe einen Narren an Mark gefressen. Ständig steckte sie ihm kleine Naschereien zu. Wenn Mila einen dritten Nachschlag wünschte, schickte sie Mark zu Frau Käthe – der bekam ihn immer.

„Dann haben wir ja alles im Griff", freute sich Mila. „Bis auf die Gummikirschen – hast du die schon besorgt, Franzi?"

Franzi schüttelte den Kopf. „Nee, ist ja noch Zeit."

Die nächste Reitstunde forderte Mila einiges ab. Sie bemühte sich, an alles zu denken, was Luke und Tamara ihr beigebracht hatten, und doch merkte Mila, dass viel davon abhing, in welcher Tagesform Adesso war. Und sie selbst natürlich auch. Heute war Adesso träge und hatte keine Lust. Es war wie in den Anfangswochen, als Adesso mit weit aufgerissenen Augen vor dem Oxer stehen geblieben war. Er weigerte sich einfach, den Oxer zu überspringen. Wieder und wieder lotste Mila ihn über die anderen Hindernisse, ritt dann eine Wendung und steuerte den Oxer an. Aber Adesso presste die Hufe in den Boden – oder ritt einfach zur Seite. Als er schließlich einmal fast abgesprungen wäre, überlegte er es sich im letzten Moment anders und wäre beinahe mitten in das Hindernis hineingekracht. Mühsam hielt Mila sich im Sattel.

„Mila, ihr habt heute keinen guten Tag!", rief Tamara. „Morgen wieder."

Mila seufzte und stieg ab.

„Mensch, Adesso, streng dich an, sonst nehme ich Renate", mahnte Mila.

Adesso schnaubte und schüttelte den Kopf.

Mila musste lachen. „Ja, das glaubst du nicht, oder? Wart's ab, Süßer!"

Natürlich konnte Mila Renate nicht reiten. Schon allein deshalb, weil das kleine Pony vermutlich vor lauter Trotz überall herumäppeln würde.

Mila hob den Blick und suchte mal wieder nach Jans blondem Haarschopf – vergebens. Er war auch heute krank. Oder auch nicht. Mila war sich nicht sicher. Vielleicht hielt er es einfach nicht mehr in ihrer Nähe aus. In der Schule verpasste er nach den Tests sowieso gerade nicht so viel.

Charly war auch rasch mit dem Parcours fertig und ging mit Vanilla an Mila vorbei.

„Na, das war aber blöd für die letzte Stunde vor der Reitprüfung, oder?", fragte sie.

Mila fuhr herum. „Wieso die letzte Stunde?"

Charly band ihren Pferdeschwanz neu. „Na, morgen ist ja kein Training, weil alles für die Prüfung vorbereitet werden muss."

„Aber …" Mila starrte sie erschrocken an. „Tamara hat doch eben gesagt, ich soll morgen noch mal den Oxer trainieren."

Charly zuckte mit den Schultern. „Sicher hat sie nicht daran gedacht. Mila, das wird schon. Ist doch nur eine kleine Prüfung. Reite wie im Training, dann klappt alles."

Mila lief es kalt den Rücken hinunter. Nur eine kleine Prüfung? Und wenn sie wie heute reiten würde, hätte die Jury ja kräftig was zu lachen. Sie schluckte. Wäre sie doch nur wieder daheim bei Aurelie im Stall! Dort hatte sie nie solche nervenzerreißenden Prüfungen gehabt … Sie kuschelte sich ganz eng an Adessos warme Brust. „Ach, Adesso", seufzte sie. „Warum musst du auch so talentiert sein …"

Doch zum Traurigsein blieb Mila gar keine Zeit. Denn plötzlich raste Tini auf sie zu. „Mila, Mila!", rief sie. „Machen wir jetzt die Überraschung zu Ende?"

Mila sah sie verwirrt an. „Warst du grad bei Herrn Gründgen im Büro?"

Tini wurde knallrot. „Nein, war ich nicht."

„Doch, warst du", sagte Mila. „Ich habe dich rauskommen sehen."

Tini wand sich wie ein Fischlein. „Ich habe da … nur was geholt."

„Was denn?"

„Äh ..." Tini griff in ihre Tasche, tastete kurz und holte erleichtert einen kleinen Bleistiftstummel hervor. „Den hier."

Mila runzelte die Stirn. „Wozu?"

„Um den Text zu schreiben. Auf die Überraschung. Na, komm schon!" Sie zerrte an Milas Arm.

Dennoch bemerkte Mila beim Hinausgehen gerade noch, dass nun Michel aus dem Büro kam. Mila hatte einen Kloß im Hals. Hatten denn jetzt alle Geheimnisse vor ihr?

Aber Mila konnte nicht darüber nachdenken, weil Tini sie ohne Punkt und Komma zutextete. Und so hatte Mila die Begebenheit bald vergessen. Gemeinsam holten sie die Kekse aus der Küche und legten die Bastelsachen auf den Boden zwischen Milas und Neles Betten. Nele schaute zum Glück irgendeine Fernsehserie im Gemeinschaftsraum und sie hatten das Zimmer für sich. Tini erzählte Mila, wie sehr sie sich auf das Zugucken bei den Prüfungen freute. Und erst auf das Fest!

„Freust du dich auch? Klar freust du dich. Denn es kommen ja alle Eltern. Oh nein, deine kommen ja nicht. Bist du traurig? Du musst nicht traurig sein. Mama und ich sind ja für dich da. Ich werde dir ganz fest die Daumen drücken. Den Glückshufnagel kriegst du auch wieder. Und ich stehe am Rand und feuer dich an. Um Renate kümmere ich mich ja sowieso. Und ..."

Mila klingelten bald die Ohren.

Nebenbei schnitten sie schmale grüne Zettelchen zurecht und stanzten aus rotem Papier Doppelkirschen aus. Die Zettel legten sie um das Hufeisen, klebten die Enden zusammen und dann noch die Kirsche darauf. Tini schrieb auf die Früchte „Viel Glück!“. Das sah so wundervoll aus!

„Wie hübsch!“, meinte Mila, als Tini einmal Luft holen musste.

„Ja, nicht wahr? Ich …“

„Du bist ganz schön aufgeregt wegen dem Fest, was?“, unterbrach Mila sie lachend.

Und sie war froh, als die Tür aufging.

„Nicht, Überraschung!“, schrie Tini.

Die Tür stoppte in der Bewegung.

„Wer ist denn da?“, fragte Tini misstrauisch.

„Ich“, sagte Michel.

„Na, du darfst natürlich reinkommen“, meinte Tini.

„Warum?“, fragte Mila unwirsch. Sie genierte sich, denn sie trug schon ihren Pyjama. Der war zwar eigentlich ganz hübsch mit dem glänzenden blauen Stoff – aber es war ja fast wie Unterwäsche! Rasch zog sie Neles Pferdedecke über ihre Beine.

„Warum darf er reinkommen, wenn alle anderen es nicht dürfen?“, wiederholte Mila ihre Frage.

Tini öffnete den Mund. Dann schloss sie ihn wieder. Offenbar fiel ihr keine gute Antwort ein.

„Weil ich doch der Geheimniskrämer schlechthin

bin", flüsterte Michel verschwörerisch und blinzelte Tini zu.

Mila war genervt. Sie stellte fest, dass sie Geheimnisse nicht ausstehen konnte.

„Was willst du denn?", wollte Mila wissen.

Michel bewunderte zunächst ausgiebig die Kekse, bevor er erklärte: „Ich habe eine schlechte Nachricht für euch. Renate hat die Tischdecken angeknabbert."

Mila prustete sofort los. Sie stellte sich vor, wie Renate an der Tischdecke riss und beleidigt feststellte, dass das Ding sich nicht fressen ließ. Das war zu komisch! Mila ließ sich vor Lachen nach hinten aufs Kopfkissen fallen, während Tini ganz blass wurde.

„Arme Renate – hat sie Bauchweh?"

Michel beruhigte sie. „Nein, nein. Sie hat nur an dem Stoff herumgekaut. Aber die Tischdecken sind hin."

Mila richtete sich japsend wieder auf. „Macht nichts, die waren eh nicht so schön. Uns fällt schon was Neues ein."

Tini stand auf. „Ich muss jetzt erst mal zu Renate."

Michel nickte und nahm ihren Platz auf Milas Bett ein. „Ich mach das hier für dich fertig", sagte er.

Mila wollte protestieren, aber dann fand sie es eigentlich doch ganz nett.

Eine Weile arbeiteten sie schweigend weiter. Mila betrachtete Michel, der seit einigen Tagen so dunkle Augenringe hatte. Ob er krank wurde? Schließlich war Jan auch immer noch krank – wenn er denn wirklich krank war. Mila ächzte. Vielleicht sollte sie auch krank werden. Dann bräuchte sie wenigstens nicht bei dieser blöden Prüfung mitzumachen.

Auf einmal begannen Mila und Michel gleichzeitig: „Bist du nervös?“ – „Was machst du eigentlich am Prüfungstag?“

Sie lachten. Dann erzählte Mila Michel, wie schrecklich aufgeregt sie war. Und dass sie morgen nicht würde üben können.

„Ich weiß aber, dass die erst nach dem Mittagessen mit dem Aufbau in der Halle beginnen“, sagte Michel. „Wenn wir nur den Oxer aufbauen, könntest du nach der Schule noch fast eine Stunde trainieren. Falls du auf das Mittagessen verzichten kannst.“ Er grinste.

„Natürlich“, meinte Mila. „Würdest du das echt für mich tun?“

„Klar“, antwortete Michel leichthin. „Ich muss meinem Vater morgen zwar viel helfen, aber das kann ich schon noch dazwischenquetschen. Doch jetzt muss ich erst einmal schlafen. Schaffst du den Rest alleine?“

„Schlafen? Es ist erst acht Uhr!“, sagte Mila überrascht.

Michel lächelte schief. „Zurzeit brauche ich halt viel Schlaf.“

„Ja, ich schaff das allein, wir sind ja fast fertig. Und danke noch mal!“

Michel verschwand und Mila beschriftete schnell die letzten Kirschen. Anschließend räumte sie alles auf. Die hübschen Kekse legte sie in zwei riesige Blechdosen, die Frau Käthe ihnen gegeben hatte.

Tini stürmte herein, als gerade alles fertig war.

„Ich habe eine Idee“, japste sie keuchend.

„Was denn?“, fragte Mila verdutzt.

„Renate macht uns neue Tischdecken!“

Sie mussten warten, bis Renate zur Tat schreiten konnte.

Der Morgen des letzten Tages vor den Prüfungen begann wieder mit einer Joggingrunde. Es war sehr windig und Franzi lief noch einmal zurück ins Haus, um einen leichten Schal zu holen. Mila lehnte sich an die Hauswand und wartete.

Da sah sie Michel. Er fuhr mit dem Fahrrad vom Hof und nahm den Weg, der zum Dorf führte. Oder zum Hafen. Mila sah auf die Uhr. Es war fünf! Was wollte Michel denn um diese Zeit im Dorf? Nach Sportmachen sah das jedenfalls nicht aus. Was war das nun wieder für ein Geheimnis?

Als Franzi kam, schüttelte Mila die finsteren Gedanken ab und lief los. Sie wurde rasch schneller, so, als könnte sie ihren Grübeleien davonlaufen. Ach, wie schön das wäre!

Letzte Vorbereitungen

Unterricht hatten sie an diesem Freitag natürlich auch noch. Michel erschien abgehetzt auf den letzten Drücker, wie schon so oft in den vergangenen Tagen. Mila beobachtete ihn. Er sah müde aus und tatsächlich hatte sie einmal das Gefühl, als wäre er eingenickt.

Das dachte Tante Caro offenbar auch, denn sie rief: „Michel Gründgen, wärst du wohl so freundlich, das Fenster zu öffnen? Ich glaube, etwas frische Luft würde uns guttun.“ Er tat Mila echt leid.

Trotz seiner Müdigkeit baute er nach dem Unterricht zusammen mit Mila die Hindernisse auf – was ganz schön mühsam war.

„Ich hole Adesso“, sagte Mila.

Während sie Adesso sattelte und den Gurt festzog, überlegte sie, ob sie mit Michel sprechen sollte. Sie wollte ihn zu gern nach seinem morgendlichen Ausflug fragen – traute sich aber nicht so recht.

Als sie zur Halle kam, hielt Michel grinsend zwei Flaschen Cola in die Luft.

„Die habe ich von Papa abgestaubt", gestand er. „Ich glaube, eigentlich sind sie für die vielen Helfer als Belohnung gedacht. Aber wir tragen ja auch Hindernisse umher, oder?"

Mila drohte ihm mit dem Zeigefinger. „Du hast geklaut?"

„Nee, ich darf das schon, da ist genug. Prost!"

Mila trank dankbar ein paar Schlucke. Dann konzentrierte sie sich. Sie ritt mit Adesso langsam um das Hindernis herum und ließ ihn alles genau anschauen. Hier, in der Halle, so ganz allein – na ja, fast ganz allein – war Mila ruhig. Sie wusste inzwischen, dass sie es schaffen konnte. Außerdem schien Adesso eher gelangweilt als nervös. Also ritt Mila in aller Ruhe ein paar große Runden und steuerte dann den Oxer an.

Ruhig und kraftvoll sprang Adesso darüber, als hätte er nie Angst davor gehabt.

Michel applaudierte leise.

„Das klappt doch fantastisch!", rief er.

Das fand Mila auch. Sie übte noch eine Viertelstunde, aber dann reichte es ihr.

„Ich glaube, das genügt", meinte sie zu Michel.

Jetzt fühlte sie sich einigermaßen sicher.

Nach dem heimlichen Training lief Mila rasch zu Mark und Jakob ins Zimmer. Mark hatte bei Frau Käthe einen großen Nachschlag geholt und ihn für Mila aufs Zimmer geschmuggelt. Hungrig aß Mila die etwas abgekühlten Kartoffeln und den Fisch.

„Danke, Mark, das ist super", schmatzte sie.

„Jupp", sagte Mark. „Schon gut."

Danach lief Mila in den Stall, wo Tini schon auf sie wartete. Hier war es fürchterlich voll. Überall liefen Schüler herum. Es wurde geputzt und gebürstet – die Pferde ebenso wie die Boxen. Isa übte neue Flechtfrisuren an Melodie, Charly wienerte ihre Stiefel.

Mittendrin breitete Tini jetzt in aller Seelenruhe zwei lange weiße Stoffbahnen hintereinander aus und klebte sie, so gut es ging, mit Kreppstreifen am Stallboden fest.

„Was wird das denn?", fragte Franzi und strich sich die schwarzen Haare aus dem Gesicht.

Tini holte Renate. „Ich habe ihr die Hufe schon sauber gemacht", erklärte sie und drückte der verdutzten Franzi das Halfter in die Hand. Zusammen mit Mila goss sie nun dicke Farbe auf ein großes Stück Plastikplane.

„Oje, ich ahne es", meinte Franzi.

Tini nahm ihr das Halfter wieder ab und führte Renate nun zunächst über die Plane und anschließend über die Stoffbahnen.

„Cool, das klappt ja gut!", rief Mila begeistert.

Renates Hufabdrücke leuchteten bunt auf den Stoffbahnen. Tini wendete das Pony und führte es denselben Weg zurück. Dreimal schritt Renate brav daher, dann hatte sie genug.

Und obwohl Mila es kaum glauben konnte, hatte Renate nicht auf die Decken geäppelt.

„Braves Pony“, lobte sie.

„Ich geh ihre Hufe putzen“, meinte Tini und führte Renate nach draußen.

„Toll, oder?“, fragte Mila.

Franzi pfiff anerkennend. „Ja, hätte ich nicht gedacht.“ Sie half Mila, die Plane zusammenzurollen und in einen schwarzen Müllsack zu stopfen. Dann deutete sie auf die bunten Spuren, die Renate auf dem Weg zum Ausgang hinterlassen hatte. „Und die bleiben als Andenken?“

„Von wegen!“, rief Herr Gründgen, der gerade hinzugekommen war. „Ihr wisst ja, wo ihr Schrubber und Eimer findet.“

Die Mädchen seufzten – und machten sich an die Arbeit.

Als Mila sich danach ausgiebig die Hände wusch, beschloss sie, heute ihren Plan für Michel umzusetzen.

Mila hatte Glück: Michel stand gerade ganz in Pferdinands Nähe. Rasch lief Mila zu dem hübschen Apfelschimmel und streichelte ihm zart über den Nasenrücken.

„Hey, Mila“, rief Michel.

„He, Michel.“

„Was machst du denn hier?“

„Ich dachte, ich könnte Pferdinand mal ein bisschen trösten“, sagte Mila. „Er merkt ja sicher auch, dass etwas Aufregendes ansteht. Und er darf gar nicht mitmachen.“

Michel lachte. „Keine Angst, ich kümmere mich schon um ihn."

Mila machte ein trauriges Gesicht. „Ich habe neulich gehört, wie einer der älteren Schüler gesagt hat, dass Frau Steinbach Pferdinand fremd unterbringen will. Damit er im Springtraining bleiben kann, bis das nächste Schuljahr anfängt."

„Was?" Michel sah sie empört an. „Das würde Pferdinand ja völlig durcheinanderbringen. Was ist denn das für eine Schnapsidee? Das ist auch völlig unnötig, weil …"

Mila drehte sich strahlend zu ihm um. „Weil *du* ihn doch beim Springtraining reiten könntest. Damit wäre allen geholfen. Pferdinand und Frau Steinbach und dir. Richtig?"

Michel sah verwirrt aus. „Was?"

„Na, du willst doch, dass es Pferdinand gut geht. Und deshalb …"

Da fing Michel an, schallend zu lachen. „Du legst mich rein." Dann wurde sein Gesichtsausdruck ernst. „Ich mag kein Mitleid", murmelte er.

Mila nickte. „Ich weiß. Aber das ist kein Mitleid. Das ist einfach logisch."

Michel dachte kurz nach. Und sagte schließlich: „Okay. Aber ich weiß, dass du mich reingelegt hast." Er schmunzelte.

Mila zwinkerte ihm zu. „Ich habe dich nur ein bisschen auf den richtigen Weg geschubst."

Der Rest des Nachmittags verging wie im Flug. Die neuen Tischdecken mussten gebügelt werden, die Prüfungskleidung zurechtgelegt und kontrolliert. Mila säuberte Adesso die Fesseln, schrubbte seine Hufe und wusch den Schweif. Anschließend trocknete sie ihn sorgfältig ab, legte ihm Gamaschen an und hoffte, dass er bis zum nächsten Tag einigermaßen sauber bleiben würde. Tini half ihr. Es dauerte insgesamt ganz schön lange, weil viele der Schüler sich an den Waschplätzen drängelten. Mila war es ein wenig zu voll und sie legte sich danach für eine Stunde in ihr Zimmer aufs Bett, um ein bisschen Ruhe zu haben.

Beim Abendessen brummte der Speisesaal vom aufgeregten Gemurmel.

„Ich freu mich so“, meinte Isa. „Ich liebe diesen Rummel.“

Nele hob eine Augenbraue. „Also, ich bin ja froh, dass ich nun doch mitreiten darf“, entgegnete sie. „Aber dieser Rummel könnte mir gestohlen bleiben.“

„Ach, ich mag es auch“, sagte Charly.

Mila stöhnte. „Ja, seid ihr denn gar kein bisschen nervös?“ Die anderen lachten. Sie kannten Milas Prüfungsangst inzwischen nur zu gut.

„Iss gut, damit du morgen stark bist!“, rief Jakob ihr zu.

„Nein, iss nicht so viel, damit dir nicht schlecht wird“, mahnte Mark.

„Trink Kaffee, danach kann man gut schlafen“, grinste Franzi.

Mila knuffte sie. „Veräppeln kann ich mich selber!"

Jakob stieß Isa an. „Und, Isilein, hast du deinem Pferdchen rosa Zöpfe geflochten?"

Isa sah ihn gespielt kühl an. „Nur, weil du so ein Stockfisch bist, muss unsereins ja nicht hässlich herumlaufen."

„Als ob Rosa immer hübsch wäre", brummte Mark.

„Wie bitte?", fragte Isa streng.

Mark grinste.

„Es muss ja nicht immer alles schwarz sein", meckerte Isa jetzt.

Franzi rollte mit den Augen. „Es *darf* aber, wenn es einem gefällt", meinte sie. „Außerdem mag Black Velvet es auch, das habe ich gemerkt."

„Jetzt streitet euch doch nicht", bat Charly.

Aber Jakob spitzte die Ohren und erkundigte sich: „Was hast du gesagt, Franzi? *Was* genau mag Black Velvet?"

Franzi wurde rot. „Nichts!"

Jakob grinste breit. Mila sah ihn verwundert an. Was meinte er denn? Er steckte sich schweigend seinen letzten Bissen Brot in den Mund und kaute. Dann fragte er: „Seid ihr alle fertig?"

Tatsächlich war Mila satt. Die anderen auch.

„Dann ab in den Stall zu Black Velvet. Wer als Erster da ist!" Er stürmte los.

Mila wusste nicht genau, was er meinte, aber sie rannte hinterher. Genau wie alle anderen der Klasse.

Besonders Franzi raste los. Sie überholte Jakob im

letzten Moment und stellte sich breitbeinig vor die Box. „Hier kommt keiner rein", sagte sie.

Jakob reckte den Hals. Dabei gluckste er schon vor sich hin. „Sag schon, Franzi, was hast du gemacht? Ihm die Mähne schwarz gefärbt? Aber nein, die ist ja schon schwarz!"

Mila schielte zu Black Velvet. Er war ein wunderschöner Rappe mit glänzendem Fell.

Allmählich wurde sie neugierig. Was hatte Franzi denn nun angestellt? „Ach komm, zeig her, wir sehen es doch morgen sowieso", meinte sie.

Da gab Franzi nach. Sie öffnete die Box und stellte sich nicht ohne Stolz neben ihr Pferd.

Alle sahen Black Velvet genau an.

Charly kicherte als Erste: „Pfffff!"

„Oh, wie geil", quietschte Isa. „Du hast ihm die Hufe schwarz lackiert!"

Nun entdeckte Mila es auch. Black Velvets Hufe, die sonst ein mattes dunkles Grau aufwiesen, glänzten tiefschwarz.

„Wie kannst du nur?", sagte Mark empört. „Das ist doch unnormal!"

Auch Jakob reagierte entsetzt, wenn auch anders als sein Bruder. „Der arme Kerl. Jetzt sieht er aus wie eine Stute!" Er lachte über seinen eigenen Witz.

Mila grinste. Es fiel schon auf, wie sehr die Hufe glänzten. Aber Nagellack war ja nicht schädlich auf Nägeln, oder? Ihr war das egal. Hauptsache, niemand kam auf die Idee, ihre Nägel schwarz zu lackieren.

Der große Tag ist da!

Diese lustige abendliche Überraschung hatte bei Mila die Anspannung etwas gelöst und ließ sie gut einschlafen. Sie war als Erste zu Bett gegangen und hatte tief und fest geschlummert, bis ihr Wecker gepiept hatte.

Sie stand auf und zog sich an. Sie griff ihre winddichte Steppjacke und eine Basecap und schlich auf den Flur. Draußen neben dem Eingang stand ihr Fahrrad, das sie gestern Abend extra hier abgestellt hatte. Denn joggen würde sie heute Morgen nicht.

Es dauerte nur fünf Minuten, dann raste Michel an ihr vorbei. Er war vollkommen in sich versunken, daher bemerkte er Mila nicht und drehte sich auch nicht um. Mila stieg auf ihr Rad und fuhr Michel in sicherem Abstand hinterher.

Es war wirklich früh und der Weg zum Dorf war recht weit. Mila musste kräftig strampeln, um mit Michel mithalten zu können. Wie gut, dass sie in letzter Zeit so viel mit Franzi gelaufen war!

Doch nanu? Michel fuhr nicht weiter zum Dorf –

er bog ab in Richtung Hafen! Mila folgte ihm. Kurz vorm Hafen hielt sie an. Der Weg führte nun über einen großen Platz, auf dem Michel sie sofort entdecken würde. Sie duckte sich hinter einen Heckenrosenstrauch und beobachtete ihn.

Michel fuhr langsamer und stellte sein Rad an eine Bank. Dann lief er mit raschen Schritten zu den Fischerbooten. Dort waren schon ein paar Männer.

Wollte Michel etwa zu denen? Sie sah, wie er mit einem älteren Mann sprach, der wie ein echter Seebär aussah. Latzhose, gelbe Regenjacke, Wollmütze. Dazu ein grauer Bart. Mehr konnte Mila aus der Entfernung nicht erkennen. Michel und der Fischer stiegen auf einen alt aussehenden Fischkutter. Mila erinnerte sich an ihre Ankunft auf Marum. Hatte ihr Vater nicht gesagt, dass dies Krabbenkutter waren, die morgens die Krabben frisch aus dem Meer fingen und sie später an die Touristen verkauften?

Mila betrachtete den Kutter noch eine Weile, wie er zu tuckern begann und aufs Meer hinausfuhr. Dann hob sie ihr Fahrrad auf und fuhr wieder zum Internat.

Auf *Inselglück* war es noch still. Mila schlich in ihr Zimmer und kroch wieder unter die Decke. Ihre Gedanken flogen nur so, doch sie fiel bald in einen kurzen, traumlosen Schlaf.

Als sie aufwachte, musste sie sich beeilen, um rechtzeitig zum Frühstück zu kommen. An diesem Morgen war die Aufregung der Schüler fast spürbar. Mila fand, es roch geradezu nach Spannung, Erwartung – und natürlich nach Pferden. Sie versuchte, die gute Stimmung in sich aufzunehmen, doch sie merkte, wie ihr Magen zu grummeln begann. Sie dachte an die gelungene Reitstunde mit Michel gestern – doch das half nichts. Die Angst kroch ihr in jede Zelle.

„Mila, alles wird gut“, tröstete Charly sie.

Mila nickte tapfer.

Immerhin wurde sie nach dem Frühstück abgelenkt. Denn die Schüler hatten genau eine Stunde Zeit, sich um die Vorbereitungen für das Kirschblütenfest zu kümmern, das nach den Prüfungen stattfinden sollte. In dieser kurzen Zeitspanne musste Mila mit den anderen Mädchen die Dekorationen verteilen. Das Wetter war hervorragend, es versprach ein sonniger Tag mit leichtem Wind zu werden. Also konnten sie ihre Lampions mit gutem Gewissen in die Bäume hängen. Leider fiel ihnen etwas spät ein, dass sie am Abend sicher Strom brauchen würden, wenn die Kirschen leuchten sollten. Franzi rannte los, um Herrn Gründgen um ein Verlängerungskabel zu bitten. Während ältere Schüler einen langen Tisch nach dem anderen heraustrugen, legten Mila und Charly die Tischdecken darüber. Natürlich reichten Renates Hufeisen-Decken nur für zwei lange Tische, aber sie hatten noch viele weiße Zusatztischtücher.

„Isa, füllst du die Vasen mit Wasser und Kirschblütenzweigen?“, bat Mila. Isa flitzte los.

Mila steckte die Decken mit Klammern an den

Tischen fest. Auf einer Insel war es schließlich immer etwas windig. Dann drehte sie sich zu Franzi, die gerade mit zwei großen Kabeltrommeln durchs Gras stapfte. „Hast du die Gummikirschen besorgt?"

Franzi stöhnte. „Ja, aber ich habe sie im Zimmer liegen lassen. Ich hole sie." Sie ließ die Trommeln auf den Boden plumpsen und rannte wieder los.

Nach wenigen Minuten kam sie zurück und Mila half ihr, die Kirschen zu verteilen. Jakob und Mark hatten inzwischen Teller und Gläser verteilt. Hübsch sah das aus – richtig einladend!

Mila sah auf die Uhr. Noch fünfzehn Minuten, dann würden die ersten Eltern den Weg von der Fähre zum Internat vermutlich geschafft haben.

„Ihr könnt euch umziehen gehen, ich mach mit Charly den Rest!", rief Mila ihren Freunden zu. „Unsere Eltern kommen ja nicht."

Das ließen sie sich nicht zweimal sagen. Nun war es an Charly und Mila, das Kabel an der Lichterkette zu befestigen und gegen Regen zu schützen.

„Ich glaube kaum, dass es regnet", meinte Charly.

Mila stimmte ihr zu. „Aber sicher ist sicher. Schon allein wegen Renate. Die knabbert ja an allem."

Zuletzt legten sie das Kabel so ins Gras, dass sich keiner darin verheddern würde, und rollten es Richtung Ställe von der Trommel. Sie stöpselten den Stecker noch nicht in die Steckdose, sondern legten alles bereit. Dann konnten sie sich endlich chic machen.

Beim Umziehen kroch sofort wieder diese ängstliche Unruhe in Mila hoch. Und es wurde nicht besser, als nach und nach die Eltern eintrafen. Mila seufzte. Aus der Klasse würden nur ihre und Charlys Eltern nicht kommen, beide aus beruflichen Gründen. Mila hatte zwar mit ihren Eltern ausführlich geskypt, aber es war nicht annähernd dasselbe. Mila nahm noch rasch das schöne Perlenarmband ihrer Eltern aus der Nachttischschublade und legte es um ihr Handgelenk. Vielleicht würde ihr das zusätzlich Glück bringen – sie konnte jedes Quäntchen gebrauchen. Ihr Blick fiel auf das Armband, das noch übrig war – sie wusste noch immer nicht, wem sie es geben sollte.

„Mir macht es nichts, dass meine Eltern nicht jedes Mal kommen", sagte Charly, als sie sich umzogen. Doch sie wusste bestimmt nur zu gut, dass Mila jede Unterstützung gebrauchen konnte.

Mila seufzte nur. „Ach, wird schon werden", meinte sie tapfer und zog sich das weiße Shirt über. Sie linste zu Charly und staunte. Was für feine Klamotten die wieder anhatte!

„Sag mal, wo kauft ihr denn dein Zeug ein?", fragte Mila. „Das ist ja von-und-zu-edel!"

Charly zuckte nur mit den Schultern. „Weißt du, meine Eltern übertreiben es halt manchmal. Einzelkind-Schicksal."

„Hm", machte Mila nur. Einzelkind war sie auch, aber so was konnten sie sich dann doch nicht leisten …

Adesso nimmt Anlauf ... und springt!

Als Mila sich kurz darauf bei Adesso ein bisschen Wärme abholen wollte, standen auch die anderen Mädels bei ihren Pferden. Mila entdeckte, dass jede ihr Ritual wiederholte, das sie schon bei den theoretischen Prüfungen gesehen hatte: Nele holte sich ihren Kuss von Fairy, Isa schnitt Melodie wieder eine dünne Strähne aus der Mähne und steckte sie in ihre Tasche und Franzi hob die Hufe von Black Velvet und strich mit ihrer Hand über seine Hufeisen.

Mila freute sich. Sie waren schon wie eine richtige Familie. Sie knuddelte Adesso fest und zeigte ihm das Hufeisen, das wie immer an der Kette um ihren Hals hing. Daneben baumelte der Hufnagel von Tini.

„Hier, Adesso, schau – das wird uns Glück bringen. Und Tini hat mir wieder den Hufnagel gegeben."

Plötzlich klopfte es an ihrer Boxentür.

„Hallo, Mila", sagte eine warme weiche Stimme.

Mila drehte den Kopf. „Aurelie!", jubelte sie und fiel der Frau um den Hals.

Aurelie lachte. Milas frühere Reitlehrerin drückte sie ganz fest. „Na, irgendjemand muss doch kommen und dir die Daumen drücken, oder?"

Eine Welle der Erleichterung durchflutete Mila. Dass Aurelie da war, half ihr sehr.

„Gut, dass du gekommen bist", dankte Mila. „Dann kann jemand meine Eltern anrufen, wenn ich tot vom Pferd stürze."

Aurelie lachte laut auf. „Du kleine Pessimistin", meinte sie. „Ich bin schon so gespannt, dich springen zu sehen!"

Da lächelte Mila. So ein ganz kleines bisschen war sie doch stolz. Hoffentlich würde ihr alles gelingen – damit sie Aurelie begeistern konnte.

Mila zeigte Aurelie rasch den äußeren Bereich des Pferdeinternats, den Innenteil hob sie sich für später auf. Dann gingen sie zum Reitplatz und liefen gemeinsam den Parcours ab. Natürlich kannte Mila ihn in- und auswendig, aber sie bemühte sich um Konzentration. Nicht zuletzt lenkte es sie auch von ihrer Nervosität ab – außerdem hatte Aurelie noch ein paar gute Hinweise.

Langsam wurde es ernst. Aus den Lautsprechern hallten Begrüßungen, Ansagen und Durchsagen. Pferde wurden über den Hof hin und her geführt. Schüler in Turnierkleidung huschten herum, stolze Eltern liefen ihnen hinterher. Es dauerte nicht lange, da verkündete der Ausrufer den Beginn der Prüfungen.

Bald standen Mila und Aurelie als Zuschauer zwischen vielen anderen. Da sie die jüngsten Schüler waren, wurde Milas Klasse zuerst aufgerufen. Man wollte den „Kleinen" die furchtbare Wartezeit ein wenig verkürzen, vermutete Mila. Was in ihrem Falle gar nichts nützte, aber nett war es doch. Der Erste von ihnen war Jakob. Er trabte auf den Platz und grüßte die Lehrer in der Jury. Mila strahlte. Jakob sah richtig schick aus mit dem Turnierjackett. Ruhig und gekonnt ritt er den Parcours ab. Bei jedem Hindernis, das er übersprang, ging Mila mit dem Oberkörper mit. Sitz, Rhythmus, Harmonie mit seinem Pferd – alles stimmte. Strahlend verließ er schließlich den Platz. Mila jubelte ihm zu. Als Wertung erhielt er eine 8,5.

Nach und nach kamen nun die anderen. Mila sah ihnen bewundernd zu – und wurde schließlich so nervös, dass ihre Knie sichtbar zitterten.

Nele war perfekt – sie erhielt eine 9,0 in der Wertung. Mila gönnte es ihr von ganzem Herzen und applaudierte heftig. Nele warf ihr einen dankbaren Blick zu.

Auch Franzi ritt sehr gut. Sie hatte eine hellgraue Turnierjacke an und sah toll aus. Mila jubelte ihr zu. Mit viel Eleganz nahm Franzi die Hindernisse. Black Velvets Hufe glitzerten in der Sonne. Als sie fertig war, lief Mila zu ihr.

„Franzi, das war grandios! Du siehst toll aus!"

„Das meine ich auch", lobte Luke, der neben Mila getreten war. „Man merkt, dass du viel fitter bist.

Gratulation!“ Er reichte Franzi die Hand. Mila konnte sehen, wie gut ihr das tat. Sie strahlte über das ganze Gesicht.

Die Nächste war Charly. Sie gab sich nicht allzu viel Mühe, das hatte Mila schon vorher geahnt, aber sie schaffte dennoch eine 6,3. Mila blinzelte. Es schien ihr, als ob die Leute ausgerechnet bei Charly extrem oft fotografierten. Das steigerte Milas Aufregung nur zusätzlich, daher ging sie lieber zu Adesso. Sie mussten sich vorbereiten – bald waren auch sie an der Reihe.

Beim Reiten wurde Mila wieder flau im Magen. Sie wurde so blass, dass Aurelie sie schließlich bat, abzusteigen. „Du siehst aus, als ob du gleich ohnmächtig wirst“, meinte sie.

Mila stieg ab und keuchte. Plötzlich wurde ihr übel. Aurelie legte ihr besorgt den Arm um die Schultern. In diesem Augenblick kam Luke zu ihnen. Er begrüßte Aurelie und nahm Mila dann zur Seite.

„Mila, sieh mich an “, sagte Luke beruhigend. Er legte ihr die Hände auf die Schultern und sah sie fest an. „Ich weiß, du hast Angst. Doch hör mir genau zu. Du und Adesso, ihr zwei seid füreinander geschaffen. Du hast so viel gelernt. Und ihr habt beide ein außergewöhnliches Talent. Ich habe selten einen Reiter gesehen, der so sehr mit seinem Pferd verschmilzt. Ob du hier heute die E-Klasse schaffst oder nicht, ist absolut egal. Entscheidend ist nur, dass du und Adesso dabei Spaß habt. Zeig den Menschen, was du kannst. Ihr seid einzigartig."

Mila spürte, wie ihr Atem sich normalisierte. Schließlich gelang ihr ein zaghaftes Lächeln.

Luke grinste. „Genau das wollte ich sehen. Das hier ist kein Weltuntergang. Und nun rauf auf dein Pferd und lass es reiten. Es wird dich führen."

Mila nickte. Sie spürte, wie die Worte in ihr nachhallten: Es war ja alles nicht so wichtig. Sie wollte doch einfach nur reiten. Und Aurelie zeigen, was sie konnte.

Mila streichelte Adesso. „Du und ich", meinte sie. „Wir schaffen das!"

Milas Herz klopfte noch immer schneller als sonst, als sie aufgerufen wurden und langsam vor die Jury schritten. Die Hindernisse waren extra für ihre Prüfung verkleinert worden, damit sie nun die E-Klassen-Prüfung ablegen konnte.

Mila atmete tief durch. Sie spürte, dass Adesso die Ruhe selbst war. Und dass er einen guten Tag hatte. Mila grüßte die Jury. Und startete.

Langsam ließ sie sich auf Adessos Rhythmus ein. Sie trabten den Platz seitlich entlang. Mila nahm das erste Hindernis ins Visier und Adesso wurde schneller. Er sprang ab und – überwand den Steilsprung elegant und mühelos.

„Perfekt", flüsterte Mila. Auch die nächsten Hindernisse nahm sie gut. Sie war noch angespannt, doch ganz allmählich spürte sie, wie auch etwas Spaß dazukam. Sie hörte das Jubeln der Zuschauer und Adessos Schnauben. Sie spürte den Wind auf der Haut und Adessos Muskeln an den Beinen. Ein breites Lächeln schlich sich in Milas Gesicht. Tamaras und Lukes Anweisungen waren ihr in Fleisch und Blut übergegangen. Mila ritt die vorletzte Wendung und trabte auf die Mauer zu. Adesso wurde schneller und – sprang hinüber. Fantastisch!

Doch er landete etwas unsanft und Mila zuckte zusammen. Sie fing sich rasch, doch plötzlich raste ihr Puls wieder. Sie ritt langsam einen großen Bogen und fing Aurelies aufmunternden Blick auf. Doch Mila war jetzt verunsichert. Sie runzelte die Stirn. Und während sie in Gedanken noch bei der abrupten Landung war, tauchte der Oxer vor ihrem Blick auf. Das kam zu plötzlich. Mila ritt darauf zu – und drehte bei. Sie schloss die Augen. Nein! Es lief so gut! Die Zuschauer tuschelten. Mila starrte auf Adessos Mähne. Was nun? Aufhören? Sie ritt die Wendung noch einmal. Dabei hob sie den Blick – und sah genau in Jans braune Augen. Er schaute sie fest an und zog einen Mundwinkel zu einem kleinen Lächeln empor. Es war wie ein Zuspruch, wie eine Aufforderung: Zeig es allen! Na los!

Wie ein Sonnenstrahl flutete Wärme durch Milas Bauch. Plötzlich konnte sie die Schultern sinken lassen, durchatmen und auf den Oxer zureiten.

HEPP!

Die nächsten Augenblicke vergingen wie in einem dichten Dunst. Mila hörte Applaus, hörte, wie Aurelie ihr etwas zurief. Sie stieg ab und spürte, dass ihr jemand Adesso abnahm. Aurelie umarmte sie und küsste sie auf die Wange. Alles war wie im Traum.

Dann nahm Charly ihre Hand und drückte sie fest. „Alles okay, Mila?"

Endlich wachte Mila auf.

„Ich hab's geschafft", flüsterte sie und starrte Charly an. Dann brüllte sie: „Ich hab's geschafft!", und fiel Charly um den Hals.

Im nächsten Augenblick hörte sie die Stimme aus dem Lautsprecher: „Mila Hofer erhält als Wertung eine 6,3."

„Wohoo", schrie Charly ihr ins Ohr. „Du hast eine 6,3, genau wie ich!"

Mila konnte ihr Glück kaum fassen. Rasch wandte sie sich Adesso zu und umarmte ihn.

„Ich liebe dich", flüsterte sie. „Ich liebe dich so sehr!" Adesso rieb den Kopf an ihrer Schulter. Und Mila wusste, dass er dasselbe empfand.

Dann blickte sie auf. Wo war Jan?

Die anderen hatten sich bereits wieder den Prüfungen zugewandt, aber Mila stand immer noch hinter den Zuschauern und versuchte, Jan in der Menge zu entdecken.

Aber sie konnte ihn nicht finden. War er schon wieder gegangen?

Da spürte sie eine warme Hand auf ihrer Schulter.

„Hey, Pferdemädchen."

Mila drehte sich um und blickte direkt in Jans Augen.

„Das war unglaublich", sagte er. „Du bist so gut geworden!"

Mila lächelte. „Danke", flüsterte sie.

Jans Augen sahen sie so liebevoll an, dass ihr Herz hüpfte. Und als Jan ihr dann die kleine widerspenstige Haarsträhne aus dem Gesicht hinter das Ohr strich, stoben die kleinen Schmetterlinge in ihrem Magen so hoch wie noch nie.

Jan begleitete Mila zum Stall, weil sie Adesso absatteln und striegeln wollte. Er half ihr und es tat unglaublich gut, ihn in der Nähe zu wissen.

„Ich möchte mich noch mal bei dir entschuldigen", begann Mila. „Das in der Klasse war so blöd von mir. Ich wollte wirklich nicht, dass dir die Stifte ins Gesicht fliegen. Ich habe nur gegen die Mappe schlagen wollen …"

Jan sah sie amüsiert an. „Vielleicht sollte ich dir einen Boxsack schenken."

Mila nickte zerknirscht.

„Nein, ist schon gut", sagte Jan. „Du warst wütend und sehr aufgeregt wegen der Prüfung. Jetzt hast du gesehen, dass du auch bei Prüfungen ganz hervorragend bist, das ist doch toll. Bestimmt bist du nächstes Mal viel ruhiger."

Das allerdings wagte Mila nicht zu hoffen.

„Hast du meinen Zettel gefunden?“, fragte sie.

Jan klopfte Adessos Hals. „Ja, habe ich. Danke. Und jetzt reden wir nicht mehr davon. Vergeben und vergessen. Wenn du gleich fertig bist, holen wir uns aus der Küche ein Eis. Ich habe nämlich ärztliche Erlaubnis auf Kühlung für meinen Hals.“

Da erst fiel Mila wieder ein, dass er so lange gefehlt hatte.

„Also warst du wirklich krank?“

Jan hob erstaunt die Augenbraue hoch. „Ja, was dachtest du denn?“

Mila biss sich auf die Lippe. „Ach nichts …“ Sie versuchte, sich nicht anmerken zu lassen, wie erleichtert sie war. Jan hatte nicht gefehlt, weil er sauer gewesen war. Er war einfach nur krank gewesen. Alles war wieder gut.

Fast alles.

Wenn sie jetzt noch die Sorge um Michel loswerden könnte, wäre der Tag perfekt.

Und in diesem Augenblick wurde ihr plötzlich klar, was Michel auf dem Fischkutter machte.

Mila mischt sich noch mal ein

Mila mochte die Zeit mit Jan nicht damit verbringen, nach Michel zu suchen. Also ging sie erst mit ihm ein Eis essen und sie schauten den älteren Schülern beim Reiten zu. Erst als Jan sich ausgiebig mit einem anderen Schüler unterhielt, winkte sie ihm und sagte: „Bis später!"

Eilig lief Mila durch die vielen Menschen, um Michel zu suchen. Sie fand ihn im Büro seines Vaters – schlafend am Schreibtisch. Eine Weile stand sie vor ihm und betrachtete ihn. Dann entschied sie sich, zuerst zu Frau Steinbach zu gehen. Sie wollte Michel nicht wecken, er hatte den Schlaf bitter nötig, bei dem, was er machte!

Frau Steinbach stand zwischen einigen sehr wichtig aussehenden Leuten.

Mila überlegte, ob sie einfach reinreden konnte – da hatte die Direktorin sie schon entdeckt.

„Ach, Mila", meinte sie. „Ich möchte dir etwas erzählen." Sie entschuldigte sich bei den anderen und schob Mila ein Stück zur Seite.

„Das sind einige der Eltern, es geht um das Sponsoring der Schule." Sie seufzte. „Manchmal habe ich den Eindruck, es geht immer nur ums Geld. Aber nun ja. Ich wollte dir sagen, dass du dir keine Sorgen machen musst, Mila. Die Rechnung, die du gefunden hast, war nicht für Herrn Gründgen persönlich. Es war eine Internatsrechnung für das Pferdefutter. Hattest du denn nicht auf die Anschrift geachtet?"

Nein, das hatte Mila nicht.

„Macht ja nichts", sagte Frau Steinbach liebevoll. „Jedenfalls waren die Futterlieferungen nicht in Ordnung, daher hatte Herr Gründgen sich geweigert, die ausstehenden Kosten zu bezahlen, bevor eine Ersatzlieferung geschickt wurde." Sie lächelte. „Er ist einfach der Beste für diesen Job."

Mila atmete auf. Das waren mal gute Nachrichten.

Frau Steinbach fragte: „Und was ist mit den Fotos? Hat sich das schon geklärt?"

Da fiel Mila wieder ein, dass Michel Fotos von Adesso gemacht hatte und sie immer noch nicht wusste, warum.

„Nein, ich habe ihn noch nicht fragen können", antwortete sie nachdenklich.

Frau Steinbach strich freundlich über ihren Arm. „Das wird schon. Wenn du ihn nicht darauf ansprechen möchtest, warte einfach, bis er dich ins Vertrauen zieht. Ich bin mir sehr sicher, dass du dir keine Sorgen machen musst."

Mila nickte und seufzte.

Dann hob sie den Kopf. „Es gibt da noch etwas."

„Ja?" Frau Steinbachs Blick war freundlich und hilfsbereit.

Also wagte Mila es, ihr von Michels morgendlichen Ausflügen zu berichten.

„Aber Sie dürfen ihn nicht dafür bestrafen", sagte Mila bestimmt. „Ich glaube, er nimmt das alles nur auf sich, um Geld zu verdienen. Er hat doch diesen Brief auch gelesen."

Frau Steinbachs Gesicht wurde ernst. „Er geht arbeiten? Dafür ist er doch gar nicht alt genug. Was für ein Schiff war es denn?"

Mila beschrieb den Fischkutter und den älteren Mann, den sie gesehen hatte. Während ihrer Beschreibung runzelte Frau Steinbach nachdenklich die Stirn und langsam schlich sich ein grimmiges Lächeln in ihr Gesicht.

„Der alte Ole. Na, der bekommt was zu hören."

Mila erinnerte sich dunkel an die Seegarngeschichten, die sie über den Seebären Ole gehört hatte.

„Du darfst jetzt zu Michel gehen und ihm alles erklären", meinte Frau Steinbach. Sie straffte den Rücken und griff nach ihrem Handy. „Ich habe noch ein Hühnchen mit jemandem zu rupfen. Oder eher gesagt, einen Fisch zu entgräten." Mit entschlossenem Gesichtsausdruck ging sie davon.

Mila schmunzelte. Einen Fisch entgräten? Aber sie hielt sich nicht lange mit der Vorstellung auf. Schon rannte sie los – zu Michel.

Und diesmal weckte sie ihn doch.

„Michel?“, flüsterte sie und griff ihm an die Schulter. „Michel!“

„Was? Ich bin da!“, rief Michel und sprang auf.

„Alles gut, ich bin's nur“, sagte Mila hastig.

Michel starrte sie an. Dann schüttelte er den Kopf. „Ich muss eingeschlafen sein.“

„Kein Wunder, wenn du jeden Morgen so zeitig aufstehst“, fand Mila.

„Ja, das ist ganz schön ...“ Michel hielt inne. „Was weißt du?“

Mila hockte sich auf den Schreibtisch. „Also, ich weiß Folgendes ...“ Sie zählte die Punkte an ihren Fingern ab: „Erstens stehst du morgens früh auf, weil du zweitens zum Hafen fährst, um drittens dort zu arbeiten. Das tust du viertens, um Geld zu verdienen, weil du fünftens glaubst, dein Vater habe große Schulden.“

Michel starrte sie verblüfft und auch etwas misstrauisch an.

„Woher weißt du das alles?“

„Ich bin eben schlau“, erwiderte Mila nur. „Und deshalb weiß ich noch was: Dein Papa hat gar keine Schulden. Das sind Mahnungen für die Schule.“

Jetzt klappte Michel die Kinnlade hinunter. Es

dauerte ein paar Sekunden, bis er begriffen hatte. „Keine Schulden, ehrlich? Gar keine?“

Mila schüttelte den Kopf.

Da schlang Michel seine Arme um Mila und wirbelte sie einmal im Kreis. Dann ließ er sie los und sprang herum. „Keine Schulden, keine Geldsorgen!“ Er hielt inne und zog die Nase kraus. „Und nie mehr Krabben!“

Mila lachte. „Muss eklig sein, oder?“

„Und wie. Ich hasse die sowieso, wie kann man so etwas nur essen?“ Er steckte seine Hände in die Jeans und lehnte sich gegen die Wand. „Und jetzt erzählst du mir erst einmal, wie du das alles herausgefunden hast.“

„Gern“, sagte Mila. „Aber vorher brauche ich unbedingt eine Cola!“

Sie konnte kaum so schnell gucken, wie Michel sich bückte, eine Colaflasche aus der Kiste neben der Tür griff und sie ihr reichte.

„Ich bin ganz Ohr.“

Mila erzählte Michel alles ausführlich. Besonders die Stelle, an der sie ihm morgens nachgeradelt war, faszinierte ihn.

„Ich kann gar nicht glauben, dass ich das nicht bemerkt habe“, staunte er.

„Wie war es denn auf dem Kutter?“, fragte Mila neugierig.

Michel stöhnte. „Wenn ich noch mal arbeiten muss,

dann suche ich mir etwas anderes. Es ist unglaublich anstrengend und kalt und ich war so müde!" Er lachte. „Aber irgendwie ist es auch cool so früh auf dem Meer. Ich fühlte mich wirklich frei ... Vielleicht schlummert tief in mir ein Seemann, der nur darauf wartet, geweckt zu werden!"

Mila riss die Augen auf. „Um Himmels willen, lass den bloß schlafen!"

Im nächsten Moment donnerte eine Stimme: „Michel Gründgen! Hier steckst du also!"

Michel stand stramm, als hätte man ihn bei etwas Verbotenem erwischt.

„Muss ich dich tatsächlich *suchen*?", schimpfte Frau Käthe. Wie sie so im Türrahmen stand, die Hände in den Hüften, machte sie auch auf Mila großen Eindruck.

„Kann ich helfen?", piepste sie.

Frau Käthe lachte. „Oje, ich habe euch wohl erschreckt, was?" Sie lachte so, dass ihr runder Bauch wippte und sie sich die Tränen aus den Augen wischen musste. „Meine Güte, alle stehen so unter Strom, dem kann ich mich gar nicht entziehen. Entschuldigung, Michel, aber die Brezeln müssen in die Lauge und dann in den Ofen und ich kann wirklich jede helfende Hand brauchen."

Michel nickte. Und natürlich lief Mila mit, um auch ein paar Handgriffe zu erledigen. Außerdem hatte sie große Lust auf eine warme Brezel. Doch das band sie Frau Käthe erst mal nicht auf die Nase.

Während Mila half, Getränke und Schüsseln zur Obstwiese zu tragen, hörte sie, wie die Lautsprecherdurchsagen allmählich seltener wurden. Offenbar waren die Prüfungen bald zu Ende. Mila stellte ihr Tablett auf dem Büfetttisch ab. Zum siebten Mal, wenn sie richtig mitgezählt hatte. Eine Windböe schlug die Ecke der Tischdecke um und blieb in der Wackelpudding-Schüssel stecken.

„Es ist ganz schön windig“, meinte sie zu Charly, die neben ihr stand. „Ich glaube, da kommt noch was.“

„Ach was“, winkte Charly ab. „Das ist schon mal so. Inselwetter halt. Der Wind kommt und dann geht er wieder. Mach dir keine Sorgen.“

„Ich geh jetzt mal Aurelie suchen“, sagte Mila. „Ich möchte ihr noch die Innenräume zeigen.“

Charly nickte.

Mila brauchte eine Weile, bis sie Aurelie fand. Sie stand neben Herrn Gründgen und unterhielt sich angeregt mit ihm. Mila schmunzelte. Die beiden waren doch Single, vielleicht sollte sie mal ein bisschen kuppeln?

Sie sah, wie Tini Anlauf nahm. Sie schrie: „Achtung!“, und sprang auf Herrn Gründgens Rücken. Der hatte schon damit gerechnet, denn das machte Tini häufiger. Lachend drehte er sie zweimal herum. Tante Caro kam hinter Tini her und zog ihre Tochter sanft von Herrn Gründgens Rücken.

„Lass mal, Tini“, mahnte sie. „Steffen ist gerade in einer privaten Unterhaltung.“

„Ach, so privat ist das gar nicht“, warf Aurelie dawischen und streckte ihre Hand aus. „Hallo, ich bin Aurelie.“

Milas Tante schlug sich vor die Stirn. „Mensch, ich hatte doch gleich so eine Ahnung – ich habe ja schon sehr viel von Ihnen gehört!“

Sie schüttelte Aurelies Hand. Doch dann nahm sie Tini an der Schulter zur Seite. „Du sollst doch Steffen nicht immer stören.“

„Tini stört nie“, meinte Herr Gründgen und sah das kleine Mädchen liebevoll an. „Nicht wahr, mein Sonnenschein?“

Tini strahlte.

Mila nahm sie an die Hand. „Komm, Tini, wir beide gehen jetzt mal zu Renate. Ich habe sie heute kaum gesehen.“

„Nein!“, rief Tini.

Mila sah sie erstaunt an.

„Äh, ich meine, ich habe so einen Hunger. Lass uns zuerst was zu essen holen, ja?“ Schon zog Tini Mila davon.

Mila ging nur allzu gern mit. Hoffentlich waren inzwischen endlich die Brezeln fertig!

Aurelie kam nach und nachdem sie sich eine Brezel stibitzt hatten, führte Mila Aurelie endlich in allen Räumen im Inneren herum.

„Das hier ist mein Zimmer“, verkündete sie.

„Hübsch“, murmelte Aurelie und betrachtete aufmerksam Milas gemütliche Ecke. Beim Blick auf Neles

Seite stutzte sie. Dort sah es deutlich nüchterner aus, fast so, als wäre Nele erst vor Kurzem eingezogen.

„Nele ist kein Pferdemädel“, erklärte Mila. „Aber sie ist total in Ordnung. Eher ein nüchterner und sachlicher Typ, du weißt schon.“

Aurelie wollte noch mehr sehen und Mila zeigte ihr in aller Ruhe die Unterrichtsräume, den Speisesaal, die Durchgänge, die Aula und den Gemeinschaftsraum. Überall trafen sie auf andere Schüler, die sich mit ihren Eltern ruhige Ecken zum Unterhalten gesucht hatten.

Mila seufzte. „Ach, ich wünschte, Mama und Papa könnten auch vorbeikommen“, sagte sie leise.

Aurelie strich ihr über die Wange. „Ich weiß, mein Schatz. Aber ein Jahr ist doch gar nicht so lang. Außerdem hast du dich schon gut eingelebt.“

Das stimmte. Mila beschloss, nicht weiter Trübsal zu blasen.

„Ich habe schon wieder Hunger“, meinte Aurelie. „Glaubst du, es gibt bald Abendessen?“

Der Sturm bricht los!

Milas Magen knurrte auch. Also machten sie sich auf zur Festwiese. Sie nahmen den Weg durch den Haupteingang und staunten, wie stürmisch der Wind mittlerweile über das Internat hinwegfegte. Ein paar weiße Zettel flogen durch die Luft und Tini und Mila beeilten sich, sie zu fangen. Ein leerer Eimer polterte herum.

Mila sah, dass mehrere Erwachsene sich bemühten, lose Dinge in die Gebäude zu tragen. Auch Luke und Tamara halfen mit. In diesem Moment fiel Mila das Kirschblütenfest ein. „Unsere Dekoration!", kreischte sie und rannte los.

Im Haus war die Nachricht vom heftigen Wind noch gar nicht angekommen.

„Es stürmt", schrie Mila. „Wir müssen alles reinholen!"

„Ach, so schlimm wird es schon nicht sein", meinte Jakob, der Frau Käthe beim Dekorieren der Torte half.

Frau Käthe warf einen Blick aus dem Fenster und sagte: „Oh, ich glaube doch. Lauft, Kinder, lauft – tragt alles in den Speisesaal!"

Sie flitzten wie die Wiesel. Oder Ameisen. Jedenfalls sauste alles, was Beine hatte, hektisch durch die Flure und über den Weg zur Obstwiese hin und zurück. Der Wind war inzwischen zum echten Sturm angewachsen und kippte schwungvoll Gläser und Teller von den Tischen, riss an den Tischdecken und warf die Vasen um.

„Die Lampions!", rief Mila gegen den Wind an, der ihr die Haare ins Gesicht peitschte.

Die Lampionkette hing nur noch an einem Ast. Zum Glück hatten sie die Kette so fest mit dem Kabel verbunden, sonst wäre sie vielleicht schon weggeflogen und kaputtgegangen. Mila raffte sie zusammen. Charly griff nach dem Kabel. Sie brachten beides hinein und legten es rasch im Stall auf den Boden. Dann halfen sie wieder beim Hereinholen der Sachen. Schließlich waren nur noch die Tischdecken mit den Klammern von den Tischen zu lösen. Mila und Charly waren die Einzigen, die noch draußen waren, denn die Tische würde der Sturm nicht fortwehen.

Der Wind rauschte in Milas Ohren. Und mit einem Mal bemerkte Mila, dass sie mitten in einem weißen Flockenwirbel standen. „Charly, schau nur!"

Vom Sturm wurden die Blütenblätter der Obstbäume um sie herum durch die Luft gewirbelt. Mila hob die Hände und drehte sich. „Ein Schneesturm!" Sie lief zu Charly und nahm ihre Hände. „Komm!"

Sie tanzten durch die Blütenblätter und jubelten und lachten – bis Mila zwei fette Regentropfen ins Gesicht klatschten.

„Ihh, der Regen fängt an“, quietschte sie.

Innerhalb von Sekunden schüttete es wie aus Kübeln. Rasch lösten sie die letzten Decken, rafften alles zusammen und rannten hinein – und doch wurden sie klitschnass.

Lachend liefen sie zu den anderen in den Speisesaal.

Im großen Speisesaal war es chaotisch. Die Schüler bemühten sich, Tische und Stühle zu verrücken, sodass möglichst alle genug Platz hatten. Mila sah, wie mehr Stühle gebracht wurden, und die Eltern kräftig mit anpackten. Frau Käthe wuselte aufgeregt dazwischen herum und dirigierte Jakob und Mark, die mit hochroten Köpfen und großen Schüsseln hinter ihr herliefen.

Mila grinste. „Komm, Charly, wir ziehen uns erst mal um.“

Rasch liefen sie in ihre Zimmer. Mila sprang kurz unter die Dusche, denn ihre Finger klebten von den matschigen Gummikirschen und sie bibberte vor Kälte.

Auch Charly hatte geduscht und klopfte danach an Milas Zimmertür. Zusammen liefen sie zurück zum Saal. Dort sah es mittlerweile ganz anders aus. Stühle und Tische standen in langen Reihen, Gläser und Geschirr waren verteilt. Es wurden noch letzte Schüsseln und Platten hineingetragen. Außerdem brachte Frau Käthe große Kaffee- und Kakaokannen herein. Charly und Mila nahmen sie ihr gleich ab.

„Wir machen das schon, Frau Käthe“, sagten sie.

Natürlich brachten sie die Kannen zuerst an den Tisch, an dem ihre Freunde und deren Eltern saßen – einschließlich Aurelie.

„Habt ihr uns was freigehalten? Das ist ja super, danke", freute Mila sich. Sie versorgte alle mit Kaffee und Kakao und reichte die Kannen an den Nachbartisch weiter. Dann ließ sie sich auf den Stuhl neben Aurelie fallen.

„Puh, endlich essen. Ich komm um vor Hunger!"

Das ging allen so. Bald herrschte ein brummendes Gewirr aus Stimmen, Geschirrklappern und Lachen. Mila war wieder warm und sie fühlte sich pudelwohl.

Auf einmal entdeckte sie Jans Mutter.

„Anna!", rief sie und winkte ihr zu.

Anna lächelte und kam näher. Jan sprang auf und bot ihr seinen Stuhl an.

„Ich hole mir schnell einen neuen", sagte er.

Anna setzte sich Mila gegenüber. „Ich dachte eigentlich, das Fest fällt aus", meinte sie. „Da habt ihr ja schnell alles umorganisiert!"

Mila strahlte vor Stolz, als hätte sie das allein gemeistert. „Ja, in der Not halten wir prima zusammen."

„In der Not?", nuschelte Charly. „Immer!"

Mila deutete auf den kleinen Brezelzipfel, der ihr aus dem Mund ragte. „Und was ist das? Du hast mir grad das letzte Brezelstück vom Teller geklaut. Dachtest du, ich merke das nicht?"

Charly wurde rot. „Bei Brezeln vergesse ich meine gute Kinderstube komplett. Verzeih mir."

Mila lachte.

Anna wollte alles hören – wie die Prüfung gelaufen war, wie der Tag überhaupt war und wie es abends weitergehen sollte. Mila beschrieb es ihr so spannend wie möglich. Jan, der inzwischen wieder Platz genommen hatte, schmunzelte.

„Wow, als so aufregend habe ich es gar nicht empfunden", neckte er Mila.

Sie streckte ihm die Zunge heraus.

Anna war begeistert. „Aber was ist denn jetzt mit den Eltern? Die Fähren fahren doch bei diesem Wetter nicht mehr."

Mila stutzte. Daran hatte sie ja noch gar nicht gedacht. Auch Aurelie sah verdutzt drein.

„Vielleicht sollte ich das lieber Frau Steinbach sagen …", überlegte Mila laut.

In diesem Moment begannen die Lautsprecher zu rauschen und zu knacken.

Mila drehte sich um. Frau Steinbach war aufgestanden und wartete, bis alle verstummt waren.

„Meine lieben Gäste, liebe Schüler und Internatsmitarbeiter", begann sie. „Zunächst möchte ich mich sehr herzlich dafür bedanken, dass Sie alle mitgeholfen haben, unser schönes Kirschblütenfest doch noch zu retten – auch, wenn wir jetzt leider auf die Kirschblüten verzichten müssen."

Die Menge lachte freundlich.

„Als Zweites darf ich allen Schülern und Schülerinnen zu den bestandenen Reitprüfungen gratulieren.

Ich habe zugeschaut und mit Begeisterung gesehen, wie große Fortschritte alle gemacht haben. Es stecken sehr viel Fleiß und Anstrengung hinter diesen Erfolgen und ich möchte euch von Herzen loben und beglückwünschen."

Tosender Applaus brandete auf. Die Schüler strahlten und ließen sich von ihren Eltern umarmen.

Frau Steinbach fuhr fort: „Ich bedanke mich bei allen Helfern, bei der Jury – und auch bei Ihnen, liebe Eltern, dass Sie den weiten Weg auf sich genommen haben, um uns an diesem Tag zu unterstützen."

Nun waren es die Schüler, die kräftig applaudierten.

„Allerdings", unterbrach sie Frau Steinbach, „habe ich eine schlechte Neuigkeit. Aufgrund des heftigen Sturms hat die Reederei die letzte Fahrt zum Festland abgesagt. Sie kommen heute nicht mehr von der Insel."

Ein Raunen ging durch die Menge. Einige Eltern sahen sich besorgt an. Die Direktorin hob die Hand. „Ich weiß, dass viele von Ihnen sich sowieso für eine Nacht auf der Insel eingemietet haben, um den morgigen Tag noch in Ruhe mit Ihren Kindern zu verbringen. Allen, die heute noch zurückreisen wollten, biete ich an, dass sie hier im Pferdeinternat übernachten können. Wir werden gewiss für jeden einen Schlafplatz finden."

Jetzt jubelten die Schüler wieder los.

Mila fasste Aurelie aufgeregt am Arm. „Du kannst mein Bett bekommen. Ich schlafe auf dem Boden!"

Aurelie schüttelte lachend den Kopf. „So weit

kommt es noch. Warten wir lieber ab, wie Frau Steinbach sich das vorgestellt hat."

Doch die Direktorin war noch nicht fertig mit ihrer Ansprache. „Ich werde gleich mit jedem Einzelnen von Ihnen alles besprechen. Vorher jedoch habe ich noch zwei Ankündigungen zu machen. Die eine betrifft die Schüler: Als Belohnung für eure Mühen habe ich einen der hiesigen Fischer dafür gewinnen können, jede Klasse einmal mit hinaus aufs Meer zu nehmen und ihnen eine echte Kutterfahrt zu ermöglichen." Die Schüler jubelten. Frau Steinbach schmunzelte und zwinkerte Mila zu. „Es handelt sich um den Fischer Ole Knutsen. Er schuldet mir sozusagen einen Gefallen und macht das gern."

Mila grinste. Gern? Das war vermutlich eine sehr positive Umschreibung für die Gefühle, die der alte Ole bei dem Vorschlag gehabt hatte.

„Und nun noch eine Mitteilung für das kommende Schuljahr. Auch wenn es noch eine Weile hin ist, möchte ich schon einmal verkünden, dass wir uns vorzeitig bei einem der Stipendien für einen Kandidaten entschieden haben. Ein Stipendium erhält demnach Michel Gründgen."

Einen Moment lang war es ganz still. Mancher Zuhörer konnte zunächst nichts mit dem Gesagten anfangen – und allen Schülern der ersten Klasse hatte es kurz die Sprache verschlagen. Doch dann schrien sie auf. „Michel! Du hast ein Stipendium!"

„Du kannst springreiten!"

Michel selbst war blass geworden, aber er lächelte und seine Augen blitzten vor Begeisterung. Er fing Milas Blick auf und sie konnte erkennen, was seine Lippen stumm formulierten: „Danke!"

Sie nickte.

Nachdem der ganze Saal in den Beifall eingefallen war, wurde bald wieder ein allgemeines Gemurmel hörbar, als sich alle unterhielten. Frau Steinbach war von einer Menschentraube umringt und Mila bewunderte, wie sie sich gelassen und ruhig bemühte, auf alle Fragen der Eltern eine Antwort zu finden.

Mila plauderte mit den Eltern ihrer Freunde, als Elisa zu ihr an den Tisch kam.

„Hey, Mila", sagte sie. „Ich wollte dir nur gratulieren. Ich habe deinen Ritt gesehen. Du warst super!"

Mila wurde rot vor Freude. Es bedeutete ihr viel, das von Elisa zu hören!

Tamara kam hinzu. „Ja, das finde ich auch, Mila. Du hast Großartiges geleistet, in den wenigen Wochen, in denen du hier bist. Meinen Glückwunsch!"

Mila wusste gar nicht, wohin mit sich, als nun Bewunderung von allen Seiten erklang.

Auf einmal legte jemand Mila eine Hand auf die Schulter. Es war Nele. Sie lächelte Mila an.

„Meine Eltern haben ein Zimmer in einer Pension gemietet. Der Vermieter hat ihnen schon vorher angeboten, ein Bett dazuzustellen, wenn die fleißige Internatstochter dort übernachten möchte." Sie grinste. „Fleißige Internatstochter. So sehen die uns also hier!"

Mila freute sich. „Das ist toll, ich wünsche dir viel Spaß!"

Nele nickte. „Ja, aber für dich heißt das vor allem, dass Aurelie in meinem Bett schlafen kann."

Mila sah sie mit großen Augen an. „Ehrlich?"

Nele nickte. „Na klar. Aber keine rosa Pferdebettwäsche aufziehen, klar?"

Mila umarmte sie. Auch Aurelie, die natürlich alles mitangehört hatte, bedankte sich herzlich.

Als Nele gegangen war, meinte Aurelie: „Ich glaube, in Nele hast du eine echt gute Freundin gefunden."

Mila legte den Kopf zur Seite. „Ja, obwohl sie manchmal sehr zickig sein kann. Aber wenn's drauf ankommt, ist sie immer für mich da."

„Redet ihr von mir?", fragte Charly, die zu ihnen gestoßen war.

„Ja, du natürlich auch!", kicherte Mila.

Dann entdeckte sie, dass sich schon wieder irgendjemand langsam durch die Tür schob. Aber – war das nicht – ein Pferdekopf? Gebannt starrte Mila zur Tür. Sie wurde weiter geöffnet und – herein schlichen Tini und Renate!

Allmählich wurden auch andere auf das merkwürdige Gespann aufmerksam. Merkwürdig vor allem, weil die dicke kleine Renate ein unglaubliches Kostüm anhatte! Mila konnte gar nicht aufhören, sie anzustarren! Michel folgte ihrem Blick – und sprang auf. Er lief rasch zu Tini und sprach mit ihr. Dann drehte er sich um und klatschte mehrmals laut in die Hände. Das Gemurmel im Saal verstummte und Michel rief: „Meine sehr verehrten Damen und Herren, ich darf Ihnen nun die Hauptattraktion des Tages präsentieren: die Kirschprinzessin auf ihrem braven Kirschpony!“ Er trat zur Seite und machte den Weg frei für Tini, die wie eine wunderschöne kleine Prinzessin verkleidet war – und für Renate, die aussah wie eine riesige dicke Kirsche.

Mila lachte und klatschte laut mit dem begeisterten Publikum mit.

Tini reckte sich und ritt langsam auf ihrer dicken roten Kirsche voran. Das Krepppapier an dem seltsamen Gerüst, in dem Renate steckte, raschelte und flatterte. Rechts und links von Tini ragten zwei grüne Stangen wie Dreiecke in die Höhe, die über ihrem Kopf zusammenliefen – das waren dann wohl die Stiele, vermutete Mila. Sie legte ihre Hände vor den Mund, damit Tini nicht sah, wie sehr sie lachen musste.

Mit prinzessinnenhafter Anmut reichte Tini nun von ihrem hohen Kirschross kleine Gaben herunter. Es waren die Keks-Hufeisen mit den Glücksbotschaften, die Mila und Tini gebastelt hatten. Als Tini bei Mila ankam, flüsterte sie: „Wie mache ich mich?“

„Ganz fantastisch!“, rief Mila, streckte sich und gab Tini einen dicken Kuss auf die Wange. Ihre Cousine strahlte. Dann ritt sie hoheitlich weiter durch die Reihen. Jeder der Anwesenden wollte nur zu gern einen kleinen Glücksbringer von dieser tollen Kirschprinzessin ergattern. Als Tini schließlich fertig war, gab es noch einen Abschiedsapplaus, dann führten Mila und Michel sie auf die Flure hinaus.

„Auf der Obstwiese hätte es besser ausgesehen, zwischen all den blühenden Bäumen", beklagte sich Tini.

„Auf keinen Fall", sagten Mila und Michel.

Tini sah erstaunt auf. „Meint ihr nicht?"

„Nein!" Mila schüttelte den Kopf. „Es war wirklich grandios, wie du durch die Menge geritten bist, Süße. Wie eine echte Prinzessin."

Tini freute sich. „Und wie findest du Renates Kostüm?"

Mila betrachtete das Pony. „Wirklich … unglaublich!"

Stolz ritt Tini durch die Eingangstür, die Michel ihr aufhielt. Er hielt Mila am Arm zurück und flüsterte: „Dafür habe ich extra Fotos von Renate gemacht und sie komplett ausgemessen. Das *unglaubliche* Kostüm musste doch passen!"

Mila ging ein Licht auf. Ach, *das* war der Grund gewesen! Er hatte also gar nicht Adesso fotografiert, sondern Renate. Um das Kostüm vorbereiten zu können! Verlegen sah sie Michel an. „Sorry, wenn ich komisch reagiert habe."

Michel schmunzelte. „Schon gut. War ja auch seltsam, grad nach der anderen Foto-Geschichte."

Mila genierte sich und wurde rot. Sie beschloss, Michel von nun an immer zu vertrauen. Dann seufzte sie. Damit war hoffentlich endlich auch das letzte Geheimnis gelüftet!

Ruhe nach dem Sturm

Als die drei aus dem Stall zurückkamen, leerte sich der Speisesaal ganz allmählich. Mila und ihre Freunde sammelten sich, um Frau Käthe und dem Küchenpersonal beim Aufräumen zu helfen, doch Frau Käthe stemmte die Hände in die Hüften. „Aber nein, ihr Lieben! Genießt den übrigen Abend. Ihr habt mir schon so viel geholfen. Den Rest machen meine Küchenfeen und ich." Dann beugte sie sich zu Mila und flüsterte: „Die Küchenhelfer bekommen jedes Jahr ein Dankeschön von mir."

Mila zog die Augenbrauen hoch. „Aber Frau Käthe, wir machen das doch gern!"

„Ich weiß, ich weiß", meinte die gutmütige Köchin. „Trotzdem. Ihr dürft gleich mal in den Stall hinüberlaufen. Da wartet eine ganz tolle Überraschung auf euch."

Mila zog die anderen Schüler rasch ins Vertrauen und alle liefen durch den Glasbau zum Stall. Es war düster, denn der Himmel war immer noch dunkel vom

Sturm. Im Stall brannten nur wenige Lampen. Mila trat als Erste durch die Tür – und hielt den Atem an.

Im Gang standen die langen Tische von der Obstwiese! Gedeckt mit feinen weißen Tischdecken und glitzernden Gläsern. Punsch- und Saftkaraffen standen bereit, ebenso wie silberne Tabletts voller kleiner Naschereien.

„Pralinen und Lakritze", juchzte Charly und schob sich sogleich ein Schokoladentäfelchen in den Mund.

Auch Nüsse, Chips und Käseplatten waren hübsch garniert.

„Ah!" und „Oh!" schallte es, als die anderen Schüler und ihre Eltern hinzukamen.

Die Pferde hoben aufgeregt die Köpfe und stapften im Stroh hin und her. Sie wurden rasch beruhigt und ausgiebig geknuddelt.

„Charly, komm", flüsterte Mila und zog sie an der Hand mit sich.

„Wohin denn?", wisperte Charly zurück.

„Es fehlt noch was", fand Mila.

Sie liefen zwei Ställe weiter, zu der Tür, hinter der die Kirschlampionkette verstaut war.

„Ach, unsere schönen Lampions!", rief Charly.

„Genau, die können doch nicht ohne Einsatz bleiben", meinte Mila.

Gemeinsam schleppten sie die Lichterkette und eine Verlängerungstrommel zu ihrem Stall. Die anderen waren gerade dabei, sich zu setzen. Mila und Charly hängten die Lampionkette vor die Boxen. Das war gar nicht so einfach, denn sie mussten sie so anbringen, dass ihre Pferde nicht daran knabbern konnten.

„Vanilla, du bist ja schlimmer als Renate", schimpfte Mila und schob den hübschen Pferdekopf zur Seite.

Schließlich hatten sie es geschafft. Mila steckte den Stecker ein und zwölf Kirschen warfen ein warmes rotes Licht.

„Wow, toll", lobten die anderen.

Mila und Charly setzten sich zu ihnen und schenkten sich Punsch ein. Natürlich Kirschpunsch!

„Na, ihr habt hier aber ein feines Leben", wisperte Aurelie.

Michel hustete betont. „Hm, immer ist es hier nicht so fein."

„Aber das liegt nur an den schmutzigen kleinen Schülern", ertönte eine Stimme aus der hinteren Stallecke.

„Herr Gründgen, kommen Sie und feiern Sie mit uns!", rief Mila.

Er freute sich darüber, das konnte sie sehen. Er kam direkt auf sie zu und raunte ihr ins Ohr: „Ich habe gehört, dass du Michel sehr geholfen hast. Danke dir vielmals, Mila."

Er drückte ihre Schulter. Mila legte rasch ihre Hand auf seine und drückte zurück.

Dann setzte Herr Gründgen sich mit an die lange Tafel und begann, die schönsten Geschichten aus dem Stall zum Besten zu geben.

Doch irgendwann unterbrach Michel ihn und sagte: „Es gibt etwas, was ich euch noch gar nicht erzählt habe."

Alle verstummten.

„Als ich mit dem alten Ole draußen auf dem Meer war, da ist mir etwas sehr Gruseliges widerfahren", flüsterte er mit heiserer Stimme.

Mila spürte, wie sich die Härchen an ihren Armen aufrichteten. Wie gut und mitreißend Michel erzählen konnte!

„Der alte Ole spricht nicht viel", fuhr Michel fort. „Also war ich mit meinen Gedanken allein. Es war windig und kalt, die Wellen warfen den Kutter hin und her – die raue See lässt sich nicht gern ihre Schätze stehlen. Ich hatte Schwierigkeiten, mich auf den Beinen zu halten, so zerrten die Wellen an unserem Schiff. Einmal griff ich an die Reling, um mich festzuhalten und wurde gegen die eiskalte Eisenstange gedrückt. Mein Blick fiel auf das dunkle, schäumende Wasser und dort …" Er machte eine spannende Pause. „… starrten mich zwei tiefblaue Augen an. Eiskalt und ohne jedes Gefühl. Ich konnte kaum atmen, der Blick hielt mich in seinem Bann. Ich spürte, wie ich wie magisch angezogen wurde, und beugte mich tiefer …" Er sah auf. Mila starrte ihn mit weit aufgerissenen Augen an. „Da riss der alte Ole mich nach hinten", brüllte Michel. Alle zuckten zusammen.

Michel grinste. „Als ich wieder nachschaute, war das Gesicht natürlich weg. Aber wenn ihr mit dem alten Ole aufs Meer fahrt – hütet euch vor der schäumenden Gischt!"

Franzi boxte ihm so herzhaft gegen die Rippen, dass Michel das Gesicht verzog. „Mensch, Michel, das war megagruselig! Lass das gefälligst!"

Michel lachte. „Ihr hättet euch sehen sollen!", wieherte er.

Mila hob nur eine Augenbraue und meinte: „Das bekommst du zurück, Michel Gründgen."

„Was denn?", fragte Michel unschuldig. „Das ist der Seemann in mir, du weißt schon!"

Der Regen peitschte noch immer gegen die Scheiben und der Sturm heulte – aber von der siebten Klasse wurde im Stall ein wunderbares kleines Fest gefeiert, dessen fröhliches Lachen jeden Wind übertönte.

Glücklich lehnte Mila sich gegen Aurelies Schulter. „Gut, dass du da bist", flüsterte sie. „Danke."

Aurelie umarmte sie. „Ich bin auch froh, dass ich noch ein bisschen an deinem Leben teilhaben kann."

Mila nickte. „Aber immer." Und plötzlich wusste sie, wem sie das letzte Armband schenken würde. Sie drückte Aurelies Hand und flüsterte: „Ich hab nachher noch etwas für dich!"

Mila lächelte selig und schaute sich um. Ihr gegenüber saßen Michel und Jan. Mila sah sie scherzen und lachen und freute sich, dass alles so gut ausgegangen war. Alles war wieder in Ordnung. Ihr Magen war ruhig und entspannt, jede Sorge war verflogen.

Charly war ihre beste Freundin, mit Nele wurde es immer besser. Auch mit den anderen Mädels und Jungs verstand sie sich gut. Michel war ein prima Freund. Und Jan war – ja, was eigentlich? Aber das war Mila gerade ganz egal. An diesem Abend fühlte sie sich einfach nur unglaublich glücklich.

Emma Norden wurde 1978 geboren und malte sich schon als kleines Mädchen aus, Schülerin eines Reitinternats zu sein. Gerne wäre Emma so wie Mila und würde mit ihrem Traumpferd Adesso spannende Abenteuer erleben. Aber statt am Strand entlangzugaloppieren, schreibt sie fleißig Geschichten und wird von ihren Kindern auf Trab gehalten.